THE QUEEN OF CRIME
繁體中文版
20 週年
紀念珍藏

無辜者的試煉

著——阿嘉莎・克莉絲蒂

譯——張國禎

Ordeal by Innocence

Agatha Christie®

通俗是一種功力

吳念真（導演、作家）

通俗是一種功力。絕對自覺的通俗更是一種絕對的功力。

這樣的話從我這種俗氣的人的嘴巴說出來，大概很多人要笑破褲底了。不過，笑完之後請容我稍稍申訴。這申訴說得或許會比較長一點，以及，通俗一點。

小時候身材很爛，各種遊戲競爭完全任人宰割，唯一隱遁逃避的方法是躲起來看書或聽大人瞎掰。那年頭窮鄉僻壤的小孩能看的書不多，小學二年級時最喜歡的是超大本的《文壇》，老師借的。看著看著，某天老師發現我的造句竟出現：「捧著：朝陽捧著一臉笑顏為群山剪綵」這樣亂七八糟的文字，就拒絕再讓我看那些超齡的東西了。

老師的書不給看，我開始抓大人的書看。一種是厚得跟磚塊一樣的日文書，對我來說那完全是天書，但插圖好看，經常有限制級的素描。另一種書是比較薄的，通常藏得很嚴密，只是裡面有太多專有名詞、重複的單字和毫無限制的標點，比如「啊啊啊」、「……！！！」

老讓我百思不解。有一天，充滿求知欲地詢問大人竟然換來一巴掌後，那種閱讀的機會和樂趣也隨著消失了。

所幸這些閱讀的失落感，很快從大人的龍門陣中重新得到養分。講到這裡，我似乎先得跟一個村中長輩游條春先生致敬，並願他在天之靈安息。

我所成長的礦區，幾乎全是為著黃金而從四面八方擁至的冒險型人物，每人幾乎都有一段異於常人的傳奇故事。這些故事當事人說來未必精采，但一透過游條春先生的嘴巴重現，有時連當事人都聽得忘我，甚至涕泗縱橫，彷彿聽的是別人的故事。

條春伯沒當過日本兵，可是他可以綜合一堆台籍日本兵的遭遇，一如連續劇般從入伍、受訓、逃亡荒島，面對同鄉同袍的死亡，並取下他們的骨骸寄望帶回故鄉，乃至骨骸過多搞不清哪是誰的等等，讓聽的人完全隨他的敘述或悲或笑，彷彿跟他一起打了一場太平洋戰爭。此外他也可以把新聞事件說得讓一個三、四年級的小孩，到現在仍記得當時腦中被觸動的畫面。例如當年瑠公圳分屍案的凶手做案之後帶著小孩到安東街吃麵（這讓我一直以為台北的安東街是條專門賣麵的街道），還有甘迺迪總統被暗殺、賈桂琳抱住她先生、安全人員跳上飛快的車子保護賈桂琳……當然，這記憶全來自條春伯的嘴巴而不是報紙。我的記憶全是畫面，有畫面，是因為條春伯說得精采，說得有如親臨他至死都還搞不清地理位置的達拉斯命案現場。

於是這小孩長大後無條件地相信：通俗是一種功力，絕對自覺的通俗更是一種絕對的功力。透過那樣自覺的通俗傳播，即使連大字都不識一個的人，都能得到和高階閱讀者一樣的感動、快樂、共鳴，和所謂的知識、文化自然順暢的接軌。也許就是因為這些活生生的例子，俗氣的自己始終相信：講理念容易講故事難，講人人皆懂、皆能入迷的故事更難，而能隨時把這樣的故事講個不停的人，絕對值得立碑立傳。

條春伯嚴格地說是有自覺的轉述者，至於創作者，我的心目中有兩個。一個是日本導演山田洋次，一個是推理小說家阿嘉莎．克莉絲蒂。

山田洋次創造了寅次郎這個集合所有男人優點跟缺點的角色，在以《男人真命苦》為名的系列下，總共完成百部左右的電影。它們的敘述風格、開頭、結尾的方法不變，唯一改變的是故事，是時代，是遍歷日本小鄉小鎮的場景。數十年來，看《男人真命苦》幾已成為日本人每年的一種儀式，一如新春的神社參拜。

數十年前訪問過山田導演，他說，當他發現電影已然有它被期待的性格時，電影已經不是導演自己的。他說：當所有人都感動於美人魚的歌聲時，你願意為了讓她擁有跟你一樣的腳，而讓她失去人間少有的嗓音嗎？

人間少有的嗓音與動人的歌聲，都來自山田導演絕對自覺的通俗創造。

再如阿嘉莎．克莉絲蒂，如果我們光拿出她說過的故事和聽過她故事的人口數字，就足以嚇死你。五十多年的寫作生涯，她總共寫出六十六本長篇推理小說，外加一百多篇短篇小說和劇本。其中有二十六本推理小說被改編，拍了四十多部電影和電視劇集。作品被翻譯成一百零三種文字的版本，銷量超過二十億本。

夠了。你還想知道什麼？知道二十億本的意義是什麼嗎？二十億本的意義是全世界平均三個人就有一個人讀過她的書，聽過她說的故事。

說來巧合，她和山田洋次一樣，創造出個性鮮明的固定主角（當然，前前後後她弄出來好幾個），然後由他（或是她）帶引我們走進一個犯罪現場，追尋真正的罪犯。

故事就這樣？沒錯，應該說這是通常的架構。那你要我看什麼？不急，真的不急，克莉絲蒂會慢慢冒出一堆足夠讓你疑惑、驚嚇、意外，甚至滿足你的想像力、考驗你的耐心和智商的事件來。

推理小說不都是這樣嗎？你說得沒錯，大部分是這樣，不一樣的是……對了，她像條春伯，像山田洋次，她真會說，而且她用文字說。

文字的敘述可以讓全世界幾代的人「聽」得過癮、「聽」個不停，除了聖經，也許就是克莉絲蒂。她不是神，但她真的夠神。

數十年前，台灣剛剛出現她的推理系列中譯本，那時是我結婚前，常有同齡的文藝青年來我租住的地方借宿，瞄到我在看克莉絲蒂，表情詭異地說：「啊？你在看三毛促銷的這個喔？」

我只記得他抓了一本進廁所，清晨四點多，他敲開我的房門說：「幹，我實在很討厭那個白羅……再拿一本來看看，我跟你說真的，要不是你的書，我真的很想把那個矮儸壓到馬桶吃屎！」

我知道他毀了，愛吃又假客氣，撐著尊嚴騙自己。克莉絲蒂再度優雅地撕破一個高貴的知識份子的假面具，她的手法簡單，那手法叫通俗，絕對自覺的通俗，無與倫比、無法招架的功力。

昔日的文藝青年如今跟我一樣，已然老去，但不時還會看到他寫一些充滿理念和使命感極重的文章，在報紙和雜誌上出現。我知道他要說什麼，只是常常疑惑他想跟誰說；同樣，我記得他說過什麼，但轉眼間忘記他說了什麼。但請原諒我，幾十年前那個晚上，他在我家看完的那兩本克莉絲蒂的小說內容，我可還記得清清楚楚。

也許有一天再遇到他的時候，我會問他之後是否還看過克莉絲蒂其他的書，如果沒有，我會跟他說，想讀要趁早，因為你會老、會來不及。至於白羅那個矮儸，大概永遠不會消失。哦，對了，還有一個叫瑪波，你說不定會來不及認識……

歡快氣氛下的解謎樂

龍貓大王通信

一九八〇年代，美國電視觀眾最喜歡的作品類型之一，是看俊男美女在電視上「床頭吵床尾和」。一九八二年，浪漫推理劇《龍鳳妙探》（*Remington Steele*）大受歡迎，男主角皮爾斯・布洛斯南（Pierce Brendan Brosnan）高大帥氣，女主角史蒂芬妮・齊姆帕勒（Stephanie Zimbalist）嬌小可愛，他們之間不但有最萌身高差，還有最凶的吵架音量，你一嘴我一嘴地互嘴黜臭，其實偷渡的是勢均力敵的甜蜜情意。一九八六年的《雙面嬌娃》（*Moonlighting*）吵得更凶，布魯斯・威利（Bruce Willis）與西碧兒・雪柏（Cybill Shepherd）這對歡喜冤家從鏡頭前吵到鏡頭外，但觀眾只認識鏡頭前流氓與淑女的美味關係，而這已經足夠讓布魯斯・威利的星運一飛沖天。

情侶神探的公式不只讓八〇年代的觀眾買單，其實早在二〇年代就被證明很有賣點。謀殺天后阿嘉莎・克莉絲蒂的經典中，恰巧就包括一對龍鳳妙探的系列作品，他們是克莉絲蒂創作的蛋頭神探與阿嬤神探之外的唯一一組情侶神探：湯米與陶品絲。

這對情侶在一九二二年出版的《隱身魔鬼》首度登場；一九二九年出版的短篇集《鴛鴦神探》裡已經結為夫妻；一九四一年的《密碼》裡勇破二戰諜網；一九六八年已步入老年的貝里福夫妻，繼續在《顫刺的預兆》裡偵查老人療養院的死亡祕辛；最終在一九七三年的《死亡暗道》裡，老先生、老太太已經決定退休，還買了一棟退休房……聽起來他們似乎沒有繼續關心凶手與謎案的必要了，對吧？怎麼可能，陶品絲搬進新家整理環境時，在前屋主留下的書中，竟然找到一段塵封已久的祕密訊息：「瑪麗喬丹並非自然死亡，凶手是我們其中的一個。」

有誰只是整理書櫃也會突然變身偵探？湯米與陶品絲就會，這多少能證明，克莉絲蒂在這對鴛鴦神探身上放進不少玩心。也許是她為湯米與陶品絲設計的浪漫關係，令克莉絲蒂為他們而寫的故事也格外輕巧俏皮。別誤會，湯米與陶品絲出場的處女秀《隱身魔鬼》有國際陰謀、有失竊的機密文件、有神祕又奸詐的犯罪首腦「布朗先生」（這下你就懂書名《隱身魔鬼》是在說誰了）。這看來是一部暗潮洶湧的諜報小說，而確實湯米與陶品絲也穩穩地踩中大部分的可怕陷阱，但克莉絲蒂將這對男女寫得實在太過可愛……你潛意識裡早就知道，他們絕對要邊吵架邊談情地（順便推理）百年好合，不會在這個險境裡就GG（完結）。

湯米與陶品絲的情誼首先是建立在「好哥兒們」的友情之上，從《隱身魔鬼》的開場就看得出來：

「湯米，你這個老東西！」

「陶品絲，老朋友！」

兩個年輕人熱情地相互問候……那兩個「老」字頗易讓人誤解，其實兩人年齡加起來絕不超過四十五歲。

二〇年代已經不是封建時代，但男女之間還是有別。而湯米與陶品絲之間的情誼，能夠打破這種隔閡，他們首先是鐵打的好友，彼此在軍醫院認識，因此他們之間有太多戰場回憶可以閒聊，也深知對方的個性與偏好，更重要的是，他們都是一窮二白。這對日後的鴛鴦神探久別重逢，既不談情也不破案，而是討論如何賺錢。克莉絲蒂可不會那麼輕易就灑糖，但從湯米與陶品絲彼此互補的性格設定，你很快就會了解這段友情遲早要昇華成戀情。

你可以懷疑，金庸筆下的郭靖、黃蓉這對射鵰俠侶設定，是不是抄襲自湯米與陶品絲。因為郭靖和湯米一樣，是個有點遲鈍的傻大個——湯米的傻可不是我說的，是克莉絲蒂這樣寫：「湯米不太聰明……但他的慧眼絕對能一眼看穿真偽。」不只如此，克莉絲蒂還形容他「有張（看得過去）的醜臉」。到底什麼樣的長相是「醜但看得過去」？克莉絲蒂只說這種長相是「很難歸類」，而且是「綜合紳士與運動員的臉孔」。這種先踹後捧的寫法我是不會買單的，湯米擺明就是個不會被稱為男神的樸拙男性。

而陶品絲與湯米完全相反，下面這段克莉絲蒂的形容，會不會讓你腦中浮現一個二〇年代的黃蓉模樣？

陶品絲稱不上漂亮，可是那張小臉蛋上有著精靈般的線條、堅毅的下巴，還有一雙隔得很開、從平直的黑眉毛下望去迷迷濛濛的灰色大眼，在在表現出個性和魅力……她的外表散發著一股敢作敢為、精明能幹的味道。

「精靈般」、「個性魅力」、「敢作敢為精明能幹」，這是一位充滿行動力又特立獨行的女性，剛好補足了湯米謹慎緩行的保守個性。當久違重逢的湯米與陶品絲一起討論該如何賺錢，他們在排除繼承遺產（沒有任何親戚有遺產）與為錢結婚（兩人的異性緣都少得可憐）兩個途徑後，決定還是親力親為白手起家。但是誰先提出一起合夥開公司的點子呢？當然是即知即行的陶品絲！他們決定開一家「青年冒險家企業」，名稱響噹噹，事實上，他們開的是《銀魂》裡的「萬事屋」生意：有錢，什麼活我們都幹。

這種歡快的氣氛，引領湯米與陶品絲穿梭一個又一個謎團，大到《密碼》裡追捕兩名納粹間諜，小到《顫刺的預兆》裡的養老院祕密。即便他們沒有在解謎，光是看湯米與陶品絲鬥嘴聊天就很有趣，而這是有別於白羅系列或瑪波小姐系列的獨特樂趣。

這種創作上的玩心有時不是那麼容易發現，例如在《鴛鴦神探》這本短篇小說集裡，每個小短篇不但都是貝里福夫妻的探險歷程，同時也是克莉絲蒂的諧仿之作——每一篇內容都隱射推理黃金年代的名作家或名角色。例如〈女士失蹤了〉致敬了福爾摩斯的〈法蘭西斯·卡法克小姐的失蹤〉（*The Disappearance of Lady Frances Carfax*）；〈霧中人〉則諧仿了史上最厲害的「神父偵探」布朗神父……克莉絲蒂甚至諧仿自己，在《鴛鴦神探》的最後一個故事〈代號十六的人〉裡，湯米自稱是「沒長鬍鬚但智力過人」的白羅！

湯米與陶品絲系列的五本小說，自《隱身魔鬼》到最後的《死亡暗道》，克莉絲蒂創作的時間橫跨五十年，我們可以看著貝里福夫妻逐漸變老。福爾摩斯也會老，白羅也會老到糊塗，但是湯米與陶品絲卻老得很愉快。他們始終愉快，不管是年輕或蒼老，這讓閱讀五本湯米與陶品絲系列的體驗，宛如身處春風之中一樣愉快，值得推薦給長期與雨劍風刀相伴的推理粉絲。

當然，除了湯米與陶品絲系列之外，克莉絲蒂還有不少經典：《一個都不留》自然不用多提；《無辜者的試煉》是我個人特別喜愛的一本小說，我在遠流的 App「謀殺天后密室」裡的「密室之聲」Podcast 第十六集裡，談過這本講述家庭內情勒暴力的小說；此外還有曾與白羅合作過的雷斯上校探案《褐衣男子》與《魂縈舊恨》，以及性格沒那麼出彩的穩重蘇格蘭警場刑事主任巴鬥，他的幾本小說包括《煙囪的祕密》、《七鐘面》、《殺人不難》與《本末倒置》也包含在內，特別值得一提的是，《本末倒置》是克莉絲蒂本人最喜歡的十部作品之一。而《謎樣的鬼豔先生》中的哈利·鬼豔，是唯一獲得克莉絲蒂獻詞的偵探。

獻詞

阿嘉莎・克莉絲蒂是世界讀者最眾，也最廣受喜愛的女作家。
身為克莉絲蒂的孫兒，我相信奶奶會非常樂見這次出版，
因為她極以自己作品中的趣味與娛樂為豪。
歡迎所有喜歡本系列的台灣新讀者參與這場饗宴！

——馬修・培察（Mathew Prichard）

／01

薄暮時分，他來到渡口。

他大可早就來到這裡。但事實上是，他盡可能拖延。

先是和他的一些朋友在「紅碼頭」午宴；輕率、散漫的對談，交換共同朋友的八卦……這一切在在意味著他內心裡對他不得不去做的事退縮不前。他的朋友邀他留下來喝午茶，他接受了。然而最後，他知道他不能再拖延下去的時刻終於還是來到了。

他雇來的車子在等著。他告別離去，驅車沿著擁擠的海岸公路行駛七哩路，然後轉向內陸，沿著一條樹木繁茂的小路來到河邊的石堤小碼頭。

他的司機用力扯動一口大鐘，召喚遠方的渡船。

「你不需要我等你吧，先生？」

「不用，」亞瑟．卡格里說，「我已經叫了部車子一小時之內在對岸接我……載我到柴茅斯去。」

司機接下車資和小費。他凝視著陰暗的河面說：「渡船就要來了，先生。」

他柔聲道句晚安，車子一掉頭沿著山坡爬升駛去。亞瑟．卡格里獨自留下來在碼頭邊等著。伴隨著他的只有滿腹心思以及對未知處境的掛慮。這裡的景色真是荒蕪，他想，讓人有如置身蘇格蘭湖泊區，遠離人煙。然而，只不過幾哩路外，就是旅館、店鋪、雞尾酒吧以及「紅碼頭」的人群。他再次感受到英格蘭景色中的強烈對比。

他聽到渡船槳櫓搖近小碼頭邊的輕柔撥水聲。亞瑟．卡格里走下堤岸的斜坡，在船伕用鉤竿穩住船身之時上了船。他是個老人，給卡格里一種迷幻的印象，覺得他和他的船是相屬的，一體而不可分割。

船身撐離岸邊時，一小陣冷風從海面颯颯吹了過來。

「今晚涼颼颼的。」船伕說。

卡格里得體地應答。他進一步附和說是比昨天冷一些。

他覺察到，或是自以為覺察到，船伕眼中遮掩住的好奇神色。來了個陌生人，而且是一個旅遊季節結束後才來臨的陌生人。更進一步說，這位陌生人在不尋常的時刻渡河……此時到對岸碼頭的餐館喝下午茶已嫌晚。他沒帶行李，因此不可能是要到對岸去過夜（唉，卡格里心想，他真的來得太晚嗎？真的是因為潛意識裡他一直在拖延嗎？盡可能把他不得不做的事往後拖延？）。渡過盧比孔河[1]，河……河……他的心思回到另一條河上——泰晤士河。

他當時對它視而不見（是昨天才發生的事？），然後再轉回頭去看著隔著桌面和他對坐的男人。那對眼睛心思重重，帶著某種他無能了解的眼神。一種含蓄的眼神，心裡在想著什麼卻沒有表達出來……

「我想，」他想著，「他們已經學會了絕不把心裡在想的事顯露出來。」

這件事一旦開始進行便會變得相當可怕。他必須做他不得不做的事，然後……忘掉！

他想起昨天的那次談話，眉頭皺了起來。那個悅耳、平靜、不置可否的聲音說道：「你對你的行動方針相當堅決吧，卡格里博士？」

他激烈地回答：「我還能怎麼辦？這你當然明白吧？你也一定同意吧？這是我不可能迴避的事。」

然而他不明白那對灰色瞇眼中的神色，對於他的回答也微露迷惑。

「得兼顧到相關的一切……從所有的角度來考慮。」

「從正義的觀點來看，它應該只有一個角度吧？」

他激烈地說，突然想到這根本就是要避重就輕的卑鄙暗示。

「就某方面來說，是的。但不只是那樣，你知道，不只是——我們姑且說——正義？」

1 意即「下定重大決心」。

「我不同意。要考慮到他的家人。」

對方迅速說道：「的確……噢，是的，的確是。我是有想到他們啊。」

這在卡格里聽來根本是廢話！因為如果有想到他們……

但對方立即說話，悅耳的話聲毫無改變。

「這完全要看你自己，卡格里博士。當然，覺得該當做的你再去做。」

渡船在沙灘上登陸。他已經渡過盧比孔河了。

船伕柔和的西部口音說道：「四便士，先生，或是你要回程？」

「不，」卡格里說，「不會有回程。」（聽起來多麼不吉利的一句話！）

他付了錢，然後問道：「你知不知道一棟叫作『陽岬』的屋子？」

好奇的神色不再遮掩住。老人眼中的興味熱切地躍現出來。

「當然了。在那邊，沿著你的右手邊上去……透過那些樹縫就看得見它。你爬上山坡，沿著右手邊的路過去，然後走那條新路，穿越住宅區。最後的那棟房屋……最盡頭的那棟就是了。」

「謝謝。」

「你說的是『陽岬』吧，先生？阿吉爾夫人……」

「是的，是的……」卡格里打斷他的話，他不想談這件事。「『陽岬』。」

船伕的雙唇緩緩扭曲出怪異的微笑，看起來突然像是羅馬神話中半人半羊的狡獪農牧之神。

「是她把那棟房子稱作那個名字的，在大戰的時候。當時是一棟新房子，當然，才剛剛蓋好，還沒有名字。但是蓋房子的那塊地——那裡樹木很多——叫『毒蛇岬』，沒錯！但『毒蛇岬』不合她的意，不能作為她房子的名稱。『陽岬』，她這麼稱呼。不過我們大家仍然叫它『毒蛇岬』。」

卡格里唐突地向他道謝，說聲晚安，便開始上山。每個人似乎都在自己家裡，但是他有個幻覺，覺得一些看不見的眼睛正透過窗戶凝視著；那些眼睛都在監視著他，知道他要去什麼地方，彼此說道：「他要去『毒蛇岬』……」

「毒蛇岬」。適切得令人心裡發毛的名字。

比魔鬼的利齒更尖銳……

他猛然止住他的思緒。他必須集中精神、做好決定要說些什麼。

§

卡格里走到兩旁都是漂亮新房的新路盡頭，這裡的每一棟房子都有一座八分之一英畝的花園；岩壁植物、各色菊花、玫瑰、琴柱草、天竺葵，每一棟房屋的主人都展示出他或她的獨特園藝品味。

路的盡頭是一道大鐵門，上面有著哥德體的「陽岬」字樣。他打開鐵門，沿著短短的車道走過去。房屋就在他的前頭，是一棟建築良好但沒有特色的現代房屋，有著山形牆和大玄關。它可能矗立在任何上流階級的市郊地區，或是任何新開發的土地上。在卡格里看來，它配不上周邊的景色。因為它四周的景色十分壯麗。河流至此岬角猛然大轉彎，幾乎轉回原來的流處。對面樹木繁茂的山丘突起，向左溯流而上又是一處河曲，遠處則是一片牧草地和果園。

卡格里駐足一陣，上下眺望河流。應該在這裡建一座城堡，他想，一個不可思議、荒謬童話中的城堡！那種用薑汁麵包和冰糖造成的城堡。然而眼前展現的只是一棟好品味、抑制、中庸、多得是錢卻全無想像力的房子。

嗯，當然，不能怪罪阿吉爾一家人。他們只是買下這棟房子，不是建造它。然而，是他們，或者他們之一（阿吉爾夫人？）選中了它……

他對自己說：「你不能再拖延了。」然後按下門邊的電鈴。

他站在那裡，等著。過了適宜的一段時間，他再度按下電鈴。

他沒聽見裡頭有任何腳步聲，然而，猝不及防之下，門突然大開。

他嚇了一跳，退後一步。對想像力已經過度活躍的他來說，一位「悲劇女神」正站在那裡擋住他的去路。那是一張年輕的臉，就在它年輕的深刻中存在著悲劇的本質。悲劇的假面永遠是年輕的假面……無助、宿命，劫數逐漸趨近……來自未來……

他恢復精神，理性地想：「愛爾蘭類型」，深藍的眼睛，四周的陰影，上翹的黑髮，頭骨和顴骨給人悲戚的美感……

女孩站在那裡，年輕、警覺而懷著敵意。

她說：「什麼事？你想幹什麼？」

他俗套地回答：「阿吉爾先生在嗎？」

「在。不過他不見人。我的意思是，不見他不認識的人。他不認識你，對吧？」

「是，他不認識我，不過……」

她開始關門。

「那麼你最好寫信……」

「對不起，可是我很想要見他。你是……阿吉爾小姐？」

她不情願地承認。

「我是海絲塔．阿吉爾，是的。但我父親不見人……沒有事先約好的都不見。你最好先寫信來。」

「我老遠跑來……」

她不為所動。

「他們全都這樣說。不過我想這種事應該要停止了。」她繼續責怪地說，「你大概是記者吧，我想？」

「不，不，絕對不是。」

她懷疑地看著他，彷彿她並不相信。

「呃，那麼你要幹什麼？」

在她背後，有段距離的門廳裡，他看見另外一張臉，一張平板庸碌的臉。若要加以描述的話，他會把它稱為像平鍋烤餅般的臉，一張中年婦女的臉，灰黃色的鬈髮像團膠泥似地貼在她的頭上。她像一條警覺的惡龍一般，在那裡盤旋、等待。

「事關你哥哥，阿吉爾小姐。」

海絲塔·阿吉爾猛然吸一口氣。她不相信地說：「麥可？」

「不，你哥哥傑克。」

她猛然爆出。

「我就知道！我就知道你是為傑克的事來的！為什麼你們就不能讓我們平平靜靜地過日子？一切都已經過去了，了結了，為什麼還要繼續？」

「你永遠無法真正說任何事情已經了結了。」

「不過這件事是了結了！傑克死了。為什麼你們不能讓他過去就算了？一切都已經結束了。如果你不是記者，那麼我想你大概是個醫生、心理學家或是什麼的。請走吧，我父親不能被打擾，他在忙。」

她開始關門。匆匆之間，卡格里採取了他早該採取的行動。他從口袋裡抽出一封信，急急遞給她。

「我這裡有封信……馬歇爾先生的信。」

她吃了一驚，手指遲疑地抓住信封。她不安地說：「倫敦的馬歇爾先生？」

這時原先一直潛伏在門廳的那位中年婦女突然過來加入她的陣營。她懷疑地凝視著卡格里，而他則想起了外國的女修道院。對嘛，這應該是張修女的臉！它需要一條縐紗白頭巾或是隨便你稱它為什麼的，緊緊地包在臉孔的周圍，再加上黑色修女袍服和面紗。這張臉，不常專注於宗教思想，它是張俗門修女的臉，透過厚重門扉的小小縫隙，疑心重重地凝視著你，然後才勉勉強強地讓你進門，帶你到會客室去，或是去見女修道院長。

她說：「馬歇爾先生叫你來的？」

她這句話說得像是在指責他一般。

海絲塔低頭凝視著手上的信封，然後一言不發，轉身跑上樓去。

卡格里留在門口，忍受惡龍修女那飽含指責、懷疑的眼光。

他很想找話說，可是一句都想不出來。因此，他謹慎地保持沉默。

隨即，海絲塔冷靜、淡漠的聲音從樓上朝他們飄浮過來。

「父親說要他上來。」

看住他的人有點不情願地移到一邊去。她懷疑的表情並未改變。他從她身旁過去，把帽子擱在一張椅子上，登上樓梯，來到海絲塔站著等他的地方。

屋子內部令他隱隱覺得有種衛生保健的味道，他想，媲美於那種昂貴的療養院。

海絲塔領他沿著走道過去，下了三級台階，然後推開一扇門，作勢要他進去。她隨他身後走入，隨手把門關上。

這是間書房，卡格里愉快地抬起頭。這個房間的氣氛和屋子的其他地方全然不同。這是個男人生活的房間，他在這裡工作，同時休息。四壁都是一列列的書籍，椅子都很大，有點破舊，卻舒適。書桌上堆著一些亂中有序的文件，幾張桌子上也都零散地放著一些書本。他瞥見一個年輕女人從對面另一道門出去。相當吸引人的年輕女人。然後他的注意力被起身過來招呼他的男人占去，他手上拿著攤開的信。

卡格里對李奧．阿吉爾的第一印象是，他非常纖弱，非常透明，幾乎像不存在一般。一具男人的幽靈！當他開口時，聲音宜人，儘管缺乏磁性。

「卡格里博士？」他說，「坐，坐。」

卡格里坐下來，接受了一根香菸。他的主人在他對面落坐。一切過程毫不匆忙，彷彿置身時間不具意義的世界中。李奧．阿吉爾說話時，臉上掛著溫和的淡笑，用毫無血色的指尖輕敲著那封信。

「馬歇爾先生信上說，你有重要的話要跟我們說，雖然他並未指明是哪種事。」他的笑容加深，接著又說：「律師向來都非常謹慎，不做任何承諾，不是嗎？」

卡格里有點驚訝地發現，面對他的這個男人是個快樂的人。不是一般正常的快活、熱烈的快樂，而是屬於他自己一種隱微但心滿意足的退隱性快樂。這是一個外頭世界侵犯不到他而他為此感到心滿意足的男人。卡格里不知道為什麼自己為此感到驚訝……但是他的確感到驚訝。

卡格里說：「你願意接見我真好。」這只是句機械式的開場白。「我認為親自來一趟比寫信好。」他停頓下來後，才又突然焦躁地說：「這……很難……」

「慢慢來。」

李奧．阿吉爾仍然禮貌而遙不可及。

他傾身向前，顯然想以他溫和的方式幫忙。

「既然你帶了馬歇爾的信來，我料想你的來訪一定和我不幸的孩子傑克有關。」

卡格里細心準備的一切話語都棄他而去。他坐在這裡，面對著他不得不說出的驚人事實，再度結巴了起來。

「這實在太難以……」

一陣沉默。然後李奧謹慎地說：「如果這幫得上你……我們都十分清楚傑克幾乎不算正常的人。你要說的事沒什麼可讓我們感到驚訝的。那麼可怕的悲劇，我深信傑克並不該為他的行為負責。」

「他當然不該負責。」是海絲塔發話。卡格里被她的話聲嚇了一跳。他已經一時忘了她也在場。她坐在他左肩後一張椅子的扶手上。當他轉過頭時，她急切地傾身靠近他。

「傑克一向很可怕，」她坦白說。「他就跟小時候一模一樣……我是說，當他發脾氣的時候。總是抓起他能找到的任何東西就……攻擊你……」

「海絲塔，海絲塔，我親愛的。」阿吉爾的聲音顯得苦惱。

女孩吃驚地一手遮向雙唇。她臉紅起來，說起話來突然帶著年輕人的彆扭。

「對不起，」她說，「我並無意……我忘了，我不該說那種話。現在他已經……我的意思是說，如今一切已經過去了，而且，而且……」

「過去，而且了斷了，」阿吉爾說，「這一切都是過去的事了。我試著——我們全都試著——把他當作病人看待。他是自然女神那些不適應環境的孩子。我想，這是最佳的說明。」他看著卡格里。「你同意吧？」

「不。」卡格里說。

一陣沉默。這一聲尖刻的否定，令他兩位聽眾都吃了一驚。那聲「不」字，幾乎帶著爆炸性的力量衝出來。他試圖減緩它的效力，尷尬地說：「我……對不起。你知道，你還不明白。」

「噢！」阿吉爾好像在思考。然後轉向他女兒。「海絲塔，我想也許你最好離開……」

「我不離開！我一定要聽，要知道是怎麼回事。」

「那可能讓人感到不愉快……」

海絲塔不耐煩地叫道：「傑克又幹出什麼可怕的事來有什麼關係？一切都過去了。」

卡格里迅速接道：「請相信我，不是你哥哥做出了什麼事……完全相反。」

「我不明白……」

房間另一頭的那扇門打開，卡格里剛才驚鴻一瞥的那個年輕女人回到房裡來。現在她穿著一件外出外套，提著一只小手提箱。

她跟阿吉爾說話。

「我要走了。還有沒有其他……」

阿吉爾猶豫一下（他習慣猶豫，卡格里心想），然後一手擱在她手臂上把她拉向前來。

「坐下來，關黛，」他說，「這位是……呃，卡格里博士。這是馮恩小姐，她是……」他再度遲疑似地停頓下來。「她幾年來一直是我的祕書。」他接著又說：「卡格里博士來告訴我們一些事……或是，問我們有關傑克……」

「是告訴你們一些事，」卡格里插嘴說，「而你們不了解，你們每一刻都讓我感到更加困難。」

他們全都有點驚訝地看著他，然而在關黛．馮恩的眼中，他看到一種似是了解的光芒。彷彿一時他和她結盟起來，彷彿她說：「是的，我知道阿吉爾這家人叫人多麼為難。」

她是個吸引人的年輕女人，他想，儘管不太年輕……或許三十七、八歲了。豐腴美好的身材，黑頭髮、黑眼睛，具有精力充沛、身心健康的氣息。她給人能幹又聰慧的印象。

阿吉爾態度有點冷淡地說：「我一點都不知道讓你感到為難了，卡格里博士。這當然不是我的本意。如果你直說……」

「是的，我知道。原諒我剛剛說過的話。可是你，還有你女兒，堅持強調事情已經過去了、了斷了、結束了。事情並未過去。是誰說過『沒有任何事情是解決了，直到……』」

「『直到正確地解決了，』」馮恩小姐替他說完。「吉卜林[2]。」

她鼓勵性地朝他點點頭。他對她心懷感激。

「不過我就要說到重點了。」卡格里繼續說，「你們聽完我不得不說的話後，就會明白我的……我的為難。或者更貼切一點說，我的苦惱。首先，我必須提一些有關我自己的事。我是個地球物理學家，是最近到南極探險的探險隊成員。我幾個星期前才剛回到英格蘭。」

「海伊斯．班特利探險隊？」關黛問道。

他感激地轉向她。

「是的，是海伊斯．班特利探險隊。我告訴你們這個是為了說明我的背景，同時說明我大約有兩年的時間和……和時事脫了節。」

她繼續幫助他。

「你的意思是說，比如謀殺案審判這類的事？」

「是的，馮恩小姐，這正是我的意思。」他轉向阿吉爾。「如果這令人感到痛苦，請原諒我，不過我必須和你核對一些時間和日期。前年十一月九日那天，大約傍晚六點，你兒子傑克・阿吉爾，來這裡拜訪他母親阿吉爾夫人。」
「我太太，是的。」
「他告訴她說他有了麻煩，需要錢。這種事以前發生過……」
「許多次。」李奧嘆口氣說。
「阿吉爾夫人拒絕。他變得態度粗暴、口出惡言、放話威脅。最後他衝出門離去，叫嚣說他會回來，到時候她最好『乖乖掏出錢來』。他說：『你不想讓我進監牢吧？』而她回答說：『我開始相信那可能對你最好。』」
李奧・阿吉爾不安地挪動身子。
「我太太和我一起商談過。我們……對那孩子感到非常不高興。我們一再的救濟他，想讓他東山再起。在我們看來，也許坐刑的震撼或監牢裡的訓練可以……」他的話聲消失。
「不過請繼續。」
卡格里繼續。
「那天夜裡稍晚的時候，你太太被殺。被人用火鉗擊倒。你兒子的指紋留在火鉗上，而你太太稍早時放在大桌子抽屜裡的一大筆錢不見了。警方在柴茅斯抓到你兒子。發現那筆錢

2 吉卜林（Joseph Rudyard Kipling, 1865-1936），英國作家，曾獲一九〇七年諾貝爾文學獎。

在他身上，大部分是五英鎊的鈔票，其中有一張上面寫有一個人名和住址，所以銀行認出那是那天早上付給阿吉爾夫人的鈔票。他被起訴並接受審判，」卡格里停頓一下。「判決是蓄意謀殺。」

說出來了，這要命的字眼。謀殺……不是餘音迴盪的名詞，而是個窒悶的字眼，被窗簾、書本、地毯一一吸融進去……字眼本身可能鬱悶？卻不是真實的行動……

「我從辯護律師馬歇爾先生那裡了解到，你兒子在被捕時抗辯說他是無辜的，而且態度磊落，更不用說是十足自信了。他堅持說他在警方推定的謀殺時間——七點到七點三十分之間——有確切的不在場證明。在那段時間裡，傑克・阿吉爾說，他正搭人家的便車到柴茅斯去，他就在快要七點時，在離這裡大約一哩路外瑞德敏通往柴茅斯的幹道上搭上便車。他不知道那部車子的廠牌（當時天色已暗），但他知道是一輛黑色或深藍色大轎車，由一位中年人駕駛。警方用盡方法追蹤這部車和那位駕駛人，但是得不到證實，連律師本身都深信是那男孩急就章編造出來的故事，而且編得不十分高明……

「審判時主要的辯護路線是試圖由心理醫生提供證詞，證明傑克・阿吉爾一向精神不穩定。法官對這項證詞的批評有點苛刻，總結起來對被告完全不利。傑克・阿吉爾被判無期徒刑。他服刑後六個月因肺炎死於監獄。」

卡格里停下來。三雙眼睛都盯牢在他身上，關黛的眼中充滿興趣以及專注，海絲塔則懷疑依舊；李奧・阿吉爾的目光則一片空白。

卡格里說：「你會確認我陳述的事實正確吧？」

「完全正確，」李奧說，「儘管我還不明白，為什麼有必要重述這些我們試圖忘掉的痛苦事實。」

「原諒我，我不得不這樣做。我想，你對判決沒有異議吧？」

「我承認事實如同你所說……也就是說，如果你不去追究背景原因。這是謀殺，無可諱言。但如果你去探究事實的背景，那就有很多可斟酌的地方。這孩子精神不穩定，儘管不幸就法律上來說並非如此。馬克諾頓法條實在太過褊狹而令人不服。我向你保證，卡格里博士，瑞琪——我是指我去世的妻子——也會原諒那可憐孩子的魯莽行為。她是個觀念前衛的人道思想者，對於心理因素有很深的認識。她不會怪罪他。」

「她不清楚傑克有多可怕，」海絲塔說，「他一向都是……他好像就是控制不了自己。」

「這麼說，你們全都……」卡格里緩緩說道，「毫無疑問？我是說，對他有罪毫無疑問？」

海絲塔同意。

「我們怎麼可能有疑問？當然他是有罪的。」

「並不是真的有罪，」李奧提出異議。「我不喜歡這個字眼。」

「而且是個不對的字眼，」卡格里深吸一口氣。「傑克·阿吉爾是……無辜的！」

02

這應該是項聳人聽聞的宣告，然而，在此處卻顯得平庸無奇。卡格里原本期待著慌張的反應、難以置信的喜悅，糾纏著不解、急切的問話……但一樣都沒有。似乎只有醒覺與懷疑。關黛．馮恩皺著眉頭。海絲塔睜大眼睛瞪著他。哦，或許這是自然的……這樣的宣告是難以立即理解的。

李奧．阿吉爾遲疑地說：「卡格里博士，你的意思是，你同意我的看法？你不覺得他該為他的行為負責？」

「我的意思是，不是他幹的！難道你不了解嗎，老兄？不是他幹的，不可能是他幹的。要不是最不尋常、最不幸的情況結合在一起，他可能已經證實他是無辜的了——我可能已經證明他是無辜的了。」

「你？」

「我就是開那輛車子的那個男人。」

他說得這麼簡單，他們一時並沒理解過來。在他們能恢復過來之前，有人闖了進來……門被打開，那個有著一張平庸臉孔的女人昂首闊步走進來。她單刀直入，切入正題。

「我從外面經過時聽到了。這個人說，傑克並沒有殺害阿吉爾夫人。他為什麼這樣說？他怎麼知道？」

她那張好勇鬥狠的臉突然皺縮下去。

「我必須聽聽，」她悲戚地說，「我不能無知地置之度外。」

「當然，寇蒂，你是自家人。」李奧．阿吉爾介紹她。「林斯楚小姐，卡格里博士。卡格里博士正在說些非常叫人難以置信的事情。」

卡格里被「寇蒂」這個蘇格蘭名字困惑住。她的英語好極了，但是微微帶點外國腔調。

她責怪地對他開口。

「你不該來這裡說這種話，擾亂大家的心情。他們已經受夠苦難。現在你又說那些話來擾亂他們。過去發生的事是上帝的旨意。」

他對她這番話說來洋洋自得、能言善道感到厭惡。他想，可能她才是那些對災難求之不得的恐怖份子。看著好了，不由得她撒野。

他迅速、冷淡地開口：「那天傍晚六點五十五分，我在從瑞德敏通往柴茅斯的幹道上讓一個年輕人搭上便車。我載他到柴茅斯去。我們交談了一下，我想，他是一個討人喜歡、可愛迷人的年輕人。」

「傑克很有魅力，」關黛說，「每個人都覺得他迷人。是他的脾氣害了他，而且他為人頗不正派。當然，」她若有所思地接著又說：「不過這要一段時間才發現得到。」

林斯楚小姐轉向她。

「他人已經死了，你不該這樣說。」

李奧．阿吉爾以微微刻薄的語氣說：「請繼續，卡格里博士。為什麼你當時不出面？」

「對！」海絲塔顯得喘不過氣。「為什麼你躲得遠遠的避不出面？報紙上有尋人啟事，還有廣告。你怎麼可以那麼自私，那麼壞……」

「海絲塔，海絲塔！」她父親止住她。「卡格里博士還沒把話說完。」

卡格里直接對著海絲塔發言。

「我很了解你的感受。我也知道我自己的感受，一直以來的感受……」他集中精神繼續說：「繼續我的故事：那天傍晚路上車子很多。直到七點半過後，我才把那不知名姓的年輕人送到柴茅斯讓他下車。這一點，據我了解，完全洗清了他的罪嫌，因為警方十分肯定罪案是發生在七點到七點半之間。」

「是的，」海絲塔說，「可是你……」

「請有耐心一點。為了讓你了解，我必須再提一點往事。我在柴茅斯一位朋友的家裡住了一兩天。這位朋友是個航海員，當時出海去了。他把他停放在私人車庫裡的車子借給我。

在十一月九日那天，我得回去倫敦。我決定搭晚班火車，並利用當天下午的時間去見一位我非常喜愛的老奶媽，她住在柴茅斯西方約四十哩路波加瑟的一棟小屋子裡。儘管非常老了且心思不集中，她還是認出我來，而且非常高興見到我，她十分興奮，因為她看到報紙上報導我將到南極去。我只在她那裡待了一陣子，以免她太疲累，離開時決定不循原路由沿海公路回柴茅斯，而是北上到瑞德敏去見老坎農·皮斯馬許，他的書房裡有一些非常稀罕的書籍，包括一本早年有關航海的論著，其中有一章我急於複印一份。這位老先生拒絕裝設電話，他認為那是魔鬼的裝置，對收音機、電視、電影和噴射機的看法也一樣，所以我得碰碰運氣，到他家去找他。我運氣不佳，他家大門深鎖，顯然他外出不在。我在大教堂待了一段時間，然後由幹道回柴茅斯，如此完成了三角形路線的最後一邊。我保留了寬裕的時間好回朋友家去拿行李，並把車子鎖回車庫裡，然後搭上火車。

「途中，如同我已經告訴過你們的，我讓一個不知名的人搭了便車，在城裡讓他下車之後，我繼續我的計畫。到達火車站之後，我還有空餘的時間，便走出車站到大街上去買些香菸。當我過馬路時，一輛貨車從轉角處快速駛過來把我撞倒。

「根據路人的說法，我站了起來，顯然毫髮無損而且表現得完全正常。我說我完全沒事、我得趕火車，就匆匆忙忙的回車站去。火車抵達派汀頓時我已不省人事，並被一輛救護車送去醫院，檢查結果是腦震盪……顯然事後才發作並非不尋常的事。

「當我清醒過來時——那是幾天後的事——那件意外我一點都不記得了，也不知道自己是怎麼到倫敦的。我記得的最後一件事是到波加瑟去拜訪我的老奶媽。然後，記憶就完全一片空白。醫生一再要我放心，說這種現象完全正常。看來沒理由認為我記憶中喪失的那幾個鐘頭有任何重要性。我自己或是任何人都不知道我那天傍晚曾開車經過瑞德敏通往柴茅斯的幹道。

「當時距離我動身離開英格蘭的時間已經少之又少。我留在醫院裡，必須保持安靜，不能看報紙。出院時，我直接開車到機場飛到澳大利亞加入探險隊。曾經有人懷疑我適不適合前往，但是我把這個懷疑駁斥掉。當時我的心情太焦急了，而且忙於準備工作，根本沒心思去注意謀殺案的報導。而且在人犯被逮捕之後，熱潮已經消褪，而案子上了法庭審理、案情被全盤報導時，我已經出發前往南極了。」

他停頓下來。他們都全神貫注地傾聽著。

「大約一個月前，就在我回英格蘭後，才發現這件事。我需要一些舊報紙來包裝標本。我的女房東從她的鍋爐室裡拖出一大堆舊報紙給我。我把一張舊報紙攤開在桌上，看到上面有張年輕人的照片。他的臉孔讓我覺得非常熟悉。我盡力回想我在什麼地方見過他，還有他是誰。我想不起來，但是非常奇怪，我記得和他談過話……話題與鰻魚有關。他聽我談及鰻魚一生的冒險故事時相當入迷。然而那是什麼時候？什麼地方？我看著那篇報導，看到這位年輕人叫作傑克．阿吉爾，被控謀殺，看到他告訴警方他搭過一輛黑色大轎車的便車。

「突然間，我失去的那一小段生命記憶恢復了。我讓這個看來一模一樣的年輕人搭過便車，載他到柴茅斯，讓他下車，回到朋友家去，步行過馬路去買香菸。我對那輛貨車的記憶只是它撞上我時的驚鴻一瞥，然後什麼都不記得了，只想得起抵達醫院之後的事。我仍然對進入火車站搭車到倫敦的事毫無記憶。我一再看著那段報導。審判是一年多前的事，這個案子幾乎已經被人淡忘。『一個年輕人殺了他母親，』我的女房東模模糊糊記得。『不知道後來怎麼啦，想是他們把他吊死了。』我看過了那段時期的報紙檔案，然後到馬歇爾法律事務所去，他們是被告的辯護律師。我知道我去得太遲了，來不及挽救這不幸的孩子。他因肺炎死於監獄。雖然在他生前公理不得伸張，但至少，我們要在對他的記憶中還他公道。我和馬歇爾先生去找警方。這個案子正由檢察官承辦中。馬歇爾很有把握他會向內政部長報告。

「當然，你們會收到他一份完整的報告。他之所以拖延，純然是因為我急於成為第一個讓你們知道事實真相的人。我覺得我在道義上有義務經受這次痛苦的考驗。我相信你們知道我會永遠深深感到愧疚。如果我當初過馬路時多加小心……」他中斷下來。「我知道你們對我絕不可能有好感——雖然就法律上來說，我是無可怪罪的——你們，你們所有的人，一定很責怪我。」

關黛．馮恩迅速開口，聲音溫情仁慈。

「我們當然不怪你。這只是……那種事情。一場悲劇……難以置信，卻發生了。」

海絲塔說：「他們相信你嗎？」

他驚訝地看著她。

「警方，他們相信你嗎？如何證明這一切不是你編造出來的？」

他禁不住微笑起來。

「我是個非常有聲望的證人，」他溫和地說，「我沒有任何私心，而且他們已經仔細調查過我所說的話、來自柴茅斯的各種細節資料，還有醫學上的證明。噢，對了，還有馬歇爾相當小心謹慎，當然，就像所有律師一樣。他在有把握成功之前不會挑起你們的希望。」

李奧．阿吉爾在椅子上扭動一下，首度開口。

「你說『成功』是什麼意思？」

「抱歉，」卡格里迅速說，「那不是個正確的字眼。你兒子被控以他並沒有犯下的罪名被審判、定刑……然後死在牢中。對他來說，公理來得太遲了。然而這項公理將得以伸張，可以確信必將伸張，世人將看到它伸張。內政部長或許會建議女王宣布特赦。」

海絲塔笑出聲來。

「特赦……為了他並沒做的事？」

「我知道，這些專有名詞一向不切實際。不過，慣例上會在議會中提出問題，問題的回答會明白表示傑克．阿吉爾並沒有犯下他被控訴的罪行，而報社會自由報導事實。」

他停止下來。沒人開口。這對他們來說大概是一大震驚。但畢竟是一項快樂的震驚。

他站了起來。

「我恐怕，」他不確定地說，「沒什麼話好再說的了……重複說我有多麼的抱歉、多麼的難過、多麼想請求你們的原諒……這一切你們一定都太了解了。這樁結束了他的生命的悲劇，已經使我自己的生命蒙上陰影。但是，至少，」他強調，「這具有意義……知道他並沒有做這件可怕的事，他的名譽，你們的名譽，將在世人的眼中洗清……」

如果他希望得到回答的話，那他可就大失所望了。

李奧．阿吉爾沉落在椅子裡。關黛的眼光落在李奧臉上。海絲塔坐在那裡盯著前方，眼睛圓睜，神色悲慘。林斯楚小姐低聲咕噥著什麼，同時搖搖頭。

卡格里無助地站在門邊，回頭看著他們。

控制局面的人是關黛．馮恩。她走向他，一手擱在他的臂上，低聲說：「你現在最好走吧，卡格里博士。這個震驚太大了，他們需要時間去理解。」

他點點頭走出去。到了樓梯口，林斯楚小姐追上他。

「我送你出去。」她說。

在房門關上之前，他看到關黛．馮恩蹲跪在李奧．阿吉爾的椅子旁。這令他有點驚訝。

在樓梯口，林斯楚小姐站在那裡面對他，像個警衛一般凶巴巴地對他說話。

「你已經無法讓他起死回生了，為什麼還要把那一切帶回他們的腦海裡？直到現在，他們都認命不去想它了。現在他們又將受苦受難。不去理會才是對的。」

她不滿地說。

「他的罪名必須在人們的記憶中洗清。」亞瑟．卡格里說。

「好高尚的情操！這沒什麼不好。不過你沒有真正去思考這一切代表什麼。男人，他們從來就不思考。」她跺起腳來。「我愛他們。我來這裡幫阿吉爾夫人，那是一九四〇年，她把這裡當作戰時育幼院時，收容一些家園被炸毀的兒童。為了他們，我們能做的都做了。那是將近十八年前。可是，甚至在她死後，我還留下來照顧他們，保持房子清潔舒適，讓他們吃到可口的食物。我愛他們所有的人，是的，我愛他們……而傑克……他很壞！噢，沒錯，我也愛他。但是……他太壞了！」

她猛然轉身離去。看來她似乎忘了她說要送他出門的話。卡格里緩緩下樓。當他正笨拙地掰弄前門上一道他打不開的安全鎖時，聽見樓梯上有陣輕快的腳步聲。海絲塔飛奔下來。

她把門上的插銷取開，打開門。他們站在那裡彼此對視。他比先前更不明白，為什麼她會以那種悲劇性、譴責的眼光面對他。

她聲音猶如吹氣般地說：「你為什麼要來？噢，為什麼你要來？」

他無助地看著她。

「我不懂你的意思。難道你不想要你哥哥的名譽獲得洗清嗎？難道你不想要為他尋回公道嗎？」

「噢，公道！」她衝著他大聲說。

他重複說：「我不懂……」

「還在說什麼公道！如今這對傑克有什麼重要？他已經死了。重要的不是傑克，是我們！」

「你是什麼意思？」

「重要的不是有罪的人，而是無辜的人。」

她抓住他的手臂，手指用力掐入。

「重要的是我們！難道你不明白對我們做出什麼事來了？」

他睜大眼睛看著她。

在門外一片黑暗中，一個男人的身影逐漸顯現。

「卡格里博士？」他說，「你的計程車來了，先生，要送你去柴茅斯。」

「噢，呃……謝謝你。」

卡格里再次轉向海絲塔，但是她已經退回屋子裡去了。

前門砰的一聲關上。

／03

海絲塔把額頭上的黑髮撥回去，緩緩登上樓梯。寇蒂．林斯楚在樓梯上頭等她。

「他走了？」

「是的，他走了。」

「你受到了驚嚇，海絲塔。」寇蒂說，手溫柔地擱在她肩膀上。「跟我來。我倒點白蘭地給你。這一切，太令人難以承受了。」

「我不想要喝白蘭地，寇蒂。」

「也許你是不想，不過那對你有好處。」

年輕女孩不加抗拒，任由寇蒂帶她走過通道進入後者的小客廳。她接受對方遞給她的白蘭地，緩緩啜飲著。寇蒂以激怒的口吻說：「一切都太突然了。應該事先通知一下。為什麼馬歇爾先生不先寫信來？」

「我想大概是卡格里博士不讓他寫。他想要親自過來告訴我們。」

「親自來告訴我們，真是的！他以為這個消息會對我們產生什麼作用？」

「我想，」海絲塔以奇怪而平板的聲音說，「他認為我們應該會感到高興。」

「不管高不高興，反正一定是個震驚。他不該這樣做。」

「但是就某方面來說，他很勇敢，」海絲塔說。她的臉上出現紅暈。「我的意思是，這不是件容易的事。來告訴某家族說，他們一位因謀殺入罪而死在獄中的親人其實是無辜的。是的，我認為他很勇敢……不過我還是希望他沒來。」她加上一句話。

「這……我們全都這樣希望。」寇蒂敏捷地說。

海絲塔突然從原先的心思中醒覺過來，感興趣地注視著她。

「原來你也那樣覺得，寇蒂？我還以為只有我這麼想。」

「我不是傻瓜，」林斯楚小姐厲聲說，「我可以想見你的卡格里博士沒考慮到幾個可能性。」

海絲塔站起來。

「我得去見父親。」她說。

寇蒂．林斯楚同意。

「是的。他現在應該有時間想想怎麼辦才好。」

當海絲塔走進書房時，關黛．馮恩正在忙著打電話。她父親向她招手，海絲塔走過去坐在他椅子的扶手上。

「我們在試著跟瑪麗和麥可通話，」他說，「他們應該立即知道這件事。」

「喂，」關黛．馮恩說，「是杜蘭特太太嗎？瑪麗？我是關黛．馮恩。你父親要跟你說話。」

李奧走過去，接過話筒。

「瑪麗，你好嗎？菲利普好嗎……好。發生了相當特別的事……我想應該馬上告訴你們。有一位卡格里博士剛剛來見過我們。他隨身帶來一封安德魯．馬歇爾的信。是關於傑克的事。好像——真的是非比尋常——好像傑克在法庭上所說的，說他搭某人的便車到柴茅斯去的事，是完全真實的。這位卡格里博士就是讓他搭便車的人……」他中斷下來，聽著他女兒在電話那端跟他說的話。「是的，哦，瑪麗，我現在不詳細說明為什麼他當時不出面了。他出了車禍，腦震盪。整件事聽起來好像是真的。我打電話是要告訴你，我們應該盡快在這裡開一次會。也許我們可以找馬歇爾過來和我們一起討論。我們應該聽取最佳的法律意見。你和菲利普能來嗎？是的……是的，我知道。但我真的認為很重要，親愛的……是的……再打電話給我，如果需要的話。我還得找找麥可。」

他放回話筒。

關黛．馮恩走向電話。

「要不要我現在打電話找麥可？」

海絲塔說：「如果要費點時間，可以先讓我打個電話嗎，關黛？我想打給唐納德。」

「當然可以，」李奧說，「你今天晚上要跟他出去，不是嗎？」

「本來是的。」海絲塔說。

她父親目光銳利地看了她一眼。

「這件事讓你非常不安嗎，親愛的？」

「我不知道，」海絲塔說，「我不太知道我有什麼感受。」

關黛在電話機旁讓開，海絲塔撥號。

「請接葛瑞醫生。是的。是的。我是海絲塔．阿吉爾。」停了一下子，然後她說：「是你嗎，唐納德？我打電話是想告訴你，我今晚不能和你去聽演講……不，我沒生病……不是，只是，呃，只是我們……我們聽到了一項相當奇怪的消息。」

葛瑞醫生再度說話。海絲塔轉向她父親，用手遮住話筒對他說：「這不是祕密，是嗎？」

「是的，」李奧緩緩說道，「不完全是個祕密……哦，只要唐納德自己暫時知道就好了，不要說出去。你知道謠言是怎麼傳出去而且愈傳愈誇大的。」

「是的，我知道。」她再度對著話筒講話。「就某方面來說，我想可以說是好消息，唐納德，但這相當令人心煩。我不想在電話中講……不，不，不要過來，請你……不要，不要今天晚上。明天找個時間好了。是關於……傑克……是的，是的，我哥哥……我們發現他並沒有殺我母親……但請不要說出去，唐納德，不要告訴任何人，我明天會告訴你……不，唐納德，不，我今天晚上就是沒辦法見你……即使是你。拜託。還有，什麼都別說。」

她放下話筒，示意要關黛接班。

關黛要求接通一個柴茅斯的電話號碼。李奧溫和地說：「為什麼你不和唐納德去聽演講？那可以讓你鬆弛一下。」

「我不想去，爸爸，我不能去。」

李奧說：「你那麼說……給他的印象會好像那不是個好消息。可是你知道，海絲塔，並不是這樣的。我們都感到吃驚，但我們全都非常高興，非常慶幸……不然還會怎樣呢？」

「這正是我們該好好談談的，不是嗎？」海絲塔說。

李奧警告說：「我親愛的孩子……」

「這並非事實，不是嗎？」海絲塔說，「並不是好消息，而是令人苦惱的訊息。」

關黛說：「麥可接通了。」

李奧再度走過去接過話筒。她像剛剛和他女兒說的那般和他兒子說話。但是接收這個消息的對方，反應與瑪麗．杜蘭特相當不同。這一位沒有異議、驚訝或不太相信，取而代之的是快速的接受。

「搞什麼飛機！」麥可說，「隔了這麼久？失蹤的證人！哎呀呀，傑克那天晚上真是倒楣透了。」

李奧再度說話。麥可聽著。

「是的，」他說，「我同意你的看法。我們最好盡快聚在一起，而且找馬歇爾來提供意見。」他突然短笑一聲，那是李奧打從他還是個在窗外花園玩耍的小男孩時就記得十分清楚的笑聲。「猜猜看，」他說，「是我們哪一個幹的？」

李奧放下話筒，突兀地離開電話。

「他說什麼？」關黛說。

李奧告訴了她。

「我覺得，那是個愚蠢的玩笑。」關黛說。

李奧迅速瞄了她一眼。

「或許，」他溫和地說，「根本不是玩笑。」

§

瑪麗越過房間，摘下菊花瓶裡幾朵垂落的花瓣，小心地把它們放進廢紙簍裡。她是一個身材高䠷、外表冷靜的二十七歲少婦，儘管臉上沒有皺紋，看起來卻比實際年齡大，或許是因為她那嚴肅的成熟性格。她有美麗的容貌，卻沒有令人心蕩神馳的魅力。五官正常，皮膚細緻，亮藍的眼睛，金色的頭髮高高梳起在頸後綰成一個大髻，這是當下流行的髮型，不過她並非因為流行才梳理成這樣。她是個堅守個人風格的女人。她的外表就像她的房子一樣整潔、保養良好，一絲灰塵或是淩亂的東西都會令她不安。

坐在輪椅上的男人看著她小心地把枯萎的花瓣丟掉，綻出微微扭曲的微笑。

「你還是一樣愛整潔，」他說，「一切各就各位，有條不紊。」

他笑出聲來，笑聲中微微帶著惡意。然而瑪麗．杜蘭特全然不受干擾。

「我是喜歡整潔，」她同意說，「你知道，菲，如果這屋子亂糟糟的像肉攤子一樣，你自己也不會喜歡。」

她丈夫有點怨氣地說：「呃，反正我又沒機會把它弄得亂糟糟。」

他們婚後不久，菲利普．杜蘭特便成了小兒痲痺症的犧牲品。對深愛他的瑪麗來說，他變成了她的孩子兼丈夫。對她那份占有性的愛，他有時候微微感到尷尬。他太太沒有想像力，無法了解她從他對她的依賴中所獲得的滿足，有時候令他感到苦惱。

他迅速地接下話頭，彷彿怕她會說出同情憐惜的話來。

「你父親捎來的消息真叫人無法置信！都隔了這麼久的時間！你怎麼能這麼平靜？」

「我想大概是我實在不能理解吧……太不尋常了。起初我簡直無法相信爸爸說的話。如果說的人是海絲塔，我一定會認為是她想像出來的。你知道海絲塔是什麼樣子。」

菲利普．杜蘭特臉上的怨氣消失了一些。他溫柔地說：「她是一個熱情的女人，一心在生活中尋找煩惱，煩惱當然都被她找著了。」

瑪麗對這項分析揮手斥開。別人的性格她不感興趣。她懷疑地說：「我想大概是真的吧？這個人可不可能是在想像而已？」

「心不在焉的科學家？這樣想也是可以，」菲利普說，「不過看來安德魯．馬歇爾是把這件事當真。而且我告訴你，馬歇爾是個很精明的律師。」

瑪麗．杜蘭特皺起眉頭說：「這件事實際上有什麼意義，菲？」

菲利普說：「這表示傑克會完全洗清罪名。也就是說，如果當局認可……而我推斷這不會有任何問題。」

「噢，」瑪麗微嘆一口氣說，「我想這太好了。」

菲利普．杜蘭特再度笑出聲來，同樣是那種扭曲、有點怨恨的笑聲。

「波麗！」他說，「你會要了我的老命。」

只有瑪麗．杜蘭特的丈夫叫她波麗。這對她莊嚴的外表來說，是個不恰當到可笑的名字。她有點驚訝地看著菲利普。

「我不明白我說了什麼讓你覺得這麼好笑。」

「你好高尚呀！」菲利普說，「就好像某位貴夫人在評鑑村婦的手工藝品一樣。」

瑪麗困惑地說：「但那是很好沒錯啊！你總不能假裝說家裡有個殺人犯是件叫人舒服的事吧。」

「並不真的是在家裡。」

「哦，都一樣。我的意思是說，這件事令人非常困擾，讓人感到非常煩悶。每個人都那麼激動好奇。我恨死了。」

「你表現得很好，」菲利普說，「用那對冷冰冰的藍眸把他們的嘴巴凍住，讓他們沉默下來，一副自覺慚愧的樣子。你從不顯露內心感情的態度真叫人拍案叫絕。」

「我非常討厭那件事。一切都非常不愉快，」瑪麗．杜蘭特說，「不過，他已經死了，一切都過去了。而現在……現在，我想一切又將被挑起了。真煩人。」

「是的。」菲利普．杜蘭特若有所思地說。

他微微轉動雙肩，一絲痛苦的表情出現在他臉上。他太太迅速走向他。

「被夾到了？等一下，讓我把這塊墊枕移開。好了，有沒有好一點？」

「你應該去當醫院的護士。」菲利普說。

「我一點也不想看護其他人，我只想照顧你。」

這句話說來平淡，背後卻蘊含一股深情。

電話鈴聲響起，瑪麗過去接聽。

「喂……是的……我就是……噢，是你……」她轉頭對菲利普說：「是麥可。」她繼續說：「是的……是的，我們聽說了。爸爸打過電話來……哦，當然……是的，是的，菲利普說要是律師認同那就一定沒問題了……真的，麥可，我不明白為什麼你這麼不安……我不覺得我特別笨……真的，麥可，我真的認為你……喂？喂？」她氣憤地皺起眉頭。「他掛斷了。」她放回話筒。「真是的，菲利普，我不了解麥可。」

「他到底說了些什麼？」

「哦，他好像很激動。他說我笨，說我不了解這件事的影響力。『麻煩來了！』他說的。這是為什麼？我不懂。」

「他緊張了，是嗎？」菲利普若有所思地說。

「可是，為了什麼？」

「哦，他是對的，你知道，是會有影響的。」

瑪麗顯得有點慌張。

「你的意思是說，人們對案子的興趣會復活？當然我很高興傑克洗清了罪名，但是如果人們又開始談論這件事，那就相當討厭了。」

「不只是街談巷議那種事。還有更嚴重的。」

她以詢問的眼光看著他。

「警方也會感興趣！」

「警方？」瑪麗猛然說道，「這和他們有什麼關係？」

「親愛的，」菲利普說，「用心想一想。」

瑪麗慢慢走過來坐在他身旁。

「如今這又成為一件尚未解決的懸案了，你知道。」菲利普說。

「可是他們當然不會費心……都隔了這麼久？」

「好個一廂情願的想法，」菲利普說，「不過基本上恐怕不合理。」

「可是，」瑪麗說，「在他們做出蠢事……在傑克身上犯下了這麼嚴重的錯誤之後，他們不會想把整個事情再挑起來吧？」

「他們可能不想，但是他們也許不得不！責任就是責任。」

「噢，菲利普，我認為你錯了。會有一點閒言閒語，然後事情就會平息了。」

「然後我們從此就會快快樂樂的活下去。」菲利普嘲諷地說。

「有何不可？」

他搖搖頭。

「沒那麼單純……你父親是對的，我們必須聚在一起商量一下，並且像他所說的，找馬歇爾一起來。」

「你是說，到陽岬去？」

「是的。」

「噢，我們不能。」

「為什麼？」

「不方便。你是個病人，而且……」

「我不是病人。」菲利普憤怒地說，「我很強壯，很好，我只是兩腿不能使用。只要有適當的交通工具，我連非洲都能去。」

「我相信到陽岬去對你非常不利。這麼令人厭惡的事情又被挑起……」

「我不受影響。」

「但我們怎麼可以離開這棟屋子？最近小偷這麼多。」

「找個人晚上來這裡睡。」

「說得倒好，好像這是世界上最容易的事一樣。」

「那個叫什麼名字來著的老太太可以天天來。不要再提這些婦道人家的反對意見，波麗。其實，根本是你不想去。」

「我是不想去。」

「我們不會在那裡待太久，」菲利普要她放心。「但是我認為我們非去不可。這是一家人必須團結起來的時候，我們得搞清楚我們的處境。」

§

在柴茅斯的飯店裡，卡格里提早用過晚餐後便回他的房間去。在陽岬經歷過那一切之後，他的心緒洶湧不平。他早料到那是一次痛苦的任務，他是下定了最大的決心才完成的。然而事情的發展與他原先預料的完全不同，這令他感到痛苦不安。他飛身往床上一躺，點燃一根香菸，腦子裡一再想著這件事。

他腦子裡最清晰的一幅畫面，是臨別時海絲塔的那張臉。她不屑地駁斥他的「公道伸張」！她說什麼來著？「重要的不是有罪的人，而是無辜的人。」然後是：「難道你不明白你對我們做出什麼事來了？」

他做出什麼事來了？他不懂。

還有其他的人。他們叫她寇蒂的那個女人（為什麼叫寇蒂？這是個蘇格蘭名字。她又不是蘇格蘭人……丹麥人，也許，或者是挪威人？）。為什麼她說起話來那麼斷然、那麼嚴苛？李奧．阿吉爾也有點怪怪的……退縮、警覺。沒有「謝天謝地我兒子是無辜的！」的自然反應！

而那個女孩，李奧的祕書，她好心幫助過他，但是她的反應也是不太尋常。他記起了她跪在阿吉爾身旁的樣子。彷彿，彷彿，她在同情他、撫慰他。為了什麼事撫慰他？為了他兒子是無辜的？而且……是的，沒錯，那不只是祕書的感情，即使是個服務多年的祕書……那是怎麼回事？為什麼他們……

床邊桌上的電話鈴聲響起，他拿起話筒。

「喂？」

「卡格里博士？有人找你。」

「找我？」

他感到驚訝。據他所知，沒人知道他在柴茅斯過夜。

「誰？」

對方停頓一下。然後飯店職員說：「是阿吉爾先生。」

「噢。告訴他……」

亞瑟．卡格里正要說他會下樓去時，忽然停住沒說。如果李奧．阿吉爾為了某個原因跟蹤他到柴茅斯來，而且設法查出他會在這裡過夜，那麼想必在樓下人多口雜的休息廳裡商談一定令人感到尷尬。

他改口說：「請他上樓到我房裡來，好嗎？」

他起床，來回踱著方步，直到傳來敲門聲。他過去把門打開。

「進來，阿吉爾先生，我……」

他停下來，嚇了一跳。不是李奧．阿吉爾。是個年輕人，皮膚微黑、英俊的臉龐被怨恨的表情糟蹋了……他滿臉的無情、氣憤、不快樂。

「沒料到是我吧，」年輕人說，「你以為是我父親。我是麥可．阿吉爾。」

「進來吧。」訪客走進門後，卡格里把門關上。「你怎麼知道我在這裡？」他把菸盒遞向年輕人，問道。

麥可．阿吉爾拿起一根菸，發出一聲刺耳的短笑。

「那還不容易！打電話到每家大飯店去問問看。第二通就找著了。」

「那麼，為什麼你要見我？」

麥可．阿吉爾說道：「想看看你是什麼樣的人……」他的眼睛上下打量卡格里一番，注意到他微微彎駝的雙肩、轉灰的頭髮、瘦削敏感的臉龐。「原來你是到極地去的海伊斯．班特利探險隊員。你的身子看起來並不十分強壯。」

亞瑟．卡格里微微一笑。

「外表有時候是會騙人的，」他說，「我夠健壯的了。那需要的不全是力氣，還有其他一些重要的條件，耐力、耐心、專業知識。」

「你年紀多大了，四十五？」

「三十八。」

「看起來不止。」

「是……是的，大概吧。」

面對這位年輕力壯的小夥子，他一時湧起一股強烈的悲傷。

他有點唐突地問道：「為什麼你要見我？」

對方皺起眉頭。

「這是很自然的事，不是嗎？我聽說你帶來了消息，關於我親愛的弟弟的消息。」

卡格里沒有答腔。麥可．阿吉爾繼續。

「對他來說有點太遲了，不是嗎？」

「是的，」卡格里低聲說，「對他來說是太遲了。」

「為什麼你一直三緘其口?什麼腦震盪的是怎麼回事?」

卡格里耐心地告訴他。很奇怪,這個年輕小夥子的粗野令他感到精神振奮。無論如何,這是個關心弟弟的年輕人。

「給傑克一個不在場證明是重點所在,對吧?你怎麼知道當時的時間正如你所說?」

「我確信差不多是那個時間。」卡格里肯定地說。

「你可能弄錯了。搞科學的人,有時候對時間、地點這種小事很容易心不在焉。」

卡格里露出有點好玩的表情。

「你腦子裡想的是小說裡的糊塗教授……穿著不同顏色的襪子,不太確定他身在何年何日何地。我親愛的年輕人,科學研究需要高度的精確性:數量、時間、計算,絲毫差錯不得。我向你保證我不可能記錯,我在就快七點時讓你弟弟上車,然後七點半過後的五分鐘,讓他在柴茅斯下車。」

「你的錶可能不準確。或是你依據的是你車子裡的時鐘。」

「我的手錶和車子裡的時鐘完全同步。」

「傑克可能設法騙過了你。他很會耍花招。」

「沒有花招。為什麼你這麼急著要證明我錯了?」卡格里有點激動地說,「我知道要讓政府相信他們判錯了一個人的罪是不容易的。但我萬萬沒料到,要讓他的家人相信竟然更為困難!」

「這麼說，你已經發現不容易讓我們信服了？」

「你們的反應似乎有點……不尋常。」

麥克緊盯著他看。

「他們不願相信你？」

「看來，好像是這樣……」

「不只是『好像』，是確實如此。這也很自然，如果你用心想想的話。」

「可是，為什麼？為什麼很自然？你母親被殺，你弟弟被控訴、判刑。如今事實顯示他是無辜的，你應該感到高興、感激啊。他是你的親弟弟呀。」

「他不是我親弟弟，她也不是我親生母親。」

「什麼？」

「沒人告訴過你嗎？我們全都是被收養的，我們全部。瑪麗，我的『大姐』，是在紐約收養的，其餘的都在大戰時期。我『母親』，如你所稱呼的，自己沒辦法生孩子。因此她就靠收養組成了美滿的家庭。瑪麗、我、堤娜、海絲塔、傑克。有了舒適、豪華的家，而且充滿了母愛！我想她到後來忘了我們並不是她親生的孩子。可是在她挑選傑克做她親愛的兒子開始，她就倒楣了。」

「我不知道這些。」卡格里說。

「所以不要對我開口閉口『親生母親，親弟弟』！傑克是個混帳！」

「但卻不是凶手。」卡格里說。

他的語氣相當強烈。麥可看著他，點點頭。

「好。這是你說的，而且你十分堅持。傑克並沒有殺她，那好，是誰殺的？這一點你沒想過吧？現在想想。想一想，然後你就會明白，你對我們幹出什麼好事來了……」

他猛一轉身，唐突地走出門去。

04

卡格里歉然說道：「你能再次見我真好，馬歇爾先生。」

「不客氣。」律師說。

「你知道，我到陽岬去見過傑克．阿吉爾的家人。」

「是的。」

「我想，你該聽說過我去拜訪的事了吧？」

「是的，卡格里博士，沒錯。」

「你可能不懂為什麼我又來見你……你知道，結果並不如我所想像。」

「是的，」律師說，「是的，也許吧。」

他的聲音像往常一般冷淡不帶感情，然而其中有種意味鼓舞卡格里繼續說下去。

「我以為，」卡格里繼續說，「那樣就結束了。我已做好心理準備……我該怎麼說，面對他們自然的憤慨反應。儘管腦震盪可以說是天意，不過從他們的觀點來看，他們對我感到憤慨是可以原諒的。這我有心理準備，如同我所說的。但我同時希望他們的憤慨會因感激傑克·阿吉爾的罪名終獲洗清而被化解掉。然而結果並不如我所預期，完全不是。」

「我明白。」

「也許吧。馬歇爾先生，你多少預期到了會發生什麼情況吧？我記得，上次我來這裡的時候，你的態度讓我感到困惑。你是不是已預見到我會遭遇的反應？」

「你還沒告訴我，卡格里博士，是什麼樣的反應。」

亞瑟·卡格里把椅子向前拉。

「我以為我是在結束某件事情，姑且說，給已經寫好的一章套上一個不同的結尾。但是我開始感到、開始明白，我不是在結束某件事情，而是在開始某件事，某件全新的事情。你認為，這樣說對不對？」

馬歇爾先生緩緩點頭。

「是的，」他說，「可以這麼說。我的確認為——我承認——你當時並不了解其中的含義。你不可能了解，因為，除了法律上的報告之外，你對事實背景一無所知。」

「是，是的，我現在明白了，太明白了。」他聲音提高，激動地繼續說下去。「他們感到的並不是解脫、感激，而是憂慮；擔心再下去可能會發生什麼。我說的對嗎？」

馬歇爾謹慎地說：「或許你說得對。不過你要記住，這並非出於我的專業判斷。」

「如果是這樣，」卡格里繼續說，「那麼我不再感到我已經盡我所能彌補罪愆；可以進而安心地回去工作。我仍然牽連在內。我要為帶給他們一個新的變化負責。我無法就此撒手不管。」

律師清清喉嚨。

「這也許是個不切實際的看法，卡格里博士。」

「我不認為，真的不認為。人必須為自己的行為負責，而且不只是行為，還有行為的後果。就在將近兩年前，我在路上讓一個年輕人搭便車。當我那樣做時，我已經決定了一連串事件的方向。我不覺得我可以置之不理。」

律師仍舊搖頭。

「好吧，那麼，」亞瑟．卡格里不耐地說，「就算是不切實際吧，如果你高興這樣說的話。可是我的感情、我的良心仍然深受影響。我唯一的願望是要彌補我的能力所無法預防的事。但我沒有成功。怪哉，我反而把那些已經受過苦難的人再度拖下水。只是我仍然不太明白是為了什麼。」

「是的，」馬歇爾緩緩說道，「是的，你是不會明白。過去大約十八個月，你和文明世界脫節。你看不到報紙上辦案過程的報導，還有這一家人的背景說明。可能你也不會去看，但是你免不了會聽人提起。事實非常簡單，卡格里博士，不是什麼祕密，當時都公開了。終歸來說是這樣：如果凶手不是傑克．阿吉爾（根據你的說法，他不可能犯下那件罪案），那麼是誰幹的？我們回到罪案發生當時的情況。案子是在十一月某個晚上七點到七點半之間發生的，死者的家中全是她的家人和僕人。屋子本身安安全全地上了鎖，門窗緊閉，如果有外人進去，那麼一定是阿吉爾夫人自己讓他進去的，或是他自己有鑰匙……換句話說，一定是某個她認識的人。就某些方面來說，就像在美國發生的波登案件，波登先生和他太太在一個星期天上午被人用斧頭砍死。屋子裡的人什麼都沒聽見，也沒見到任何人靠近過屋子。這樣你能否明白，卡格里博士，為什麼那一家人，如同你所說的，對你帶給他們的消息不但不感到解脫，反而深感苦惱了嗎？」

卡格里緩緩說道：「你的意思是說，他們寧可傑克．阿吉爾是有罪的？」

「噢，是的，」馬歇爾說，「是的，絕對是的。我憤世嫉俗一點說，若說那一家發生了令人難過的凶殺案，傑克．阿吉爾正是十全十美的解答。他一直是個問題兒童，一個不良少年，一個脾氣凶暴的男孩。家人可以原諒他，會為他哀傷、不捨，對自己、對家眷、還有對世人宣稱，那並不真是他的過錯，說心理學家能說明一切！沒錯，非常非常便利。」

「而如今……」卡格里停下來。

「而如今，」馬歇爾先生說，「情況不同了，當然，完全不同了。也許，幾近於令人擔憂。」

卡格里機靈地說：「我帶來的消息也不受你歡迎，對吧？」

「這我必須承認。是的，是的，我必須承認我……感到煩亂。一件完滿結案的案子——

是的，我會繼續使用『完滿』這個字眼——如今又重新展開了。」

「從官方嗎？」卡格里問道，「我的意思是說，從警方的觀點來看，這個案子會重新展開調查嗎？」

「噢，這是毫無疑問的，」馬歇爾說，「當傑克在證據充分的情況下被定罪時（這只花了陪審團十五分鐘時間），就警方來說，事情已經結束了。但是如今，隨著死後的特赦報准，案子又重新開展了。」

「那麼警方會重新調查？」

「這是幾乎可以確定的事。當然，」馬歇爾若有所思的摸摸下巴。「過了這麼久一段時間，加上這個案子的一些特點，他們究竟能不能獲取任何成果令人懷疑……我自己就感到懷疑。他們或許知道那屋子裡的某個人有罪，他們或許精明得早知道這個某人是誰，但是要找到確切的證據可就不容易了。」

「我明白，」卡格里說，「我明白……沒錯，那就是她的意思。」

律師猛然說：「你是在說誰？」

「那個女孩，」卡格里說，「海絲塔·阿吉爾。」

「啊，是的。小海絲塔。」他好奇地問道：「她跟你說了什麼？」

「她說到無辜的人，」卡格里說，「她說重要的不是有罪的人，而是無辜的人。現在我明白她的意思了……」

馬歇爾以銳利的眼光瞄了他一眼。

「我想你也該明白了。」

「她的意思正是你所說的，」亞瑟・卡格里說，「她的意思是，一旦全家人再度受到懷疑……」

馬歇爾插嘴。

「不算是再度，」他說，「其他家人從來就沒受到懷疑。一開始就明明白白地指向傑克・阿吉爾……」

卡格里不理會他的插嘴。

「全家人都受到懷疑，」他說，「可能長期彼此猜疑……也許是永遠。如果其中一人有罪，他們可能不知道是哪一個。他們會彼此監視、懷疑……沒錯，這是最糟糕的事。他們不會知道是誰……」

一陣沉默。馬歇爾以平靜的眼光打量著卡格里，卻一語不發。

「那很可怕，你知道……」卡格里說，他瘦削敏感的臉顯露出內心的感受。「是的，很可怕……年復一年的繼續蒙昧下去，相互監視，也許猜疑會影響到彼此之間的關係。破壞親情、破壞信任……」

馬歇爾清清喉嚨。

「你……呃，是不是說得太誇張了？」

「不，」卡格里說，「我不認為。我想，也許——對不起，馬歇爾先生——這一點我比你更加了解。我可以想像，它可能會如何發展。」

再度沉默。

「這表示，」卡格里說，「無辜的人將飽受磨難……而無辜的人不該受苦，有罪的人才應受懲罰。這就是為什麼……這就是為什麼我不能撒手不管。我無法就此離開，說：『我已經做了正確的事，我已經盡力彌補，我已經還他公道。』因為你知道，我並沒有還誰公道，沒有讓有罪的人定罪，沒有讓無辜的人擺脫罪惡的陰影。」

「我想你有點衝動，卡格里博士。你說的話確有其真實性，這是無疑的，但是我看不出到底，呃，你能怎麼辦。」

「是的，我也不知道，」卡格里坦白說，「這表示我一定得盡力試試。這就是我來找你的真正原因，馬歇爾先生。我想——我想我有權利知道——整件事的背景。」

「噢，好吧，」馬歇爾語氣輕快了些。「這也不是什麼祕密。我可以告訴你任何你想知道的事。除了事實之外，我無可奉告。我從來就沒和這家人親近過。我們公司代表阿吉爾夫人多年了。我們幫她處理一些法律上的事，還有設立各種信託基金。阿吉爾夫人本身我相當熟，我也認識她丈夫。至於陽岬的氣氛，那家人的氣質個性，可以說，我都是透過阿吉爾夫人所得知的二手資料。」

「這一切我十分了解，」卡格里說，「但是我得找個地方著手。我知道那些孩子都不是她親生的。他們全都是收養來的？」

「沒錯。阿吉爾夫人本名是瑞琪・康斯坦，鉅富魯道夫・康斯坦的獨生女。她母親是美國人，本身也是非常有錢。魯道夫・康斯坦名下有很多慈善事業，他養育長大的女兒也對這些慈善事業很感興趣。他和太太在一次空難中死去，而瑞琪後來把她從父母那裡繼承來的巨大財富貢獻在我們概括稱為『慈善』的事業上。她很熱中於這些慈善行為，親自處理社會福利事務。就這樣認識了李奧・阿吉爾，他是牛津大學的指導教授，對經濟學和社會改革非常感興趣。要了解阿吉爾夫人，就得了解她生命中的一大悲劇——她無法生育孩子。就像許多好人一樣，這項缺憾逐漸使她的生命蒙上一層陰影。在求診過各種專家之後，她明白她永遠無望成為母親，便盡可能尋求慰藉。她先是收養了紐約貧民窟的一個孩子——就是現在的杜蘭特太太。阿吉爾夫人幾乎完全將自己奉獻給跟兒童有關的慈善事業。一九三九年大戰爆發，她在衛生署的贊助之下建立了一座戰時育幼院，買下了你去過的那棟房子，陽岬。」

「當時是叫作毒蛇岬。」卡格里說。

「是的，是的，我相信那是它最初的名字。啊，對了，也許到頭來比她自己挑選的名字——陽岬——更適合。一九四〇年，她收容了大約十二到十六個孩子，大都是監護人失職或無法和他們家人一起撤退的孩子。這些孩子被照顧得無微不至。他們有個豪華的家。我勸過她，告訴她，經過這幾年戰爭，那些孩子很難從奢華的環境中回到他們自己的家中。她不理會我的話。她深愛那些孩子，最後計畫從他們之中挑出一些家庭環境最差的孩子或孤兒，加入她的家庭。結果她便有了五個孩子。瑪麗，如今嫁給了菲利普・杜蘭特；麥可，在柴茅斯工作；堤娜，一個混血兒；海絲塔；還有，當然了，傑克。他們把阿吉爾夫婦當作是自己的父母親長大成人，也都受到金錢能供給的最佳教育。如果環境真有其影響力，他們都應該很有成就。他們確實擁有每一項優勢。但傑克向來令人頭痛。他在學校裡偷同學的錢，不得不被帶走；他上大學第一年就惹上麻煩；還兩度幾被判刑入獄。他脾氣一向難以控制。不過你或許已經猜到了，這兩度侵占公款都由阿吉爾夫婦出面擺平。夫婦兩度花錢讓他建立事業，但兩份事業都做垮了。他死後零用金還是照付，現在還是……付給他的遺孀。」

「他的遺孀？沒人告訴過我他結婚了。」

「哎呀呀，」律師懊惱地拇指搓響一聲。「我不小心，我忘了，當然，你沒看過報紙上的報導。可以說，阿吉爾一家人本來沒人知道他結婚了。他一被逮捕，他太太馬上非常沮喪地出現在陽岬。阿吉爾先生待她非常好。她是個好女孩，在柴茅斯的一家舞廳伴舞。我忘了告訴你有關她的事，或許是因為她在傑克死後幾個星期就改嫁了。她現在的丈夫是個電工，我猜，也住在柴茅斯。」

「我得去見見她，」卡格里以譴責的口吻說，「她是我第一個應該去見的人。」

「當然，當然，我會給你住址。我真的想不通，為什麼你第一次來找我時我沒提起。」

卡格里默不作聲。

「她是一個……呃，很容易忽略的因素，」律師歉然說，「甚至報紙上也沒怎麼報導她。她從沒去監獄探視過丈夫，或是對他表示關心……」

卡格里原本陷入沉思，現在他說：「你能不能告訴我，阿吉爾夫人被殺的那天晚上，陽岬裡到底有些什麼人？」

馬歇爾銳利的眼光看了他一眼。

「李奧．阿吉爾，當然，還有最小的女兒，海絲塔。瑪麗．杜蘭特和她殘障的丈夫在那裡作客，他當時剛剛出院。再來是寇蒂．林斯楚——你或許見過——她是受過訓練的瑞典按摩護士，原先是在阿吉爾夫人的戰時育幼院幫忙的，後來就一直留下來。麥可和堤娜不在。麥可在柴茅斯當汽車銷售員，而堤娜則在瑞德敏郡立圖書館工作，住在那裡的一棟公寓。」

馬歇爾停頓一下，然後繼續。

「還有馮恩小姐，阿吉爾先生的祕書。屍體被發現時，她已經離開那棟屋子了。」

「我也見過她，」卡格里說，「她好像非常……愛慕阿吉爾先生。」

「是……是的。我相信他們可能很快會宣布訂婚消息。」

「啊！」

「他太太死後，他一直非常孤單。」律師微帶非難的語氣說。

「是的……」卡格里又說：「動機呢，馬歇爾先生？」

「我親愛的卡格里博士，這一點我真的無法猜測！」

「我想你能。如同你自己說過的，有些事實是可以確定的。」

「阿吉爾夫人去世，對他們任何一個人而言，都沒有金錢上的直接利益。阿吉爾夫人已經建立一系列審慎的信託基金，一種你知道時下廣被採用的方式。這些信託基金受益人是所有的孩子。由三個受託人託管，我是其中之一，李奧．阿吉爾是一個，第三個是位美國律師，阿吉爾夫人的遠房表親。那是很大的一筆錢，由這三位受託人管理，而且可以彈性調整，讓最有需要的受益人先獲得援助。」

「阿吉爾先生呢？他太太死後，他在金錢方面有沒有得到好處？」

「沒什麼好處。她大部分的財富，如同我告訴過你的，都變成了信託基金。她留給他一些剩餘的財產，但是數目加起來不大。」

「那麼林斯楚小姐呢？」

「阿吉爾夫人幾年前就為林斯楚小姐買下了很可觀的退休保險金。」馬歇爾暴躁地說，「動機？在我看來毫無動機可言。不是財務上的動機。」

「那麼感情方面呢？有沒有任何特別的……摩擦？」

「這方面，我恐怕無法幫上忙。」馬歇爾斷然說，「我不是他們家庭生活的觀察者。」

「有沒有任何人能幫忙？」

馬歇爾考慮了一陣子，然後幾近勉強地說：「你可以去見當地的一位醫生，呃，墨克斯特醫生，我想是叫這個名字。他現在退休了，不過還住在那附近。他是戰時育幼院的醫生。他一定知道同時見過陽岬很多生活狀況。你是否能說服他告訴你任何事情，那就要看你自己了。不過我想，如果他經過一番思量，應該會願意幫忙，不過，原諒我這樣說……你認為你能完成警方更為拿手但也無法完成的事情嗎？」

「我不知道，」卡格里說，「或許不能。不過有一點我確實知道：我一定得試試看。是的，我得試試看。」

／05

警政署長的雙眉慢慢地往額頭揚去，卻徒然無法搆到他灰色的髮際。他目光投向天花板，然後又下落到辦公桌上的文件。

「這真是不可思議！」他說。

有義務對警政署長提出正確回答的年輕人說：「是的，長官。」

「亂七八糟，」費尼少校抱怨道，他的手指輕敲桌面。「胡遜在嗎？」他問道。

「在，長官，胡遜主任大約五分鐘前進來了。」

「好，」警政署長說，「叫他進來，好嗎？」

胡遜主任是個一臉愁容的高大男子。他悲哀的模樣是那麼深沉，沒人相信他是那種兒童聚會的靈魂人物，會說笑話，會從小男孩的耳朵裡變出銅板來，逗得他們開懷大笑。警政署長說：「早，胡遜，這件案子亂七八糟的。你有什麼看法？」

胡遜主任呼吸沉重，坐在對方指示的一張椅子上。

「看來好像我們兩年前犯了錯，」他說，「這傢伙，叫什麼名字來著……」

警政署長翻動文件。

「卡羅瑞……不，卡格里，什麼教授的。糊里糊塗的傢伙，也許？像他那種人，對時間這一類東西經常迷迷糊糊的吧？」

他的話中或許帶有訴求的暗示，但是胡遜並無反應。他說：「他是名科學家，我知道。」

「這麼說，你認為我們得接受他所說的證據？」

「哦，」胡遜說，「雷吉奈爵士好像已經接受了，而且我不認為有什麼能逃過他的法眼。」這是他對主任檢察官的讚賞之詞。

「是的，」費尼少校有點不情願地說，「如果主任檢察官採信了，那麼我們大概只好接下了。這表示得重新展開調查。你已經照我的要求把相關資料帶來了吧？」

「是的，長官，在這裡。」

主任把各種文件攤在辦公桌上。

「全看過了？」警政署長問道。

「是的，長官。我昨晚全看過了。我對這個案子的記憶還相當清晰。畢竟，不是太久以前的事。」

「好吧，說來聽聽，胡遜。有什麼進展？」

「回到最開始，長官，」胡遜主任說，「問題是，你知道，當時真的毫無疑點。」

「是的，」警政署長說，「好像是個十分明朗的案子。不要以為我是在責怪你，胡遜，我百分之百支持你。」

「當時我們真的沒有多想什麼，」胡遜若有所思地說，「一通電話過來說她被人殺死了。我們得知那孩子到那裡威脅過她、指紋證據……他的指紋在那把火鉗上，還有那些錢。我們幾乎立刻逮住他，而那些錢就在他身上。」

「你當時對他有什麼印象？」

胡遜思考了一下。

「印象不好，」他說，「太過自信，太理性。一來就將時間、不在場證明交代得一清二楚。過於自信，你知道那種類型。凶手通常都過於自負。自以為他們很聰明，以為他們幹過的事一定不會出問題，不管有過什麼前車之鑑。他是個壞蛋不會錯。」

「是的，」費尼同意，「他是個壞蛋。他的一切紀錄都這樣顯示。但你當時是不是馬上深信他是凶手？」

主任考慮一下。

「這不是你能確定的事。他是那種類型，我想，最後終會落得成為殺人犯的下場。就像一九三八年的哈蒙案。他的名字下一長串偷腳踏車、騙錢、向老婦人詐欺的紀錄，最後他幹掉了一個女人，把她醃在鹽酸裡，自鳴得意，並開始養成了習慣。我是把傑克·阿吉爾看成那種類型的人。」

「但是，」警政署長緩緩說道，「看來我們是錯了。」

「是的，」胡遜說，「是的，我們錯了，而且那小子死了。真糟糕。記住，」他突然生動地接著說：「他是個壞蛋沒錯。但他可能不是凶手——事實上，他不是凶手，我們現在發現——但他仍是個壞蛋。」

「好了，說吧，老兄，」費尼啪的一聲說，「是誰殺死她？你說，你昨天晚上已經看過卷宗了。某人殺死了她。那女人總不會是自己拿把火鉗往自己後腦袋上敲吧。是別人幹的。是誰？」

胡遜主任嘆了一口氣，躺回椅背上。

「我懷疑我們是否會知道。」他說。

「有那麼難，啊？」

「是的，因為線索薄弱，還有，證據非常少。而我真的認為，它本來就沒有多少證據可以找。」

「重點是，凶手是那屋子裡的某個人，某個和她親近的人？」

「看不出還有其他可能，」主任說，「是那屋子裡的某個人，或是她自己開門讓他進去的某個人。阿吉爾夫婦是小心門戶的人。窗戶上都加防盜門，前門還加上好幾道鎖，又有鏈條。幾年前他們遭過一次小偷，讓他們提高了警覺。」他頓了頓，然後繼續說：「問題是，長官，我們當時並沒有從別處著手。案子對傑克相當不利。當然，我們現在可以明白，凶手充分利用了這一點。」

「利用那孩子到過那裡、和她吵了一架、威脅過她的事？」

「是的。那個人只要走進那個房間，戴上手套，撿起傑克丟在那裡的火鉗，走向正在伏案書寫的阿吉爾夫人，往她頭上一敲就行了。」

費尼少校簡單地說了一句：「為什麼？」

胡遜主任緩緩點頭。

「是的，長官，這正是我們得查明的。這將是困難之一——缺乏動機。」

「當時，」警政署長說，「我們可以說找不出什麼明顯的動機。就像大多數富有多金的女人一樣，她做了法律容許下各種規避遺產稅的安排。信託基金都設立好了，在她死前就事先為她的孩子們做了安排。她死掉了，他們也得不到更多好處。而且她也不是個討厭鬼，會嘮嘮叨叨、威脅利誘或是小心眼。她對他們出手大方，讓他們接受良好的教育，提供資金給他們創業，支給可觀的零用金。深情、仁慈、好心腸。」

「沒錯，長官，」胡遜主任同意說，「表面看來沒人有理由除掉她。不過……」他停頓下來。

「什麼，胡遜？」

「據我所知，阿吉爾先生正考慮再婚。他要娶關黛．馮恩小姐，他多年的祕書。」

「嗯，」費尼少校思忖道，「我想這其中大概有個動機在……我們當時並不知道的動機。你說，她當他的祕書很多年了。命案發生時，你有沒有想到他們之間有曖昧？」

「這我倒不認為，長官，」胡遜主任說，「那種事很快就會在村子裡傳開。我的意思是說，我不認為他們之間有你說的『不可告人之事』，反正還不至於讓阿吉爾夫人去發現或大發脾氣。」

「是的，」警政署長說，「不過他可能很想娶關黛・馮恩。」

「她是個迷人的年輕女人，」胡遜主任說，「不是令人心蕩神馳的那種，我不這樣認為，不過長得很好看，是規規矩矩吸引人的女人。」

「或許她深愛他多年了，」費尼少校說，「女祕書好像都會愛上她們的老闆。」

「哦，我們在那兩個人身上算是找出了一種動機，」胡遜說，「再來是管家務的那個女人，那個瑞典女人。她可能不像表面那樣喜歡阿吉爾夫人。夫人對她可能有一些怠慢或她認為怠慢甚至讓她感到憤恨的事。她在財務上不會因她死掉而受益，因為阿吉爾夫人已經為她買下了可觀的退休保險金。她看起來是個明理的女人，不像是會用火鉗去敲爛人家腦袋的女人！不過這很難說，不是嗎？看看麗奇・波登的案子。」

「是的，」警政署長說，「是很難說。不可能是外來的人？」

「毫無跡象，」主任說，「放錢的那個抽屜被拉了出來，企圖讓那個房間看起來像是小偷去過，但是手法非常外行。這般刻意安排，讓人想到是傑克幹的。」

「讓我覺得奇怪的是，」警政署長說，「那筆錢。」

「是的，」胡遜說，「那非常難以理解。傑克．阿吉爾身上的五英鎊鈔票中，有一張確實是當天上午銀行付給阿吉爾夫人的。鈔票背面寫著波特貝瑞太太的名字。他說那些錢是他母親給他的，但是阿吉爾先生和關黛．馮恩都十分確定，阿吉爾夫人曾在六點四十五分時進書房，告訴他們傑克向她要錢，而且明確地說她拒絕了他。」

「有可能。當然，」警政署長指出，「根據我們現在知道的，阿吉爾和那個叫馮恩的女孩是在說謊。」

「是有可能。或者……」主任中斷下來。

「什麼，胡遜？」費尼鼓勵他說下去。

「假設有某個人——我們暫時稱他或她為X——無意中聽見傑克和他母親爭吵以及威脅她的話。假設這位某人看出了機會所在，拿到那筆錢，追上那孩子，說他母親決定還是給他那筆錢……就這樣鋪好了陷害他的路。再小心使用他用來威脅過她的那把火鉗，沒破壞到他的指紋。」

「他媽的，」警政署長氣憤地說，「就我對那家人的了解，好像沒有這樣的一個人。那天晚上除了阿吉爾和關黛．馮恩之外，還有誰在屋子裡？海絲塔．阿吉爾和這個叫林斯楚的女人？」

「出嫁的大女兒瑪麗．杜蘭特和她丈夫也在那裡作客。」

「他是個跛子，不是嗎？這讓他排除了嫌疑。瑪麗．杜蘭特呢？」

「她是個非常冷靜的女人，長官。無法想像她會衝動或是……呃，殺害任何人。」

「僕人呢？」警政署長問道。

「全都是白天才去工作，長官，六點就都回家去了。」

「讓我看看《泰晤士報》。」

主任把報紙遞給他。

「嗯……是的，我明白了。六點四十五分，阿吉爾夫人在書房裡對她丈夫說傑克威脅她的事。關黛．馮恩聽到了談話的一部分。海絲塔．阿吉爾在大約六點五十七、八分時見過她母親。然後直到七點半林斯楚小姐發現她的屍體之前，都沒人再見過阿吉爾夫人。在七點到七點半之間凶手多得是機會。海絲塔可能殺了她；關黛．馮恩在離開書房之前可能殺了她；林斯楚小姐可能殺了她……當她『發現屍體』的時候；李奧．阿吉爾從七點十分至林斯楚小姐大喊大叫之前，一直單獨留在他的書房裡。他在那二十分鐘裡隨時可到他太太的客廳裡殺了她。當時在樓上的瑪麗．杜蘭特，有可能在那半個小時裡下樓去殺了她母親。還有，」費尼若有所思地說，「阿吉爾夫人自己也可能讓任何一個人從前門進去，就好像我們認為她讓傑克進去一樣。李奧．阿吉爾——如果你記得的話——他認為他確實聽見門鈴聲，還有前門開關的聲音，可是時間方面他講得非常含糊不清。我們假定那是傑克回去殺了她。」

「他不需要按門鈴，」胡遜說，「他自己有鑰匙，他們全都有。」

「另外一個兄弟呢，不在那裡？」

「對，麥可在柴茅斯當汽車推銷員。」

「我想你最好查明一下，」警政署長說，「他那天晚上在幹些什麼事。」

「過了兩年之後？」胡遜主任說，「不可能有人會記得。可能嗎？」

「當時有沒有問過他？」

「據我所知，他是出外去試一個客戶的車。當時沒理由懷疑他，不過他有鑰匙，而且他有『可能』過去殺了她。」

警政署長嘆了一口氣。

「我不知道你要怎麼著手，胡遜。我不知道我們究竟會不會有所進展。」

「我自己很想知道是誰殺了她，」胡遜說，「就我所知，她是個好女人。她為別人做了很多事。為不幸的孩子，為各種慈善事業。她不是應該死於非命的人。是的，我想知道。即使我們永遠找不到足夠讓主任檢察官滿意的證據，我還是想知道。」

「哦，我祝你好運，胡遜，」警政署長說，「幸好我們現在不太忙，不過如果你毫無進展，可別洩氣。線索非常薄弱。是的，非常薄弱。」

06

銀幕上的燈光亮起，廣告在幕上閃跳。電影院的領位員捧著檸檬汁和冰淇淋的箱子到處走動。亞瑟．卡格里細細看著她們。一個是褐髮豐滿的女孩，一個是皮膚黝黑的高個子，還有一位金髮小個子……那就是他來會見的人，傑克的太太，傑克的遺孀，如今是個叫喬伊．克烈格的男人的太太。那是一張漂亮、有點乏味的小臉，塗抹著化妝品，眉毛皺起，頭髮廉價地燙成可怕、僵硬的樣子。亞瑟．卡格里向她買了一盒冰淇淋。他有她家的地址而且準備去拜訪，但是他想在她還不知道他之前先見見她。好了，這就是了。就各方面來說，她不是阿吉爾夫人會很喜歡的媳婦。無疑的，這就是傑克不把她公開的原因。

他嘆了一聲，小心地把冰淇淋藏在座椅下面，靠回椅背上去。這時燈光熄滅，影片開始上映。他隨即站起來，離開電影院。

第二天上午十一點，他按照別人給他的住址去拜訪。一個十六歲的男孩打開門，回答卡格里的詢問說：「克烈格夫婦？頂樓。」

卡格里爬上樓梯，敲了一扇門，莫琳·克烈格打開門。卸下制服和化妝品，她看起來是個不同的女孩。一張愚蠢的小臉，善良卻沒有特別的趣味。她看著他，懷疑地皺起眉頭。

「我叫卡格里。我想你已收到馬歇爾先生一封關於我的信。」

她的臉色明朗起來。

「噢，原來就是你！進來，進來。」她退後讓他進去。「抱歉，這地方亂七八糟的。我還沒有時間整理。」她把一張椅子上散亂的衣物掃掉，同時把先前早餐吃剩的東西推到一旁去。「請坐。你來真好。」

「這是我最起碼能做到的事。」卡格里說。

她尷尬地笑了一下，彷彿不太了解他的意思。

「馬歇爾先生寫信告訴我，」她說，「關於傑克編造的那個故事……竟然是真的。有人那天晚上讓他搭便車到柴茅斯去。原來那個人是你，對吧？」

「是的，」卡格里說，「是我。」

「我真的還沒恢復過來，」莫琳說，「半個晚上都在談這件事，喬伊和我。真的，我說，就好像是電影上發生的事情。兩年了，不是嗎，或者將近？」

「差不多，是的。」

「正是你在電影上看到的那種事，而當然，你會對自己說，那種事全都是胡扯，不會在現實生活中發生。而現在卻發生了！真的發生了！真的很叫人感到興奮，不是嗎？」

「我想，」卡格里說，「是可能讓人那樣想吧。」

他隱隱感到痛苦地望著她。

她十分快樂地繼續聊下去。

「可憐的傑克死了，無法知道這件事。他得了肺炎，你知道，在監牢裡。我想是溼氣影響或什麼的，你不認為嗎？」

卡格里了解，她心裡對監獄有份浪漫的想像。潮溼的地下監牢，有老鼠咬人腳趾頭。

「當時，我得說，」她繼續，「他死掉好像是最好的事了。」

「是的，大概是吧……是的，我想一定是。」

「呃，我的意思是說，他在那裡，一年一年的關下去。喬伊說我還是離婚的好，而我正有此打算。」

「你當時想和他離婚？」

「哦，被一個長年關在監牢裡的男人綁住是沒有好處的，不是嗎？再說，你知道，雖然我喜歡傑克什麼的，但他不是所謂的穩重型。我從來就不真的認為我們的婚姻會持久。」

「他死掉時，你實際上已經開始辦理離婚手續了嗎？」

「哦，可以這麼說。我是說，我去見過律師。喬伊叫我去的。當然，喬伊一向無法忍受傑克。」

「喬伊是你丈夫？」

「是的。他做電氣方面的事，有一份很好的工作，而且他們很器重他。他總是告訴我傑克不好，不過我當時只是個小孩子，傻傻的。傑克很有一套，你知道。」

「就我所聽說的他，好像真是這樣。」

「他騙女人很在行……我不知道為什麼，真的。他長得並不好看。猴子臉，我經常這樣叫他。不過他還是很有一套。你就是會做任何他要你做的事。你要知道，這一套有時很有用。就在我們結婚後，他在他工作的修車廠裡因為一輛客戶的車子而惹上麻煩。我搞不懂是怎麼回事，反正老闆非常生氣就是了。但是傑克騙了老闆的太太。很老了，她一定快要五十歲，可是傑克拍她馬屁，耍得她團團轉，直到她昏了頭，不知道自己是頭在地上或是腳在地上。反正她願意為他做任何事。她騙過她丈夫，讓他許下承諾說，如果傑克賠錢就不把他移送法辦。但他根本不知道錢是從哪裡來的……是他自己太太出的錢！那真的讓我們笑死了，傑克和我！」

卡格里微感嫌惡地看著她。

「那件事……這麼好笑嗎？」

「噢，我想是好笑，你不認為嗎？真的，可笑極了。那樣一個老女人竟為傑克癡狂，而且為他掏出她的積蓄。」

卡格里嘆了一口氣。他想，事情永遠不如你所想像的那樣。他一天天地發現，這個他費了這麼多心思為其洗清罪名的男人，竟愈來愈不討他喜歡。在陽岬令他深感震驚的一些反應，他已漸漸能了解及體會。

「克烈格太太，我來這裡只是……」他說，「看看有什麼我能……呃，為你效勞，好彌補已經發生過的事。」

莫琳．克烈格微微感到困惑。

「你真好，我想，」她說，「但是你何必如此？我們都好好的。喬伊在賺錢，而我自己也有工作。我是個領位員，你知道，在電影院裡。」

「是的，我知道。」

「我們下個月就要買部電視了。」女孩驕傲地繼續說。

「我很高興，」亞瑟．卡格里說，「比我所能表達的更高興。這……這件不幸的往事，並沒有留下任何，呃，永久的陰影。」

他發現，愈來愈難挑出正確的字眼來與這位和傑克結過婚的女孩說話。任何他所說的話聽來都顯得浮誇、做作。為什麼他無法自然地和她說話？

「恐怕，這對你是一大悲慟。」

她睜大眼睛看著他，那對圓睜的藍眼球一點也不明白他的意思。

「當時是很可怕，」她說，「鄰居都在談論不休、操心煩惱等等的。不過我得說，就各方面來說，警方非常仁慈。他們對我說話非常有禮貌，說什麼話都客客氣氣的。」

他懷疑她對死者是否存有任何感情。他唐突地問了她一個問題。

「你認為是他幹的嗎？」他說。

「你的意思是說，我認為是他殺掉他母親的嗎？」

「是的，正是。」

「呃，當然，呃，呃……是的，我想我認為是吧。當然，他說他沒有，但我的意思是，你永遠無法相信傑克說的任何話，而當時看起來好像就是他。你知道，他會變得非常凶暴，傑克會，如果你和他作對的話。我知道他陷入某種困境。他不太想跟我說，當我問他時，他只是咒罵我一頓。但是那天他就走了，說他不會有事的。他說，他母親會掏錢出來的，她不得不。所以我就相信他了。」

「據我了解，他從沒對他家人提過你們的婚姻。事發之前你沒見過他們吧？」

「沒有。你知道，他們是上流人士，有一棟大房子之類的。我不會給他們什麼好印象。傑克認為最好別讓他們知道我。而且，他說如果他帶我過去，他母親會想支配我的生活還有他的生活。他說，她禁不住要支配別人的生活，而他受夠了。他說，我們自己過得很好。」

她並沒有顯露出任何憤慨的表情，她真的認為她丈夫的行為是自然的。

「我想他被捕時，你大概很震驚吧？」

「哦，當然。我對自己說，他怎麼可以做出這種事來？但是，這是逃不過的。當他感到心煩的時候，脾氣一向非常凶暴。」

卡格里傾身向前。

「我們這樣說好了：你丈夫用火鉗打碎他母親的頭顱而偷走一大筆錢，你真的一點都不感到驚訝嗎？」

「哦，呃……卡格里先生，對不起，這樣說有點太難聽了。我不認為他是故意那麼用力打她的。我不認為他有意殺掉她。可能只是她不給他錢，他抓起火鉗，威脅她，而她仍然堅持，他失去了控制，給她一記。我不認為他有意殺死她。那只是他的運氣不好。你知道，他非常需要那些錢。如果拿不到，他就得進監牢。」

「這麼說……你不怪他？」

「哦，當然我怪他……我不喜歡那種暴力行為。而且是你親生的母親！不，我不認為可以那樣做。我開始覺得喬伊是對的，他告訴我說，我不該跟傑克有任何關係。可是，你知道，要女孩子家下決心是很困難的事。喬伊，你知道，一向死死板板的，我認識他很久了。傑克就不同了，他受過教育等等的。他看起來好像非常有錢，喜歡到處花錢。而且當然他有他的一套，就像我一直告訴你的，他可以騙過任何人。他是騙到了我沒錯。『你會後悔的，小姐。』喬伊說。我以為那只是吃不到葡萄說葡萄酸，如果你懂我的意思。但是到頭來，喬伊卻完全說對了。」

卡格里看著她。他懷疑她是否仍然不了解他話中的含義。

「怎麼個說對法？」他問道。

「哦，就是他讓我惹上亂七八糟的麻煩。我是說，我們一向受人尊重。母親非常小心的把我們養大，我們一向規規矩矩沒有人說閒話。而警方卻逮捕了我丈夫！還有鄰居全都知道了，所有的報紙上都有，《世界新聞報》等等的，而且那麼多記者跑來問問題，讓我處境非常難過。」

「可是，我親愛的孩子，」亞瑟．卡格里說，「你現在確實了解，並不是他幹的了吧？」一時那張白皙漂亮的臉顯出不知所措的表情。

「當然！我差點忘了。不過不管怎麼說……呃，我是說，他確實是到那裡去吵翻了天，而且威脅她什麼的。如果他沒那樣做，他就根本不會被逮捕，不是嗎？」

「是，」卡格里說，「是不會，這倒是真的。」

他想，也許這個漂亮、愚蠢的女孩比他更實際。

「噢，真可怕，」莫琳繼續說，「我當時根本不知如何是好。後來我媽說我最好立刻去見他的家人。她說，他們得替我想點辦法。畢竟，她說，你有自己的權利，而且最好讓他們看看你知道如何照顧他們。所以我就去了。是那個在那裡幫忙的外國女人替我開的門。起初我怎麼也無法讓她明白。看起來好像她不願相信。『不可能，』她一直說，『完全不可能。』這有點傷了我的心。『我們是結婚了，』我說，『而且不是到註冊所，是在教堂。』那是我媽堅持的方式！但她只是一直說：『這不是真的，我不相信。』然後阿吉爾先生過來了，他人真好，他告訴我不用擔心，說他會盡一切力量為傑克辯護，還問我缺不缺錢用……而且每星期固定給我一筆費用，甚至現在還按時送到。喬伊不喜歡我接受，但是我對他說：『別傻了。他們不缺那個錢，不是嗎？』當我和喬伊結婚時，他還送我一張金額不少的支票當作結婚賀禮。而且他說他非常高興，說他希望這次婚姻會比上一次幸福。是的，他人真好，阿吉爾先生。」

門打開時她轉頭過去。

「噢，喬伊回來了。」

喬伊是個不多話、金頭髮的年輕人。他微蹙眉頭，聽完莫琳的解釋和介紹。

「本來希望事情已經全部過去了，」他不以為然地說，「原諒我這樣說，先生。但是挑起過去的事沒有好處，這是我的感覺。莫琳運氣不好，只能這樣說……」

「是的，」卡格里說，「我十分明白你的觀點。」

「當然，」喬伊．克烈格說，「她不該交上那樣的傢伙。我早知道他很壞。外面已經有一些關於他的傳言了。他有兩度受緩刑監督官看管的紀錄。他們一旦走錯第一步，就會繼續下去。先是侵占公款或騙取女人的積蓄，最後是謀殺。」

「可是，」卡格里說，「他並沒有謀殺。」

「那是你說的，先生。」喬伊．克烈格說，看來顯然完全不信。

「命案發生的時候，傑克．阿吉爾有十足的不在場證明。他正搭我的便車去柴茅斯。因此你知道，克烈格先生，命案不可能是他犯下的。」

「可能不是，先生，」克烈格說，「但不管怎麼說，把這一切再掀出來實在不智，原諒我這麼說。畢竟他現在人已經死了，對他來說已毫無影響。倒徒然讓鄰居又開始談論，又胡思亂想了。」

卡格里站起來。

「哦，或許從你的角度而言，這是一種看法。不過世上有公理這麼一種東西，你是知道的，克烈格先生。」

「我當然知道，」克烈格說，「英國的審判是十分公正的。」

「世界上最好的制度也可能犯錯，」卡格里說，「畢竟，公理是操在人的手上，而人是會犯錯的。」

告別他們走到街上後，他心情竟意外的更加煩亂。他對自己說，如果我那天的記憶沒有恢復過來，真的會比較好嗎？就如同那個自以為是、不多話的傢伙剛剛所說的，那孩子已經死了，他已經到不會犯錯的上帝面前去了。在人們的記憶中，他是個凶手或是個小偷，如今對他來說已經沒有不同了。

然後一股怒氣突然在他心中湧起。

「但是這對某個人來說應該有所不同！」他想，「應該有某個人感到高興。為什麼他們都不高興？這個女孩，呃，我了解得夠清楚了。她可能迷戀過傑克，但從沒愛過他……她或許永遠無法愛任何人。可是其他人，他父親、他姐姐、他的保母……他們都該高興才對啊。

他們在擔心自己之前，應該先為他設想一下才對……是的，一定有某個人在乎。」

§

「阿吉爾小姐？那邊第二張辦公桌。」

卡格里站立一會兒，望著她。

整潔、嬌小，安靜、能幹。她穿著一件深藍色的衣服，白領子、白袖口，藍黑的頭髮整齊地盤繞在頸上。她的膚色褐黑，比英國人的皮膚深一些；骨架也小了一些。這就是阿吉爾認養作女兒的那個混血兒。

抬起來與他四目相對的眼睛是黑色的，全然的黑色。什麼都沒告訴你的一雙眼睛。

她的話聲低沉甜美。

「我能幫你嗎？」

「你是阿吉爾小姐？歌絲堤娜．阿吉爾小姐？」

「是的。」

「我是卡格里，亞瑟．卡格里。你可能聽說過……」

「是的，我聽說過你，我父親寫信給我了。」

「我很想和你談談。」

她抬頭看了一眼時鐘。

「圖書館再過半小時關門。你能等到那個時候嗎？」

「當然。你願意跟我找個地方喝杯茶嗎？」

「謝謝。」她轉向一個從他身後走過來的人。「是的，我能幫你嗎？」

亞瑟．卡格里將身子移開。他到處逛逛，看看書架上的書，一直觀察著堤娜．阿吉爾。她還是保持一樣的平靜、幹練、不受干擾。這半小時對他來說過得奇慢，不過最後鈴聲還是響了，她朝他點點頭。

「我過幾分鐘到外頭與你碰面。」

她並沒讓他久等。她沒戴帽子，只穿上一件厚厚的深色外套。他問她到什麼地方去。

「瑞德敏這地方我不太熟。」他解釋說。

「靠近大教堂有家茶館。不太好，不過不像其他地方那麼擁擠。」

他們隨即在一張小桌子旁落坐，一個乾乾瘦瘦的女侍懶洋洋的接受他們點餐。

「不會是什麼好茶，」堤娜歉然說，「不過我想或許你想隱蔽一點。」

「是的。我必須說明我找你的理由。你知道，我已經見過你其他的家人了，包括，可以說，你弟弟傑克的太太……遺孀。你是你們家人當中我唯一還沒見過的人。噢，對了，還有你出嫁的姐姐。」

「你覺得有必要見我們所有的人？」

這句話十分有禮，但是話聲中有某種程度的冰冷和淡漠，令卡格里有點不舒服。

「不算是社交上的必要，」他冷淡地同意說，「而且不純然是好奇。」（但是，真的不是嗎？）「我只是想親自對你們所有的人，表達我深深的遺憾，因為我不能在審判中為你弟弟的清白作證。」

「我明白……」

「如果你喜歡他……你喜歡他嗎？」

她考慮了一下，然後說：「不，我不喜歡傑克。」

「然而我從各方面都聽說他……很有魅力。」

她清晰、平靜地說：「我不信任也不喜歡他。」

「你從不──原諒我──懷疑他殺了你母親？」

「我從沒想過還有其他可能。」

女侍把他們的茶送過來。麵包和奶油都不新鮮了，果醬是凝成膠狀的怪東西，蛋糕色澤俗豔，倒人胃口，茶水淡而無味。

他喝一口茶，然後說：「我已經開始了解，我帶來的這個消息──洗清了你弟弟謀殺罪名的消息──可能造成了不太愉快的影響，可能給你們大家帶來新的……焦慮。」

「因為案子不得不重新展開？」

「是的。這你已經想過了？」

「我父親好像認為這是無可避免的事。」
「抱歉，真的抱歉。」
「為什麼抱歉，卡格里博士？」
「我不喜歡因為我而帶給你們新的煩惱。」
「但是保持沉默你會心安嗎？」
「你是站在公理的立場想？」
「是的。難道你不是嗎？」
「當然。本來在我看來公理非常重要。不過現在……我開始懷疑是否還有其他更重要的東西。」
「比如……」他想到海絲塔。「比如無辜的人，或許吧。」
她黑色的眼睛更加深暗。
「你有什麼感想，阿吉爾小姐？」
她沉默了一下，然後說：「我在想大憲章裡的那句話：『對任何人我們都不會拒絕給予公道。』」
「我明白，」他說，「這就是你的回答……」

07

墨克斯特醫生是個有道濃眉的老人，他還有雙精明的灰色眼睛及好鬥的下巴。他靠回老舊的扶手椅背上，仔細地研究他的訪客。他發現他喜歡面前這個人。

卡格里對他也有欣賞的感覺。這可以說是自從他回到英格蘭以來，第一次感到他是在和一個了解他的感受和觀點的人講話。

「你願意見我真好，墨克斯特醫生。」他說。

「不客氣，」醫生說，「我退休以後生活無聊死了。和我同行的年輕人告訴我，說我必須坐在這裡像個木偶一樣照顧我無力的心臟，但我不認為這是自然的事。不自然透頂。我聽收音機，聽他們胡說八道，偶爾我的管家說服我看看電視，又是刀光劍影的。我是個忙碌的人，一輩子東奔西跑，我可坐不下來。看書眼睛又累。所以不要道歉說占用了我的時間。」

「首先我得讓你明白，」卡格里說，「為什麼我這麼關心這一切。照理說，我已經完成我想做的事……說出我腦震盪、失去記憶的不幸事實，洗清那孩子的汙名。然後，我最清醒而合理的做法應該是就此離開，試著把這一切忘掉。嗯，這樣做沒錯吧？」

「那要看情形。」醫生說，「是有什麼事讓你心煩吧？」他在一陣停頓後問道。

「是的，」卡格里說，「每一件事都讓我心煩。你知道，我帶來的消息並不如自己預期的那般被人接受。」

「噢，」墨克斯特醫生說，「那沒什麼好奇怪的。這種事天天都在發生。我們事先在心裡演練一遍……演練什麼並不重要，可能是請教一位醫生、向一位小姐求婚、在回學校之前和你的孩子談談……但真正說出來時，從來就不會像你所期望的那樣。你已經想好了你要說的一切，而且通常也預料好回答會是什麼。然而，它們就是每一次都讓你失望。你得到的回答從來就不是你所想的。我猜，這正是你感到心煩的地方？」

「是的。」卡格里說。

「你期望什麼？期望他們全都和你一樣？」

「我期望……」他考慮了一下。「一頓怪罪？或許。憤慨？很接近，但是含帶感激。」

墨克斯特咕噥一聲。

「然而他們沒有感激，也沒像你所想的那樣憤慨？」

「差不多是那樣。」卡格里坦承說。

「那是因為你到那裡以前並不了解情況。你到底為什麼來找我？」

卡格里緩緩說道：「因為我想多了解那一家人。我只知道一些公認的事實：一位非常善良而不自私的女人為她收養的孩子竭盡所能，她是一位熱心公益的女人，好人模範。問題出在一個所謂的問題小孩、一個變壞了的孩子、一個不良少年。這就是我所知道的一切。其他的我一無所知。我對阿吉爾夫人本人一無所知。」

「完全正確。」墨克斯特說，「你正指向重點所在。如果你仔細想想，你知道，那一向都是謀殺案令人最感興趣的地方……被謀殺掉的是什麼樣的一個人？一般人總是忙著探究凶手的心思。你或許認為，阿吉爾夫人不是那種會遭人謀殺的女人。」

「我想每個人都會這樣覺得。」

「從道德的角度而言，」墨克斯特說，「你說得沒錯。但是你知道……」他摸摸鼻子。「中國人不是說過『愛之適足以害之』嗎？他們說得有道理，你知道。你對人家施惠，會讓他們陷入苦境。我們都知道人性。你施恩於人，覺得你是對他好，你喜歡他。但受恩的那個人，他心裡對你好嗎？他真的喜歡你嗎？他應該是這樣，當然，但他真的是這樣嗎？

「你看，」醫生停頓了一下說，「這就是了。阿吉爾夫人可能是你所謂了不起的母親。但是毫無疑問的，她太過於慈愛，她太想要慈愛，或者太努力慈愛。」

「他們不是她親生的孩子。」卡格里指出。

「沒錯，」墨克斯特說，「問題就出在這裡。你去看看那些正常的母貓就能了解。牠生下了小貓，深情地保護牠們，牠會抓傷任何靠近牠們的人。然後過一兩週，牠便開始回復自己的生活。牠出門去，獵捕食物，離開牠的小傢伙們，休息一下。如果任何人攻擊牠們，牠還是會保護牠們，但牠不再集中心思於牠們身上。牠會陪牠們玩一下，當牠們過於粗野時，牠會瞪著牠們，嚴加斥罵，叫牠們不要煩牠。你知道，牠恢復到原來的天性。隨著牠們一天天長大，牠愈來愈少關注牠們，而且心思更轉向鄰居那隻叫湯姆的英俊公貓身上。這你可以稱之為雌性生活的正常模式。我見過許多女孩和婦人，母性本能很強，很想結婚，但是那只是因為——雖然她們自己可能不十分了解——一份想做當親的衝動。當孩子生下來後，她們感到快樂、滿足，生活便又回復到均衡的狀態。她們能同時對丈夫還有地方事務以及街坊之間的流言感興趣，當然還有她們的孩子。但這一切都是平均分配的。母性的本能，你知道，純就肉體上來說，已經獲得滿足了。

「就阿吉爾夫人來說，她母性的本能非常強烈，但生孩子的肉體需求未曾獲得滿足。因此她母性的專注力從未真正鬆弛下來。她想要孩子，很多孩子，孩子再多也覺得不夠。她的全部心思日日夜夜都繫在那些孩子身上。她的丈夫不再重要，他只不過是一個令人愉快的抽象背景。是的，孩子是一切……他們的吃喝玩樂、他們的衣著、和他們有關的一切一切。她替他們做得太多太多了。他們真正需要的，是一種簡單、率直的疏忽，她卻從來不給。他們不能到花園裡像鄉下孩子一樣玩耍。不，他們得有各種裝置、人工製造供攀爬的用具和踏腳石、搭在樹上的房子、載沙子到河邊開闢出來的沙灘。他們吃的不是一般樸實的食物。唉，那些小孩吃的蔬菜甚至還用篩子篩過；一直到將近五歲，他們喝的牛奶都要經過消毒，水都檢驗過，他們攝取的卡路里都計算過，維他命也是！你要知道，我跟你說的這些話並不違反職業道德。阿吉爾夫人不是我的病人。如果她需要看醫生，她會到哈利大街去找個名醫。也不是說她常去，她是個身強力壯的健康女人。

「但我是本地的醫生，經常被叫去幫孩子看病。儘管她認為我對他們有點隨便。我告訴她，讓他們吃些樹籬上摘下來的黑莓。我告訴她，他們腳沾溼了或偶爾頭部受點風寒是傷不到他們的，還有孩子體溫上升到華氏九十九度並無大礙，在上升到一百零一度之前也沒什麼好大驚小怪的。讓孩子嬌生慣養，呵護得無微不至，對他們毫無益處。」

「你的意思是說，」卡格里說，「對傑克毫無好處？」

「哦，其實不只是傑克。在我看來，傑克始終就是個負擔。用現在的形容來說，他是個『亂七八糟的小孩』。這種形容也很貼切。阿吉爾夫婦為他盡了最大能力，為他付出一切。我這輩子見過很多像傑克一樣的孩子。當他們後來變得無可救藥時，父母親會說：『要是他小時候我對他嚴格一點就好了。』或是說：『我太嚴格了，要是我對他鬆一點就好了。』我不認為這兩者之間有任何不同。有些人是因為沒有幸福的家庭，感到不為人所愛而變壞；有些是不管怎麼樣最後都會變壞。我認為傑克是後者。」

「這麼說，當他因謀殺罪名被捕時，」卡格里說，「你並不感到驚訝？」

「坦白說，我是感到驚訝的。並不是因為我認為傑克特別反對謀殺。他是個沒良心的年輕人，但說他幹出殺人的勾當確實令我驚訝。噢，我知道他的脾氣很凶暴什麼的。小時候他常衝向其他小孩，把人家壓在地上或用重重的玩具、木塊打他。但他們通常都是小他一號的小孩，而且也不是想傷害對方或想搶東西之類的盲目暴力。如果傑克犯下謀殺案，我料想會是那種幾個孩子一起出去突擊的情形；然後當警察追捕他們時，傑克那樣的孩子會說：『打他的頭，兄弟，讓他嘗嘗滋味，射倒他。』他們都想殺人，準備惹出一場命案，但他們沒有膽量動手殺人。這是我的看法。如今看來，」醫生加上一句說：「好像我的看法是對的。」

卡格里盯著地毯，上面的圖案幾乎全都磨損光了。

「我一直不知道，」他說，「我面對的是什麼。我不了解這對其他人來說表示什麼。我看不出事情會……竟然會……」

醫生溫和地點點頭。

「是的，」他說，「看來就是那樣，不是嗎？看來你就得接受他們是那樣。」

「我想，」卡格里說，「這才是我真正來找你談話的重點。表面上看來，他們之中沒有一個人有任何動機殺她。」

「表面上是沒有，」醫生同意說，「不過如果你深究一下……噢，是的，我想要殺她的理由多得是。」

「為什麼？」卡格里說。

「你真覺得這是你該管的事嗎？」

「我想是。我禁不住這樣想。」

「或許換作是我，我也會這樣覺得……我不知道。哦，我要說的是，他們之中沒有一個是真正能夠自主的。只要他們的母親——為了方便我就這樣稱呼她——活著一天，他們就不能自主。她仍然控制住他們，你知道，他們所有人。」

「怎麼個控制法？」

「提供金錢，大方的供給。那是一大筆收入，依託管人認為合適的方式均衡分配。儘管阿吉爾夫人本身不是託管人，但只要她還活著，事情就會照她的意願貫徹下去。」

他停頓一下然後繼續。

「很有趣的是，他們無不想逃避。他們想盡辦法不去遷就她的安排模式。因為她確實安排了一個模式，非常好的模式。她想要給他們一個美好的家、良好的教育、一份好的收入和她為他們挑選的良好事業基礎。她想把他們當作是她和李奧．阿吉爾親生的孩子那般對待。但他們並不是她和李奧．阿吉爾親生的孩子，他們有完全不同的個性、感情、性向和需求。麥可如今是個汽車推銷員。海絲塔算是逃家去當演員。她愛上一個非常要不得的男人，而且她完全沒有當演員的本領。她不得不回家，她不得不承認——她可不喜歡承認——她母親是對的。瑪麗．杜蘭特在戰時堅持嫁給一個她母親反對的男人。他是個英勇聰明的年輕人，但在做生意方面是個徹底的傻瓜。後來他得了小兒麻痺症，被帶到陽岬去做病後療養。阿吉爾夫人施加壓力，要他們長住在那裡。她丈夫十分願意，瑪麗．杜蘭特卻不顧一切地反對。她想要自己的家和一個完全屬於自己的丈夫。然而如果她母親沒死，無疑的，她最後會屈服。

「麥可，另外一個男孩。是個好打架鬧事的年輕人。他痛恨親生母親遺棄了他，他一直怨恨在心，從來就沒忘懷。我想，在他內心深處，始終都恨著他的養母。

「再來是那個瑞典按摩護士。她不喜歡阿吉爾夫人。但她喜歡那些孩子和李奧。她接受了阿吉爾夫人許多好處，或許試著想感激卻辦不到。不過，我認為她再不喜歡，也不會拿火鉗敲碎她恩人的頭。畢竟，她只要高興隨時都可以離開。至於李奧……」

「是的，他怎麼樣？」

「他會再娶。」墨克斯特醫生說，「而且運氣不錯，是一個很好的年輕女人。熱心、仁慈、好相處，而且非常愛他，愛了很久了。她對阿吉爾夫人有什麼感覺？你和我一樣猜得到吧。當然，阿吉爾夫人死掉，讓事情單純很多。李奧．阿吉爾不是那種太太在家卻同時和他女祕書亂搞的男人。我也不認為他會離開太太。」

卡格里緩緩說道：「我見過他們兩位，和他們談過話，我無法相信他們任何一個……」

「我知道，」墨克斯特說，「是無法相信，怎麼可能相信？可是，你知道……的確是他們家裡的一個人幹的。」

「你真的這樣認為？」

「我不知道還能做何他想。警方相當確定不是外人幹的，而警方或許對。」

「不過是他們之中哪一個？」卡格里說。

墨克斯特聳聳肩。

「就是不知道。」

「根據你對他們的了解，也毫無概念？」

「如果有，也不會告訴你，」墨克斯特說，「我有什麼依據？除非我忽略了某個線索，否則在我看來，他們之中沒有一個可能是凶手，沒有。」他又緩緩說道：「我的看法是，我們永遠不會知道。警方會採取一切方法調查，他們會盡全力。但是時間隔了這麼久，線索又少之又少，要找到證據……」他搖搖頭。「不，我不認為會真相大白。是有像這樣的案子，你知道，書本上見過，五十……一百年前，那種三個或四個或五個人之一幹的案子，卻苦無足夠的證據，沒有人說得出是誰。」

「你認為這個案子會像那樣？」

「呃……」墨克斯特醫生說，「是的，我是……」他再度目光銳利地看了卡格里一眼。

「而這正是它最可怕的地方，不是嗎？」他說。

「可怕，」卡格里說，「對那些無辜的人。那是她對我說的。」

「誰？誰跟你說什麼？」

「那個女孩，海絲塔。她說我不了解重要的是無辜的人。就像你剛剛跟我說的，我們永遠不會知道……」

「誰是無辜的？」醫生替他把話說完。「是的，要是我們知道真相就好了。即使沒逮捕到正犯或送審定罪也無所謂。只要知道即可。要不然……」他停頓下來。

「怎麼樣？」卡格里說。

「你自己想想，」墨克斯特醫生說，「不，我不用多言，你已經想過了。」他繼續說：「這讓我想起了，你知道，布拉弗案……發生在將近一百年前，但是我想，仍然有人在寫關於這個案子的書。看來像是他太太幹的，或是考克斯太太，或是古利醫生……甚至是查爾斯．布拉弗自己服的毒，儘管驗屍官證明不是。一切都有十分合理的推測，但就是沒人知道真相。因此，芙蘿倫絲．布拉弗在家人的遺棄之下，孤單地酗酒而死；而考克斯太太和她三個小兒子如同遭受放逐，一輩子都被她所認識的人認為是兇手；古利醫生的事業名聲都毀了……

「某人有罪，卻逍遙法外；其他人無辜，卻無法逃脫。」

「這種事絕不可發生在這裡，」卡格里說，「不可以！」

08

海絲塔．阿吉爾看著鏡中的自己。她的眼光中不見虛榮，那是種焦慮、疑惑、內心缺乏自信者的謙遜眼光。她把額頭上的髮絲往上綰，再綰向一邊去，然後皺起眉看看成果。突然，她身後一張臉出現在鏡中，害她嚇了一跳，畏縮起來，擔憂地猛一轉身。

「啊，」寇蒂．林斯楚說，「你在害怕！」

「你說『害怕』是什麼意思，寇蒂？」

「你在怕我。你認為我悄悄從你後面過來，也許會把你擊倒。」

「噢，寇蒂，別傻了，我當然不會那樣想。」

「但是你確實這麼想，」對方說，「而且這樣也是對的。注意暗處，看到你不太明瞭的東西就提高警覺。因為這屋子裡是有什麼叫人感到害怕。我們現在知道了。」

「不管怎麼說，親愛的寇蒂，」海絲塔說，「我不需要怕你。」

「你怎麼知道？」寇蒂・林斯楚說，「不久前，我們不是才在報紙上看過有個女人和另外一個女人一起生活了好幾年，然後有一天她突然殺了她，把她勒死，還想把她的眼珠挖出來。為什麼？因為她非常溫和地告訴警方，她看見魔鬼附身在那女人身上很久了，而她覺得她必須堅強勇敢一點，把那魔鬼殺掉！」

「噢，那我記得，」海絲塔說，「但那個女人根本是瘋了。」

「啊，」寇蒂說，「不過她並不知道自己瘋了，而且她身邊的人也不覺得，因為沒人知道她可憐、扭曲的心靈在想些什麼。所以我跟你說，你不知道我心裡在想些什麼。我或許瘋了。或許有一天我看著你母親時，心裡想著她是個基督的叛徒，所以我殺了她。」

「寇蒂，你在胡說八道！完全是胡說八道。」

寇蒂・林斯楚嘆口氣，坐了下來。

「是的，」她承認，「我是胡說八道。我非常喜歡你母親，她對我很好，一向都是。但是我想跟你說、而且你必須了解的是，你不能對任何事或任何人說聲『胡說八道』就算了。你不能信任我或是其他任何人。」

海絲塔轉身注視著她。

「我相信你是認真的。」她說。

「我非常認真，」寇蒂說，「我們必須認真看待，而且我們必須把一切都說開來。假裝什麼事都沒發生是沒用的。那個來過這裡的人……我真希望他沒來，但是他來了，而且據我所知，他十分明確地表示傑克不是凶手。好了，那麼就是有其他某個人是凶手，而這個人一定是我們其中之一。」

「不，寇蒂，不。可能是某一個……」

「什麼人？」

「哦，想偷東西的人，或是曾經和母親有過節的人。」

「而你認為你母親會讓那個人進門？」

「可能，」海絲塔說，「你也知道她這個人。如果某人對她說了個不幸的故事，如果某人告訴她有個孩子受到忽視、虐待了，你不認為母親會讓那個人進門，帶他到她的房間去說話嗎？」

「在我看來非常不可能，」寇蒂說，「至少，你母親不可能會坐在那裡讓那個人拿起火鉗打她的後腦。不，她是和某個認識的人在房間裡，自在而放心。」

「你不要這樣，寇蒂，」海絲塔大叫說，「噢，別這樣。你說得好像近在眼前。」

「因為事實上就是近在眼前。我不再說了，但我已經警告過你，即使你以為你了解某個人，即使你認為你信任他，你也永遠不能掉以輕心。因此，提高警覺，對我、對瑪麗、對你父親，還有對關黛．馮恩，永遠提高你的警覺。」

「這樣懷疑每個人，叫我怎麼在這裡繼續住下去？」

「如果你願意聽從我的意見，那麼你最好是離開這裡。」

「我現在不能離開。」

「為什麼不能？是因為那個年輕醫生？」

「我不懂你的意思，寇蒂。」海絲塔臉紅起來。

「我是指葛瑞醫生。他是個很好的年輕人，一個優秀的醫生，親切、老實。你能交上他真的很不錯。不過無論如何，我還是認為你離開這裡會比較好。」

「這件事真是荒唐，」海絲塔氣憤地大叫，「荒唐，荒唐，荒唐。噢，我真希望卡格里從沒來過。」

「我也是，」寇蒂說，「全心的希望。」

§

李奧．阿吉爾在關黛．馮恩拿給他的最後一封信上簽名。

「最後一封？」他問道。

「是的。」

「今天還不太糟。」

過了一兩分鐘，關黛將信件貼上郵票整理好之後，問道：「不是快到……你要出國旅行的時候了嗎？」

「出國旅行？」李奧．阿吉爾含糊地應道。

「是的。難道你忘了你要去羅馬和西恩那？」關黛說。

「噢，是的，是的，我是要去。」

「你要去看馬西里尼樞機主教寫信告訴你的那些檔案。」

「是的，我記得。」

「要不要我幫你訂機票，或是你想搭火車去？」

李奧彷彿從遙遠的思緒中轉回來，看著她，微微一笑。

「你好像很急著要擺脫我，關黛。」他說。

「噢不，親愛的，不。」

她迅速走過來，在他一旁蹲跪下去。

「我永遠不要你離開我，永遠。可是……可是我想……噢，我想你離開這裡會比較好，在經過，經過了……」

「經過了上星期發生的事之後？」李奧說，「在卡格里博士來訪之後？」

「我真希望他沒來過，」關黛說，「我真希望一切如初。」

「希望傑克被冤枉地判了罪？」

「可能是他犯下的，」關黛說，「他隨時都可能做出那種事，而且我想，若真不是他，那純粹只是湊巧。」

「奇怪，」李奧若有所思地說，「我從來就無法真正相信是他做的。我是說……當然，我不得不相信證據，不過在我看來實在是不可能。」

「為什麼？他的脾氣一向很火爆，不是嗎？」

「是的。噢，是的，他會攻擊其他小孩，通常是比他小的孩子。但我不覺得他會攻擊瑞琪。」

「為什麼不會？」

「因為他怕她，」李奧說，「她很有權威，你知道。傑克就和其他人一樣，感覺得到。」

「可是難道你不認為，」關黛說，「這就是為什麼……我的意思是說……」她停下來。

李奧以質問的眼光看著她。他眼中的某種意味令她雙頰紅了起來。她轉身離去，走到火爐前，雙膝蹲跪下去，雙手伸向火苗。

「是的，」她在心裡說道，「瑞琪是有權威沒錯。她那麼自滿、那麼自信，就像皇后一般統轄我們所有人。難道這理由不夠讓人拿起火鉗，讓人想要把她擊倒，好讓她永遠閉嘴嗎？瑞琪總是對的，瑞琪總是稱心如意。」

她猛然站了起來。

「李奧，」她說，「我們不能……我們不能快點結婚，而不要等到三月嗎？」

李奧注視著她。他沉默了一下，然後說：「不，關黛，不行。我不認為那是個好主意。」

「為什麼？」

「我認為，」李奧說，「做事情匆匆忙忙的不好。」
「你這是什麼意思？」
她走向他，再度蹲跪在他身旁。
「李奧，你這是什麼意思？你必須告訴我。」
他說：「親愛的，我只是認為，如同我說過的，我們不該倉卒行事。」
「但是我們會在三月結婚吧，如同我們計畫的？」
「我希望如此……是的，我希望如此。」
「你說起來好像沒把握……李奧，你不再愛我了嗎？」
「噢，親愛的，」他的雙手搭在她肩上。「我當然愛你。你是我的一切。」
「唉，好吧。」關黛不耐煩地說。
「不，」他站起來。「不，時候未到。我們必須等待，我們必須確定。」
「確定什麼？」
他沒回答。她說：「你不會是認為……你該不會以為……」
李奧說：「我……我什麼都沒認為。」
門打開，寇蒂・林斯楚捧著托盤進來，擺在桌上。
「你的茶點來了，阿吉爾先生。要不要我再端一杯茶進來給你，關黛？或是你要和其他人一起在樓下喝？」

關黛說：「我會下樓到飯廳。這些信我帶下去，該寄出去了。」她雙手微微不穩地拾起李奧剛才簽了名的那些信件，走出門去。寇蒂．林斯楚看著她離去，然後轉回頭注視著李奧。

「你對她說了什麼？」她問道，「你做了什麼事讓她不舒服？」

「沒什麼，」李奧說，他的聲音疲累。「真的沒什麼。」

寇蒂．林斯楚聳聳肩，一語不發地走出去，然而李奧還是可以感覺出她無聲的批評。李奧嘆了一口氣，靠回椅背上去。他感到很累。他倒了一杯茶，但是並沒有喝。他坐在那裡，兩眼空茫地望著前方，心裡想一些過去的事。

§

他常愛去的倫敦東區社交俱樂部……他是在那裡第一次見到瑞琪．康斯坦。他腦海中清晰地浮現出她當時的樣子。一個中等身高的女孩，體格健壯結實，穿著他當時渾然不覺是非常昂貴的衣服，而且穿起來的樣子很邋遢。一個圓臉的女孩，神情嚴肅，熱心腸，帶著一種熱切、純真，令他心動的味道。有那麼多事需要做，那麼多事值得去做！她熱切地說著，有點不相連貫，但是令他的心溫暖起來。因為，他也覺得有很多事需要做，很多事值得做；儘管他具有反諷的天性，常使他懷疑究竟值得做的事是否總能獲得成功。但瑞琪毫無懷疑。如果你做這個，做那個，如果這樣那樣的機構受到捐助，那麼效果自然就會產生。

如今他知道，她從不考慮到人性。她總是把人當作案例、當作問題來處理。她從不明白，每個人都是不同的，他們會有不同的反應，會有各自獨特的個性。他記得他當時曾經對她說，不要期望太大。但她總是期望過高，儘管她常常立即予以否認。她總是期望過高，因此她總是失望。他很快就愛上了她，而且相當驚訝地發現她是個富家千金。

他們一起為他們的生活計畫……高層次的生活，而不是平淡單調的生活。然而他現在很清楚，這正是她吸引他的主要原因……她那顆溫暖的心。只是，很令人悲哀的，那顆溫暖的心並不是為他而存在。她是愛上了他，是的，但是她真正想從他身上、從生活中得到的是孩子。而孩子卻始終不來。

他們去找過各種醫生，有名望的醫生，沒有名望的醫生，甚至密醫，而最後的判決她不得不接受……她永遠無法擁有親生的孩子。他為她感到難過，非常難過，他相當樂意接受她收養孩子的提議。在他們的車子在紐約撞倒一個從貧民窟衝出來的孩子之前，他們已經和不少領養機構接洽過。

瑞琪馬上跳下車，蹲在倒於街道上的孩子身旁。她只是皮肉擦傷，並沒大礙。她是一個美麗的孩子，金髮藍眼。瑞琪堅持送她到醫院去確定真的沒有受傷。她去找孩子的親戚……一個自甘墮落的姑媽和顯然酗酒過度的姑丈。他們對這個父母雙亡後和他們一起生活的孩子並無情感。瑞琪提議讓孩子和他們一起住幾天，那女人很乾脆地同意。

「我們沒辦法好好照顧她。」她說。

因此，瑪麗被帶到他們飯店的套房。這孩子很喜歡軟綿綿的床和豪華的浴室。瑞琪買給她一些新衣服。然後這孩子這時說了那句話：「我不想回家。我想要和你們留在這裡。」

瑞琪注視著他，突然激動興奮地注視著他。他們一旦單獨在一起，她馬上對他說：「我們把她留下來。這不難安排，我們收養她，她會是我們自己的孩子。那個女人能甩掉她是求之不得呢。」

他一口就答應了。孩子看起來安靜、規矩、容易教養。她顯然對一起生活的姑父母沒有感情。如果這能讓瑞琪快樂，他們就這麼辦吧。和律師商量過，簽下了文件，從此瑪麗．歐索尼西就成了瑪麗．阿吉爾，和他們一道上船回歐洲。他想，可憐的瑞琪終於感到快樂了。而她真的十分快樂。興奮，幾近於狂熱的快樂。她溺愛瑪麗，給她各種昂貴的玩具。而瑪麗也很滿足地接受。然而李奧心想，總是有什麼令他感到困擾。這孩子溫順默從，她對自己的家和家人缺乏思念之情。他希望她真實的感情日後會出現。如今他看得出無此可能。她接受恩惠，心滿意足，享受別人提供的一切。然而她對她新養母的愛呢？沒有，他沒見到過。

就是從那個時候開始，李奧心想，他就試著退居到瑞琪．阿吉爾生活的幕後。她是個天生的母親，不是妻子。如今得到了瑪麗，她母性的渴望並未獲得滿足，反而受到了刺激。一個孩子對她來說是不夠的。

從此以後，她的一切事業都和孩子有關，她的興趣擺在孤兒身上，捐錢給殘障兒童，照顧偏遠地區的兒童、小兒麻痺症兒童、畸形兒等等……總是兒童。這精神令人敬佩，他一直覺得這非常可佩。但是這已成了她的生活重心。他慢慢地開始沉浸在自己的世界裡。他更深入經濟學的歷史領域，這一向令他感到興趣。他漸漸退守到他的書房裡。他忙著做研究，撰寫精簡的專題論文。他太太忙碌、熱心、快樂，掌理家務同時活動增加。他體貼、默從，他鼓勵她。「那是個很好的計畫，親愛的。」「是的，是的，我當然贊同。」偶爾悄悄加入一兩句提醒的話：「我想，你在決定之前，要徹底調查一下情況。不要興奮忘形了。」

她總是會找他商量，但是有時候幾近於敷衍。隨著時間的進展，她愈來愈獨裁。她知道什麼是對的，知道什麼是最好的。他謙遜地收回他的批評以及偶爾提出的警告。

瑞琪，他想，不需要他的幫助，不需要他的愛。她忙碌、快樂，精力非常充沛。

受傷之餘，他仍情不自禁地——也很奇怪的——為她感到憐惜。彷彿他知道她正在行進的路線是條危險的道路。

一九三九年世界大戰爆發，阿吉爾夫人的活動立即增加一倍。她一有為倫敦貧民窟孩童開設戰時育幼院的念頭，便馬上與倫敦一些有影響力的人士接洽。衛生署十分樂意合作，而她也找到了一棟合適的房子，一棟剛蓋好的新式房子，在英格蘭的偏遠地區，可能不會遭到轟炸的地點。在那裡她可以收容十八名兩歲到七歲的孩子。孩子不只是來自貧苦家庭，還有一些來自不幸的家庭。他們是孤兒，或者母親不想帶著一起撤退的棄兒，或是父母不耐照顧的私生子，也有些來自受虐或受忽視的家庭。其中有三、四個孩子是跛子。她親自參與整形治療，同時跟傭人一起料理家務，還請了一個瑞典女按摩護士和兩個受過完整訓練的醫院護士。整件事是在不只是舒適而且是奢華的基礎上進行的。他曾經告誡過她一次。

「你不要忘了，瑞琪，這些孩子最後還是得回到他們原來的生活。你不要讓他們回去以後太難適應了。」

她熱心地回答說：「沒有什麼對這些可憐的孩子來說是太好的，沒有！」

他勸說：「是的，但是他們得回去，記住。」

然而她不理會。

「可能並不需要，可能……到時候再說吧。」

戰況的危急很快帶來了變化。那些醫院的護士常為了有真正的護理工作需要做時，卻在照顧一些健康的兒童而感到良心不安，因而經常更換。最後只剩下一位老護士和寇蒂・林斯楚。家事方面人手也變得短缺，寇蒂・林斯楚便兼顧起來。她犧牲奉獻地工作。

而瑞琪・阿吉爾仍舊忙碌而快樂。李奧記得，她曾經有過驚惶失措的時刻。那是那個小男孩，麥可，慢慢失掉胃口、體重減輕而找來醫生的那天。醫生檢查不出任何毛病，不過他向阿吉爾夫人提示說，那孩子可能是想家。她迅速駁斥了這個想法。

「那不可能！你不知道他那個家。他受到虐待，四處流浪，那裡對他來說一定有如地獄一般。」

「不管怎麼說，」墨克斯特醫生說，「他會想家我並不感到驚訝。重點是，要讓他說出來。」

而有一天麥可說出來了。他在床上哭，用雙拳把瑞琪推開，大叫說：「我要回家！我要回家找我媽媽和艾妮！」

瑞琪心情煩亂，幾乎不敢置信。

「他不可能要他的母親，她一點都不關心他，她一喝醉就隨他去晃蕩。」

他溫柔地說：「你是在和自然對抗，瑞琪。她是他的母親，他愛她。」

「她不配當母親！」

「他是她的親骨肉。這是他的感覺，沒有任何東西可以取代。」

她回答說：「可是到現在，他應該把我看作是他母親了。」

可憐的瑞琪，李奧心想，可憐的瑞琪，她可以買下這麼多東西……不是自私的東西，不是為她自己買的東西；她能給沒有人要的孩子愛、關懷、一個家，這一切她都能為他們買到，卻買不到他們對她的愛。

然後戰爭結束。孩子回到倫敦，被他們的父母或親戚帶回去。但是並非全部。他們之中有些沒人要便留下來。這時瑞琪說：「你知道，李奧，他們如今就像是我們自己的孩子了。現在是我們真正有個自己的家的時候了。有四個或是五個孩子可以留下來。我們收養他們，提供他們一切所需，他們就會真的變成我們的孩子。」

他隱隱感到不安。為什麼？他並不十分知道。並不是他厭惡那些孩子，但是他直覺地感到不對。利用人為的手段組成自己的家庭是錯誤的。

「難道你不覺得……」他說，「這相當冒險嗎？」

但是她回答說：「冒險？即使是冒險又有什麼關係？這值得一試。」

是的，他認為或許值得一試，只是他並不像她那麼有把握。現在他已經是距離遙遠了，遠遠地退居到他自己冰冷而霧濛濛的區域，他不再加以反對。他只說了一句他說過很多次的話：「你儘管做你高興做的事，瑞琪。」

她十分得意，十分快樂，訂計畫，問律師，如同往常一般一本正經地做事。她就這麼組成了一家人。瑪麗，那個從紐約帶回來的長女；麥可，好幾個夜晚都哭到入睡，渴望回到他在貧民窟的家，回到他脾氣暴躁、對他疏忽的母親身旁的想家男孩；堤娜，舉止優雅的黑白混血兒，母親是個妓女，而父親是個東印度水手。海絲塔，她年輕的愛爾蘭母親生下她這個私生女，想要重新過日子。還有傑克，可愛動人，一張猴臉的小男孩，他的滑稽令他們所有的人發笑，而且總是能逃過懲罰，甚至從「女教官」林斯楚小姐手上也能騙到額外的糖果。他父親在監獄裡服刑，而母親和另外某個男人跑了。

當然，李奧心想，收留這些孩子，給他們一個溫暖的家庭、一對父親和母親，是值得做的事。他想，瑞琪有權利得意洋洋。只是事情並不如預期的那樣……因為這些孩子並不是他和瑞琪親生的。他們身上沒有遺傳半滴瑞琪那些勤儉祖先的血液，也沒有她白手起家的雙親所具有的驅動力和野心，沒有他父親和祖父母那種仁慈正直的心腸，更不具備他外祖父母的聰明才智。

環境所能提供的一切都提供給他們了。這可能很有幫助，但不可能是一切。首先他們身上就帶有那種使得他們來到育幼院的軟弱種子，而在壓力之下，那些種子就可能開花。傑克就是個十分完整的例子。傑克，可愛迷人的傑克，他的魅力，他逗笑的諷刺，他玩弄別人的習慣，基本上就是個行為不正的類型。這在他兒童期的偷竊、說謊行為中清楚地表現出來；這一切都歸咎於他原先劣質的教養。瑞琪說，那是可以輕易糾正過來的事。但是從來就沒糾正過來。

他在學校的紀錄不好。他被大學退學，從此以後是一連串痛苦的事件，他和瑞琪盡最大的能力，讓這孩子確信他們對他的愛和信心，盡力為他尋求適合他、如果他盡力去做就有可能成功的工作。或許，李奧心想，他們對他心腸太軟了。但是並非如此。就傑克來說，心軟或心硬的最後結果還是一樣。他想得到的，他一定要得到。如果任何合法的手段都得不到，他十分樂意採取其他手段。他不夠聰明到幹下成功的罪案，即使是小小的罪案。因此他最後走投無路的一天來到了，他回家來，怕去坐牢，憤怒地要錢，一副理所當然的樣子，極盡威脅恐嚇。他後來走了，大叫說他會再回來，而她最好幫他把錢準備好，要不然……

如此，瑞琪就死了。過去的這一切——那些男孩女孩成長的漫長戰爭歲月——在他看來已是太遙遠。而他自己也是遙遠而蒼白。彷彿是精力旺盛、對生命充滿熱望的瑞琪腐蝕了他，使他剩下疲累的空殼子，非常需要溫暖和愛情。

甚至現在，他也想不起何時他開始察覺到這兩樣東西就在眼前。近在眼前……不是為他而提供的，卻伸手可及。

關黛……完美、能幹的祕書，為他工作，總是近在身邊，好心好意，助益良多。她具備的某種氣質令他想起了他第一次見到的瑞琪。同樣的溫情，同樣的熱情，同樣的古道熱腸。只是就關黛來說，她的溫情、她的熱情都是為了他。不是為了那未定之數的孩子，純粹是為了他。就像雙手就火取暖……一雙廢棄、冰冷、凍僵的手。他是什麼時候知道她關心他？很難說，不是什麼突然之間的發現。

但突然之間，有一天，他知道他愛上了她。

然而只要瑞琪活著一天，他們就不可能結婚。

李奧嘆了一口氣，坐正身子，喝著他冷冰冰的茶。

09

卡格里才離開幾分鐘，墨克斯特醫生就有了第二位訪客。這一位他很熟稔，他熱情地接待他。

「啊，唐，很高興見到你。進來告訴我你有什麼心事……你是有心事，看你的額頭皺成那種怪樣子，我就知道了。」

唐納德．葛瑞醫生懊惱地朝他微微一笑。他是一個英俊嚴肅的年輕人，對他自己和工作都是一本正經。退休的老醫生非常喜歡他這位年輕的接班人，儘管有時候他真希望唐納德．葛瑞能更聽懂笑話一點。

葛瑞謝絕了飲料，直接談到正題。

「我非常擔心，墨克。」

「我希望，不會又是維他命缺乏症吧。」墨克斯特醫生說。

從他的觀點來看，維他命缺乏症是個好笑話。這還是靠一個獸醫向年輕的葛瑞指出某個小病童的一隻貓得了嚴重的金錢癬症，他才明白過來。

「和病人毫無關係，」唐納德．葛瑞說，「是我個人的私事。」

墨克斯特臉色立即改變。

「抱歉，孩子，非常抱歉。你接到了壞消息？」

年輕人搖搖頭。

「不是那回事。是……聽我說，墨克。我得找個人談談，而你認識他家所有的人，你在這裡好幾年了，你知道他們的一切。而我也必須知道。我得了解我的處境，我將面對的是什麼。」

墨克斯特濃密的雙眉慢慢朝額頭上揚。

「把你的煩惱說來聽聽。」他說。

「是阿吉爾家的事。你知道……我想大概每個人都知道，海絲塔．阿吉爾和我……」

老醫生點點頭。

「有良好的小小默契，」他附和說，「這是他們慣用的術語，而且是個很好的說法。」

「我非常愛她，」唐納德簡單明瞭地說，「而且我想……嗯，我確信她也愛我。而如今，卻發生了這一切。」

老醫生臉上出現明白過來的神色。

「啊，是的！傑克．阿吉爾的特赦，」他說，「對他來說太遲了的特赦。」
「是的。就是這樣才讓我覺得——我知道我這樣很不對，可是我又禁不住——如果……如果沒有出現這項新的證據就好了。」
「噢，你好像不是唯一這樣感覺的人，」墨克斯特說，「據我所知，從警政署長、阿吉爾一家人到從南極回來提供證據的那個人都這樣覺得。」他又加上一句：「他今天下午來過這裡。」
唐納德．葛瑞相當吃驚。
「真的？他有沒有說什麼？」
「你期望他說些什麼？」
「他知不知道是誰……」
墨克斯特醫生緩緩搖頭。
「不，」他說，「他不知道。他怎麼可能知道？他才從海外回來而且第一次見到他們大家。看來，」他繼續說：「好像沒人知道。」
「是的，是的，我想大概是沒有。」
「是什麼讓你這麼心煩，唐？」
唐納德．葛瑞深吸一口氣。
「海絲塔在這個叫卡格里的傢伙到她家的那天晚上打電話給我。她和我本來是要在我下班後到柴茅斯去聽一場談及莎士比亞作品中的犯罪類型的演講。」

「還真夠巧。」

「後來她打電話來，說她不去了。說他們家接獲一個很令人沮喪的消息。」

「啊，卡格里博士帶去的消息。」

「是的，是的，但她當時並沒有提起他。她非常心煩，她的聲音聽起來……我沒辦法向你形容她的聲音。」

「愛爾蘭血統。」墨克斯特說。

「她聽起來十分震驚、害怕。噢，我沒辦法形容。」

「那你期望如何？」醫生問道，「她還不到二十歲，不是嗎？」

「可是她為什麼那麼心煩？我告訴你，墨克，她是在害怕什麼。」

「嗯，是的，唉……是的，可能是吧，我想。」墨克斯特說。

「你認為……你有什麼看法？」

「比較重要的應該是，」墨克斯特指出，「你有什麼看法。」

年輕人憤恨地說：「我想，如果我不是醫生，我甚至想都不會想到這種事。她是我的女人，而我的女人是不可能做錯事的。但事實上……」

「是的。說吧，你還是都說出來的好。」

「你知道，我明白海絲塔心裡的一些想法。她……她是個有不安全感童年的受害人。」

「是的，」墨克斯特說，「時下是這麼說的。」

「她還沒有時間適當地恢復過來。她在謀殺案發生時，正受到一種對青春少女而言十分自然的情緒折磨——痛恨權威，企圖逃離那令人透不過氣的母愛——時下很多青少年傷害事件都該歸咎於此。她想反叛，想要逃開。這一切是她親口告訴我的。她離家出走，加入四流的巡迴表演劇團。在當時的情況下，我想她母親表現得非常理智。她建議海絲塔，如果她想從事演藝工作，就到倫敦好好學習。但那並不是海絲塔想要的。離家出走去表演其實只是擺擺姿態。她並不真的想去接受舞台訓練，或是認真從事演藝工作。她只是想表現出她能自立而已。無論如何，阿吉爾夫婦並不想威迫她，他們給她一份相當可觀的生活津貼。」

「他們那樣做非常聰明。」墨克斯特說。

「後來她傻傻的和劇團中一個中年人發生戀情。最後她自己了解到他不是個好東西。阿吉爾夫人去對付他，而海絲塔則回家去。」

「她受到了教訓……如同在我年輕時候他們經常說的。」墨克斯特說，「不過，當然沒有人喜歡受到教訓，海絲塔就不喜歡。」

唐納德．葛瑞焦急地繼續說：「她仍然充滿鬱積的怨恨。因為她得暗自承認——即使不是公開的——她母親是對的，這使得情況更糟；她得承認她不是當女演員的料、她任性愛上的男人並不值得她去愛。但無論如何，她其實並不真的愛他。『母親無所不能』對年輕人來說，這是很難堪的事。」

「是的，」墨克斯特說，「那是阿吉爾夫人的麻煩之一，儘管她自己從來沒這樣想過。事實是，她幾乎總是對的，確實無所不能。如果她是那種會負債、老丟掉鑰匙、常錯過火車且不斷做出一些傻事需要別人幫忙解圍的女人，那麼她的家人會喜歡她多一點。這想來令人覺得悲傷、殘酷，但生活就是這樣。而她又不是個夠聰明的女人，懂得藉偽裝來達到她的目的。她得意、自滿，你知道，為她自己的能力和判斷感到得意，十分、十分的自信。這對年輕人而言，是很難相抗衡的。」

「噢，我知道，」唐納德．葛瑞說，「這一切我都了解。就因為我很了解，所以我才覺得，我才懷疑……」他停了下來。

墨克斯特溫和地說：「還是我替你說好嗎，唐？你怕是你的海絲塔聽見了她母親和傑克的爭吵，心情激動起來，在一時反叛權威的衝動之下，想反抗她母親無所不能、高高在上的專斷獨行，於是走進那個房間，拿起那把火鉗，打死了她。這就是你害怕的，對吧？」

年輕人可憐地點點頭。

「倒不是。我並不認為是這樣，但是……但是我覺得，我覺得這可能發生。我不覺得海絲塔有那麼冷靜、那麼沉著……我覺得她還年輕，對自己不確定，有突然精神錯亂的傾向。看看那一家人，我不覺得他們有誰可能做出那種事……直到我想起海絲塔。然後……然後我就沒把握了。」

「我明白，」墨克斯特醫生說，「是的，我明白。」

「這真的怪不得她，」葛瑞迅速說，「我不認為這可憐的孩子知道她在幹什麼。不能說是謀殺，那只是情緒上一種挑戰、反叛的行為，她渴望自由，深信她永遠無法自由，除非……除非她母親不存在了。」

「最後一句或許是夠真實的了，」墨克斯特說，「那是僅有的一種動機，而且是相當奇特的一個。不是在法律的眼光下看來夠堅強的動機。希望自由，渴望擺脫強人的衝擊。就因為他們不會因阿吉爾夫人之死而繼承大筆金錢。法律方面不會認為他們有動機。但是我想，透過她對託管人的影響力，即使是財務分配，大致也是操控在阿吉爾夫人手上。沒錯，她的死是讓他們都自由了沒錯。不只是海絲塔，小夥子，李奧得以自由再娶另外一個女人，瑪麗得以自由依照她自己喜歡的方式去照顧丈夫，麥可得以自由過他自己喜歡的生活。甚至我們那隻小黑馬堤娜也可能想要自由，不要看她老文文靜靜的坐在書房裡。」

「我必須過來找你談談，」唐納德說，「我得知道你有什麼想法、你是否認為……這可能是真的。」

「關於海絲塔？」

「是的。」

「我想『有可能』是真的，」墨克斯特緩緩說道，「我不知道。」

「你認為有可能發生，就像我所說的？」

「是的。我想你所想的並非捕風捉影，是有可能。但這絕不是確定的，唐納德。」

年輕人發出顫抖的嘆息聲。

「但是我非得確定不可，墨克，這是我覺得絕對必要的一件事。我得知道。如果海絲塔告訴我，如果她自己告訴我，那麼……那麼就沒問題了。我們會盡快結婚，我會照顧她。」

「還好胡遜主任聽不見你說的話。」墨克斯特冷淡地說。

「我原則上是個守法的公民，」唐納德說，「但是你也很清楚，墨克，法庭是怎麼處理心理學證據的。依我看，這是個不幸的意外事件，不是冷血的謀殺，或甚至是熱血的謀殺。」

「你愛上了那個女孩。」墨克斯特說。

「我是在和你說知心話，記住。」

「這我了解。」墨克斯特說。

「我在說的是，如果海絲塔告訴我，我知道了，我們就會一起把過去的一切都忘了。但是她必須告訴我，我無法一輩子被蒙在鼓裡過下去。」

「你的意思是說，在有這種可能性的陰影籠罩下，你不打算娶她？」

「如果你是我，你要嗎？」

「我不知道。在我那個時代，如果這件事發生在我身上，而我愛上了那個女孩，我或許會深信她是無辜的。」

「無辜或有罪並不真的那麼重要，重要的是，我必須知道。」

「那麼如果她真的殺了她母親，你還是十分樂意娶她，而且兩人可以『從此快快樂樂的生活在一起』，如同他們所說的？」

「是的。」

「你可別相信那一套！」墨克斯特說，「你會老是懷疑咖啡中的苦澀味是否純粹是咖啡的緣故，老是想著壁爐柵欄裡的火鉗有點太重。而她會看出你的想法。這是行不通的……」

10

「我相信，你了解我要求你來開這個會議的理由，馬歇爾。」

「是的，當然，」馬歇爾先生說，「事實上，就算你沒提議，阿吉爾先生，我自己也會提議過來。今天早上所有的報紙都刊登了那項公告，而且毫無疑問，將再度引發新聞界對這個案子的興趣。」

「已經有幾個記者打電話來要求訪問了。」瑪麗．杜蘭特說。

「是的，這是料想得到的。我覺得，我應該建議你們採取無可奉告的立場，說當然你們很高興也很感激，但是你們寧可不談論這件事情。」

「當時負責這件案子的胡遜主任，要求明天上午過來和我們面談。」李奧說。

「是的。是的，恐怕這個案子會重新展開某種程度的調查，但我真的不認為警方能達成多少具體的成效。畢竟兩年時間過去了，而人們當時記得的事情——我是指村子裡的人——

到現在也都忘了。可惜，就某些方面來說，這也是沒辦法的事。」
「整件事看來十分明朗，」瑪麗．杜蘭特說，「當時整棟屋子安安全全地鎖住，小偷進不來，但若有人為了什麼特殊事故來懇求我母親或假裝是她朋友，那麼我毫不懷疑我母親會讓那個人進門。我想，事實就是這樣。我父親認為他在當天七點剛過時聽見門鈴聲。」
馬歇爾轉頭面向李奧。
「是的，我想我是說過，」李奧說，「當然，我現在記不清楚了，不過我是有聽見門鈴聲的印象。當時我正準備下樓，我想我是聽見了門打開又關上的聲音。沒有講話的聲音或強行進門或任何粗暴行為的聲響。有的話我應該會聽見。」
「沒錯，沒錯，」馬歇爾先生說，「是的，我想一定是這樣沒錯。啊呀，我們知道得太清楚了，很多不良份子編造傷心的故事，騙人家讓他們進屋子裡去，進門後就把看家的人打昏，能找到多少錢拿了就跑。是的，我想我們現在必須假定事情確實是這樣。」
他說來太具說服力了。說話時，他一一看著圍繞在周圍的人，注意著他們，在他巨細靡遺的腦子裡一一為他們分類。瑪麗．杜蘭特，長得好看，缺乏想像力，波瀾不驚，甚至有點冷漠，顯然十分自信。在她身後，坐在輪椅上的是她丈夫。菲利普．杜蘭特，馬歇爾心裡想著，一個聰明的傢伙。如果不是對生意場上的事判斷力太差，他可能很有作為、很有成就。馬歇爾心想，他並不像他太太那般冷靜地看待這一切。他的眼色警覺，滿腹心思。他十分了解這整個事件的含義。當然，瑪麗．杜蘭特也可能並不像表面上看起來的那樣平靜。從小到大，她一向擅長隱藏自己的感情。

菲利普．杜蘭特微微在椅子上動動身子，一雙精亮聰明的眼睛微帶嘲諷地看著律師。瑪麗猛然轉過頭去，她投給丈夫的那種深情眼光，幾乎令律師吃了一驚。當然，他知道瑪麗．杜蘭特是個深愛丈夫的太太，但他一直認為她是個冷靜、缺乏激情的女人，所以她這番非預期的表現，令他訝然不已。原來她對那傢伙的感情是這樣，是嗎？至於菲利普．杜蘭特，他顯得不自在，對未來滿腹掛慮，馬歇爾心想，他是可能感到掛慮！

律師對面坐著麥可。年輕、英俊、充滿怨氣。為什麼他會充滿怨氣？馬歇爾想著。不是什麼都為他做得好好的嗎？為什麼他總有這種和世界過不去的表情？在他一旁坐著堤娜，她看起來像是一隻優雅的小黑貓。皮膚很黑，聲音很柔，黑色大眼，舉止相當含蓄高雅，安安靜靜……但或許表面安靜，內心感情澎湃？馬歇爾真的對堤娜了解非常少。她接受了阿吉爾夫人的建議，在郡立圖書館裡當館員。她在瑞德敏有間房子，週末才回家。顯然是家中最溫順、最心滿意足的一員。但是誰知道？無論如何，她和案子無關或者應該無關。她那天晚上並不在這裡。雖然，瑞德敏只不過是在二十五里路外。先假定堤娜和麥可與案子無關吧。

馬歇爾迅速瞄了寇蒂．林斯楚一眼，她正以帶點挑釁意味的態度看著他。他想，假設是她凶性大發攻擊她的雇主……他不會感到太驚訝。從事法律工作多年，沒有什麼能讓你真正感到驚訝。現代的專門用語有個說法：被壓抑的老處女。羨慕、嫉妒、懷著真正或想像出來的悲傷。是的，他們是有個說法。而且是多麼方便，馬歇爾有點不禮貌地想著，是的，非常便利。一個外國人，不是家庭成員。但寇蒂．林斯楚會故意嫁禍給傑克嗎？會聽見了爭吵而加以利用？這就很難令人相信。因為寇蒂．林斯楚很疼愛傑克。她對所有孩子都全心奉獻。不，他無法相信她會這樣做。可惜，因為……可是他真的不該讓思緒再往這一條線上前進。

他的眼光繼續掃向李奧．阿吉爾和關黛．馮恩。他們訂婚的消息尚未宣布，這樣正好。明智的決定。實際上他曾寫信暗示過他。當然這在本地來說或許是個公開祕密，而且無疑的警方正往這方向著手。從警方的觀點來看，這是正確答案。這已有數不盡的先例。丈夫、妻子、另外一個女人。只是，總之，馬歇爾無法相信是李奧．阿吉爾擊殺了他太太。不，他真的無法相信。畢竟他認識李奧．阿吉爾多年，而且非常敬重他。一個知識份子，一個富有同情心、埋首書堆、對生命具有超然哲思的男人。他不是那種會用火鉗謀殺妻子的男人。當然，到某種年齡，當一個男人墜入愛河時……但是，不，那是報上才有的東西，是那種令人讀來愉快的東西，星期日，全英國各地都有！但是，真的，他無法想像李奧……

那這個女人呢？他對關黛．馮恩所知不多。他觀察著那兩片豐滿的嘴唇和成熟的身軀。她是愛上了李奧沒錯。是的，或許已經愛上他很久了。離婚會如何呢，他想著。阿吉爾夫人對離婚會有什麼感受？他真的不知道，但他不認為這個主意會被李奧．阿吉爾接受，他是個老派的人。他不認為關黛．馮恩是李奧．阿吉爾的情婦，但這更增加了可能性……如果關黛．馮恩找到除掉阿吉爾夫人且不會受到懷疑的機會……他在繼續想下去之前停頓下來。她會犧牲傑克而不受到良心指責嗎？他不認為她有多麼喜歡傑克。傑克的魅力對她起不了作用。然而馬歇爾先生非常了解，女人是冷酷無情的，因此不能把關黛．馮恩排除在外。隔了這麼一段時間，警方能否找到任何證據實在令人懷疑。他看不出日後會出現對她不利的證據。她那天在屋子裡，和李奧在他的書房裡，她向他道晚安之後離開他下樓去。沒人知道究竟她有沒有順道拐進阿吉爾夫人的客廳，拿起那支火鉗，走向毫無戒心的女主人身後。然後，在阿吉爾夫人被無聲地打倒之後，關黛．馮恩大可把火鉗丟下，從前門出去，回家，正如她往常一般。如果她真是這樣做，他看不出警方或任何人有查出來的可能性。

他的目光轉向海絲塔。一個漂亮的女孩。不，不是漂亮，是美。有點奇怪而令人不自在的美。他真想知道她的父母親是誰，她有股野性、目無法紀的味道。是的，幾乎可以把「不顧一切」這字眼和她聯想在一起。她有什麼好不顧一切的？她愚蠢地離家出走，去做舞台表演，而且傻傻的和一個要不得的男人有了戀情；然後她領悟了，和阿吉爾夫人回家，再度安定下來。然而他還是無法把海絲塔排除在外，因為他不知道她心裡是怎麼想的。你不知道在不顧一切的絕望時刻，她會做出什麼事來。但是警方也不會知道。

事實上，馬歇爾先生想著，即使警方知道是誰幹的，他們也沒辦法怎麼樣。因此整體上看來，情況是令人滿意的。令人滿意？當他仔細考慮了一下這些字眼時，有點感到吃驚。但是，是令人滿意嗎？陷入膠著狀態真是個令人滿意的結果嗎？阿吉爾家人自己知道真相嗎？他感到懷疑。他認為他們不知道。他們不知道。當然，除了那個勢必十分清楚的人……不，他們不知道，但是他們有所猜疑嗎？呃，如果他們現在還沒猜疑，很快就會了，因為如果你不知道，你就會禁不住去猜想，努力去回想一些事情……不舒服，是的，很不舒服的情況。

這一番思索並沒花費多少時間。馬歇爾先生從他自己的思緒中回到眼前，正看到麥可嘲諷的眼光投注在他身上。

「這麼說，這就是你的裁決，是嗎，馬歇爾先生？」麥可說，「外來的人，不明的闖入者，殺人搶劫後逃之夭夭的壞蛋？」

「看起來，」馬歇爾先生說，「這是我們得接受的答案。」

麥可突然靠回椅背上去，大笑出聲。

「這就是我們的說詞，而我們必須堅持下去，啊？」

「呃，是的，麥可，我是這樣建議。」馬歇爾先生的話中有明顯的警告意味。

麥可點點頭。

「我明白，」他說，「這是你的建議，是的。是的，也許你完全對。但是你並不相信，對吧？」

馬歇爾先生以非常冷酷的眼光看了他一眼。沒有法律警覺性的人就是有這樣的毛病。他們就愛說出一些最好不要出口的話。

「不管有沒有用，」他說，「那是我的意思。」

他斷然的語氣帶著沉重的申斥味道。麥可環顧桌旁眾人。

「大家有什麼看法？」他概括地問道，「喂，堤娜，親愛的，你就知道安安靜靜地低著頭，你難道沒有任何想法？任何非權威的看法，嗯？你呢，瑪麗？你沒說多少話。」

「我當然同意馬歇爾先生的看法，」瑪麗相當嚴厲地說，「不然還會有其他什麼解答？」

「菲利普可不同意你的看法。」麥可說。

瑪麗猛然轉過頭去看她丈夫。菲利普·杜蘭特平靜地說：「你還是不要說話的好，麥可。進退兩難時說太多話是沒有好處的。而我們現在正是進退兩難。」

「這麼說，沒人有任何意見了，是嗎？」麥可說，「好，就這樣吧。但今晚上床時，大家還是想一想。這可能是個好意見，你們知道。畢竟，大家都想知道自己的處境。難道你什麼都不知道嗎，寇蒂？你通常多多少少知道一點。就我所記得的，你一向什麼都知道，不過我就直說吧……你從來不告訴別人。」

寇蒂·林斯楚威嚴地說：「麥可，我想你最好別說話。馬歇爾先生說得對，言多必失。」

「我們可以投票表決，」麥可說，「或是把名字寫在紙條上丟進帽子裡。這會很有趣，不是嗎，看看誰得票最多？」

這一次寇蒂·林斯楚的聲音更大了。

「別說了，」她說，「不要再像以前一樣愚蠢、魯莽，你現在已經長大了。」

「我只不過是說，大家都想一想而已。」麥可嚇了一跳說。

「我們會想的。」寇蒂·林斯楚說。

她的聲音更形辛辣。

11

夜色降臨陽岬。

在房屋四壁的庇護之下，七個人都回房休息，但是沒有一個人睡得好……

§

菲利普．杜蘭特由於失去肉體上的活動能力，愈來愈在精神活動上找到慰藉。一向具有高度智慧的他，可以覺察到中等智慧者所提供給他的各種資源。有時候，他藉著給予他人適當的刺激，來預測對方的反應以自娛。他說的話或做的事經常不是自然地流露，而是設計好的，純粹主要是為了觀察反應。這是他愛玩的一種遊戲；當他得到預期的反應時，他就為自己記下一分。

這項消遣帶來的結果，是他發現——或許是他這輩子第一次發現——他自己很會觀察人的不同個性及其真實面。

人的個性原先並不怎麼令他感興趣。不管他喜歡或不喜歡、覺得有趣或厭煩，那也只是針對周圍的人或是他見到的人。他一向是個行動派，而不是個思想者。他的想像力……相當豐富的想像力，原本都用來訂定各種賺錢的計畫。那些計畫都很完善，但是他完全缺乏做生意的能力，最後使得這些計畫都毫無成果。人，在他眼中只不過是一個個籌碼而已。如今，由於他的病，斷絕了他原先活躍的生活，於是他被迫把人當人看。

那是從他住院的時候開始的。他被迫注意護士們的愛情生活，醫院中明爭暗鬥及微不足道的喜怒哀樂，因為沒有其他事情好吸引他注意了。這很快變成他的習慣。人，如今真的成了他生活的一切。只是人。研究人、了解人、評估人；判斷是什麼讓他們口出惡言，然後印證自己所想的對不對。真的，這非常有趣……

然而今天晚上，坐在書房裡，他才發現他對太太家人的了解是多麼的少。他們到底是什麼樣的人？他們骨子裡是什麼樣的人？也就是說，除了那些他已了解夠多的表象。

奇怪，你對人的了解是多麼的少啊。即使是你自己的太太？

他曾經滿腹心思地看著瑪麗。他對瑪麗的了解到底有多少？

他愛上她是因為她好看的外表和她冷靜認真的樣子。而且她有錢，這對他來說也很重要。要他娶個一文不名的女孩他會再三考慮。一切都很合適，他就娶了她，揶揄地叫她波麗，而且自得其樂的說些她聽不懂的笑話，看著她那莫名其妙的表情。但是，真的，他對她到底有什麼了解？她有什麼想法、有什麼感受？當然，他知道她深深愛著他，為他奉獻一切。想到她的全心奉獻，他就有點不安地煩躁起來，他扭扭雙肩，彷彿想要甩脫負擔。深情奉獻是很好……如果你一天能脫離個九或十小時，回到家裡享受款款深情是很好的。但如今他是時時在深情裡打轉，受到監視、照顧、珍愛。它讓人渴望一點完全的忽視……事實上，它煩得人不得不想辦法逃脫，精神上的……因為肉體上是不可能了。他不得不逃進幻想或沉思默想的世界中。

或沉溺於推理。比如說，誰該為他丈母娘的死亡負責。他不喜歡他的丈母娘，而她也不喜歡他。她不想讓瑪麗嫁給他（她會想要瑪麗嫁給任何人嗎？他倒是懷疑），但是她無法阻止。他和瑪麗快樂獨立地共同生活……後來開始出了差錯。先是那家南美公司，然後是自行車零件公司。兩家公司本來都是好主意，但資金方面判斷錯誤。然後是阿根廷鐵路罷工成就一連串災禍。一切純粹是運氣欠佳，然而就某方面來說，他覺得阿吉爾夫人該負責。她不希望他成功。然後是他的病。看來他們唯一的解決之道是住到鐵定歡迎他們的陽岬。他並不特別在意。一個跛子，只是半個男人而已，到那裡又有什麼關係？但是瑪麗就在意了。

噢，已經沒必要永遠住在陽岬：阿吉爾夫人被殺了。信託基金受託人提高了瑪麗的生活津貼，而他們又再度自己生活了。

對於阿吉爾夫人的死亡，他並未感到特別悲傷。當然，如果她是死於肺炎或類似的病症，而且是死在自己的床上，那比較讓人感到愉快些。謀殺是很糟糕的事，名聲受損，叫人受不了的報紙頭條新聞。然而純就謀殺來說，這倒是個十分令人滿意的謀殺……犯罪的人顯然精神上有問題，可以冠冕堂皇地用一大堆心理學術語來開脫。他不是瑪麗的親兄弟。是那些領養而來、遺傳不佳、經常出亂子的孩子。但現在事情可不怎麼妙。明天胡遜主任就要來此，用他西部溫和的口音問話。或許，應該先想想怎麼回答……

瑪麗正在鏡子前梳理她一頭金色長髮。她那冷漠的態度令他有點氣憤。

他說：「想好你明天的說詞了嗎，波麗？」

她驚愕的回過頭來看他。

「胡遜主任要來。他會再度問你十一月九日那天晚上的行蹤。」

「噢，我明白。可是都那麼久以前的事了，幾乎全都不記得了。」

「但是他記得，波麗。問題就在這裡：他記得。全都記在警方的小本子裡。」

「是嗎？他們保存這類東西？」

「也許複製了三份準備保存十年！哦，你的行蹤非常單純，波麗。根本沒什麼，你當時和我在這房間裡。如果我是你，我就不會提到你七點到七點半之間曾經離開過。」

「可是那只不過是到浴室去。畢竟，」瑪麗合理地說，「每個人都得上浴室。」

「你當時並沒有向他提過，這我確實記得。」

「我想我大概是忘了。」

「我想可能是自我保護的本能吧……反正我會支持你。我們一起在這裡，六點半開始玩牌，一直到聽見寇蒂呼叫。這是我們的說詞，我們要堅持下去。」

「好吧，親愛的。」她的同意一派平靜，了無興趣。

他想，她難道就沒有想像力嗎？難道她預見不到我們就要陷入困境了嗎？

他傾身向前。

「很有趣，你知道……難道你對是誰殺了她不感興趣？我們全都知道……麥可完全說對了，是我們之中的一個。你沒興趣知道是誰嗎？」

「不是你或我。」瑪麗說。

「你就只關心這一點？瑪麗，你真了不起！」

她微微臉紅起來。

「我看不出這有什麼好奇怪的。」

「是的，我明白你是看不出……呃，我就不同了。我十分好奇。」

「我不認為我們會知道。我也不認為警方會知道。」

「或許不會。他們能找到的線索確實非常少。但我們的處境和警方相當不同。」

「你是什麼意思，菲利普？」

「我們會知道，我們有一些內幕消息。我們自己人知道——相當清楚——是什麼讓某人做出某種行為。無論如何，你就有這方面的了解。你和他們一起長大成人。我想聽聽你的看法。你認為是誰？」

「我不知道，菲利普。」

「那麼就猜一猜。」

瑪麗猛然說：「我寧可不知道是誰。我甚至想都不願想。」

「鴕鳥。」她丈夫說。

「老實說，我不明白為什麼要……猜。不知道不是好多了？我們可以像往常一樣繼續生活下去。」

「噢，不，我們不能，」菲利普說，「這正是你錯誤的地方，親愛的。事情已經開始腐敗了。」

「你是什麼意思？」

「呃，就拿海絲塔和她的男朋友來說，那位熱切、年輕的唐納德醫生。好青年，認真，卻在擔心。他並不真的認為是她幹的……但他也不真的確定不是她幹的！因此他焦慮地看著她……在他認為她不注意的時候。但是她注意到了。就是這麼回事！也許確實是她幹的……你比我清楚。但如果不是她幹的，她又能拿她的男友怎麼辦？不停地說『請相信我，不是我』？反正她是會這樣說沒錯。」

「真是的，菲利普，我認為你是在胡思亂想。」

「你卻完全沒有想像，波麗。再說到可憐的老李奧。和關黛的結婚鐘聲正逐漸消失於遠方。她非常心煩，難道你沒注意到？」

「我真的不明白父親在這種年紀還想結婚是要幹什麼。」

「他自己明白就好！但是他也知道，任何他和關黛相戀的暗示，都足以構成指涉他們謀殺的最佳動機。太可怕了！」

「說父親謀殺了母親真是捕風捉影！」瑪麗說，「這種事不會發生。」

「會，會發生。看看報紙。」

「我們這種人不會。」

「謀殺可是沒有勢利眼的，波麗。再來是麥可。是有什麼在腐蝕他沒錯。他是個怪異、充滿怨氣的青年。堤娜看起來好像沒問題，不擔心，不受影響，但她有一張道地的撲克臉。再來是可憐的老寇蒂……」

瑪麗臉上微微出現活力。

「這可能是個解答！」

「寇蒂？」

「是的。畢竟，她是外國人。而且我相信她過去一兩年患了非常嚴重的頭痛症……看來她比我們任何一個有可能多了。」

「可憐的傢伙，」菲利普說，「難道你不明白，這正是她在對自己說的？說我們全都認為是她幹的？因為方便，因為她不是自家人。難道你看不出她今天晚上擔心死了？她的處境和海絲塔一樣。她能說什麼或做什麼？對我們大家說『我真的沒有殺死我的朋友和雇主』？這樣說有什麼分量？或許對她來說，她的處境比任何人都糟，因為她是孤單單的一個人。她會在心裡仔細想過她說過的每一句話、每一個她投給你母親的憤恨目光……想著這一切都會被記起來而且對她不利。要證明她無辜是希望渺茫。」

「我真希望你冷靜下來，菲。畢竟，我們又能怎麼樣？」

「盡力查明真相。」

「可是那怎麼可能？」

「可能有些方法，我倒想試試看。」

瑪麗顯得不安。

「什麼樣的方法？」

「噢，說一些話，觀察別人的反應……是可以想出一些話來……」他停頓下來，他的心思運轉著。「一些對犯罪的人具有意義，但是對無辜的人來說毫無意義的話……」他再度沉默下來，忙著在心裡想主意。最後他抬起頭來說：「瑪麗，難道你不想幫助無辜的人？」

「不。」爆炸性的一聲。她走過來跪在他的輪椅旁。「我不想要你扯進這一切，菲。不要說一些話設下陷阱，不要去管它。噢，看在老天的份上，不要去管它！」

菲利普雙眉上揚。

「好……吧。」他說，一手擱在她平滑的金髮上。

§

麥可．阿吉爾躺著睡不著，凝視著一片漆黑。

他的心思不停地繞著過去打轉，就像關在籠子裡的松鼠。為什麼他無法忘掉過去的一切？為什麼他得一輩子拖著過去的包袱？那一切到底有何重要？為什麼他得記得這麼清楚，倫敦貧民區那個悶不通風、活潑的房間，還有「我們的小麥可」。那股輕鬆、令人亢奮的氣氛！街道上的歡樂！團結起來對抗其他男孩！他母親亮麗的金髮（廉價的洗髮精，他成年以後猜想），她痛打他一頓時的突發性怒氣（杜松子酒，當然），還有她心情舒暢時的亢奮。有魚、有薯條的可愛晚餐，而且她會唱歌……多情的民謠。有時候他們會去看電影。總是有一些「叔叔」，當然，他得那樣稱呼他們。他自己的爸爸在他能記得他之前就出走了……但他母親受不了當天過夜的「叔叔」碰他一下。「不要動我們小麥可。」她會說。

然後是戰爭帶來的刺激。期待希特勒的轟炸機、不見炸彈的警報聲、呼嘯的迫擊砲聲，躲到地下鐵道去過夜。好好玩！整條街的人都在那裡，帶著三明治和瓶瓶罐罐的汽水飲料。整個晚上火車忙著進進出出。那才是生活！身處紛亂的核心！

然後他來到這裡，來到鄉下。一個像死了一般什麼鳥事都沒發生過的地方！

「你會回來的，親愛的，等一切都過去的時候。」他母親說，但是說得虛假、輕率。好像她不在乎他離開。為什麼她不來？街上的小孩很多都和媽媽一起撤退。但他母親不想走。

她要到北方（與當時的「叔叔」一起，哈利「叔叔」）的軍火廠去工作。

他應該當時就知道了，儘管她深情的道別，但並不真的關心……杜松子酒，他想，才是她關心的一切，杜松子酒和那些「叔叔」……而他來到了這裡，被「俘虜」來了，吃著沒有味道、不熟悉的東西；不可思議的，六點就上床——在吃下可笑的牛奶和餅乾當晚餐之後（牛奶和餅乾！）——躺著睡不著就哭，頭埋在毯子裡，哭著要媽媽、要回家。

是那個女人！她得到了他，不放他走。說一大堆娘娘腔的話，老是要他玩一些可笑的遊戲，對他有所要求。要求他絕對不給她的東西。沒關係，他會等，他會耐心地等！然後有一天……美好的那一天，他會回家，回到街道上去，那些小男孩，壯觀的紅色巴士，地下鐵，魚和薯條，來往的汽車和附近地區的小貓……他的心思渴望地繞著這一切歡樂打轉。他必須等待。戰爭不可能繼續下去。他被困在這個可笑的地方，而炸彈卻落遍了倫敦，而且半個倫敦都著了火！一定是很壯觀的火景，而有人被炸死，房屋被轟毀了。

他在心中看見這壯觀而鮮明的彩色畫面。

沒關係，戰爭結束他就可以回家找媽媽。她會驚訝地發現他長大了。

麥可·阿吉爾在黑暗中長長地吁了一口氣。

戰爭結束了，他們打垮了希特勒和墨索里尼……有些孩子回家去了。快了……而「她」從倫敦回來，說他將留在陽岬做她的孩子……

他說：「我媽呢？是不是被炸彈炸死了？」

如果她被炸彈炸死了，那倒不太壞，多得是孩子的母親被炸死。

但是阿吉爾夫人說「不」，她並沒有被炸死。但是她有相當困難的工作要做，沒辦法好好照顧小孩……反正就是那種事。說得好聽，毫無意義……他媽媽不愛他，不想要他回去，他得留在這裡，永遠……

在那之後，他總是鬼鬼祟祟的，找機會偷聽他們談話。他終於聽到一些話，那只是阿吉爾夫人和她丈夫之間談話的片斷。「巴不得把他甩脫掉，完全漠不關心」，還有什麼一百英鎊的事。因此他知道了。他母親把他賣了一百英鎊……

屈辱，痛苦，他永遠無法釋懷……而「她」買下了他！他隱隱約約把她看成是「權力」的化身，以他微小的力氣，他是無能對抗她的。但是他會長大，有一天他會變得強壯，成為一個大男人。到時候，他會殺掉她……

一旦下了決心，他就感覺好多了。

後來，他到外地上學，那倒是不壞。但是他痛恨假日……因為她。安排一切，計畫一切，給他各種禮物。她一副困惑的樣子，因為他是那麼的不露感情。他討厭被她親吻……再後來，他漸以阻礙她為他安排的可笑計畫為樂。到銀行去上班，進石油公司！他可不。他要自己去找份工作。

在他上大學時，他開始試著尋找母親。他發現，她已經死了好幾年……和一個酒醉駕車的男人發生車禍……

那麼為什麼不把這一切忘掉？為什麼不開開心心地好好過日子？他不知道為什麼。

而如今……如今會發生什麼事？她死了，不是嗎？想想，她竟然花他媽的一百英鎊買下他。想想，她什麼都能買，房子、汽車……還有孩子，因為她自己不能生育。想想，她是萬能的神！

好了，她並不是。只不過是用火鉗往她頭上一敲，她就跟別人一樣成了一具屍體！（就像大北路那件車禍中那具金髮的屍體……）

她死了，不是嗎？為什麼還擔憂？

他是怎麼啦？是不是……因為她死了而他不能再恨她了？

原來死亡就是這樣……

沒有了恨，他感到失落……失落而且害怕。

12

在一塵不染的臥室裡，寇蒂．林斯楚把她一頭斑白的金髮編成兩條不相配的辮子，準備上床。

她在擔心害怕。警方不喜歡外國人。她在英格蘭已經待這麼久了，自己並不覺得是外國人。但是這點警方不可能知道。

那個卡格里博士……為什麼他要來這裡這樣對待她？

公理已經伸張了。她想到傑克……她再次對自己說公理已經伸張了。

她想到小時候的他。

老是，是的，老是說謊、欺騙！但是又那麼迷人、那麼可愛，讓人總想袒護他，以免受懲罰。他說謊技術那麼高明。這是可怕的事實。他高明得讓人人相信他……讓人禁不住相信他。邪惡、殘忍的傑克。

卡格里博士以為他知道他在說些什麼！但是他錯了。時間、地點、不在場證明，真是的！這種事傑克可以輕易的安排。沒有人像她那麼了解傑克。

如果她告訴他們傑克是個什麼樣的人，有人會相信她嗎？如今……明天，會發生什麼事呢？警方人員會過來。每個人都這麼不快樂，這麼疑心重重。彼此對視……不確定該相信什麼。

她這麼愛他們……深愛他們。她比任何人都更了解他們，比阿吉爾夫人了解得多了。因為阿吉爾夫人受到她強烈的母性占有欲所蒙蔽。他們是她的孩子，她總是把他們看作是屬於她的東西。但是寇蒂把他們當成個人看待——當他們本身來看——了解他們有缺點有優點。如果她自己有孩子，她想她可能也會對他們產生占有慾。但她不是個具有強烈母性的女人。她主要的愛會獻給她從來就沒有的丈夫。

像阿吉爾夫人那樣的女人她是難以了解的。為一大堆不是親生的孩子發狂，而對待丈夫卻像他根本不存在一般！他是一個好男人，沒有其他男人比他更好了。他受到忽視，被擠到一邊去。阿吉爾夫人太過於專注在自己的事情上了，以致沒注意到她眼前發生了什麼事。那個祕書……一個美麗的女孩，身體每一吋都散發出女人味。好了，對李奧來說還不太遲……或者如今是太遲了？久已埋進墳墓裡的命案又抬起頭來了，那兩個人敢再結合嗎？

寇蒂不快樂地嘆了一口氣。他們會出什麼事？麥可，對他養母深深懷恨幾近於病態的麥可。那麼缺乏自信、那麼野性的海絲塔，就將在那年輕老實的醫生身上找到安全、寧靜的海絲塔。李奧和關黛，他們一定了解他們具有殺人的動機和機會，而他們不得不面對現實。堤娜，那個像貓一樣伶俐的小女人。自私、冷淡，直到結婚從未對任何人表露過感情的瑪麗。

寇蒂想著，她自己曾經對她的雇主滿懷感情，滿懷敬佩之情。她已記不得什麼時候開始不喜歡她，開始評判她，開始發現她有所欠缺。那麼自信、仁慈，卻暴虐專橫……什麼都是母親最懂！活生生的女暴君。甚至其實算不上母親！如果她自己生過孩子，可能就會謙虛一點。

為什麼老是想到瑞琪．阿吉爾？瑞琪．阿吉爾已經死了。

她得想想自己……還有其他的人。

還有，明天可能發生什麼事情。

§

瑪麗．杜蘭特驚醒過來。

她本來在作夢……夢見她是個小孩，又回到紐約。

多麼奇怪。她有好幾年沒再想到那段日子了。

真是令她感到驚訝，那一切她都記得清清楚楚。她當時幾歲？五歲？六歲？

她夢見她被人從飯店帶回廉價出租公寓裡去。阿吉爾夫婦上船回英格蘭，並沒有帶她一起走。一時她義憤填膺，直至她了解到那只不過是個夢罷了。

多麼的美妙。被帶上車，走進飯店的電梯上十八樓。寬大的套房，棒透了的浴室；第一次知道世界上有些什麼東西……如果你有錢的話！如果她能留下來，如果她能保有這一切，永遠……

實際上，根本沒有困難。只要表露出感情……這對她來說絕不容易，因為她天生就不熱情，但她還是努力辦到了。就這樣，她的生活建立起來了！一個有錢的雙親，衣服、汽車、船、飛機、服侍她的傭人、昂貴的洋娃娃和玩具。童話故事實現了……

可惜還有其他孩子。當然，那是因為戰爭。或者這是無可避免的事？無法獲得滿足的母愛！真的很不自然，那麼動物性。

她一向對養母微微感到輕視。愚笨地挑選了這些孩子。全是出身於社會地位、經濟情況都低劣的家庭！有犯罪傾向的孩子，像傑克；身心不平衡如海絲塔；野蠻如麥可；還有堤娜，一個混血兒！難怪他們全都變壞了。儘管她無法真的怪罪他們反叛。她自己也反叛過。她記得她和菲利普——一個雄赳赳氣昂昂的年輕飛行員——認識的情形。她母親不贊成。「倉卒結婚不好。等到戰爭結束再說。」但是她不想等。她和她母親一樣具有堅強的意志，而且她父親支持她。他們結婚了，而戰爭不久之後就結束。

她想要菲利普完全屬於自己，擺脫她母親的陰影。是命運打敗了她，不是她母親。先是菲利普做生意失敗，然後是那可怕的打擊——小兒痲痺症。當菲利普一出院，他們就來到陽岬。他們必須把這裡當作是自己的家，似乎是無可避免的事實。菲利普就認為是無可避免。他的錢都用光了，而她從信託基金得到的生活津貼又不夠多。她曾經要求多給一些，不過得到的回答是……或許在陽岬住一陣子會比較明智。可是她想要菲利普屬於自己，完全地屬於自己，她不想要讓他成為瑞琪．阿吉爾的最後一個「孩子」。她自己並不想要孩子，她只要菲利普。

但是菲利普好像十分同意住到陽岬來。

「你會比較輕鬆，」他說，「而且那裡總是有人來來去去，比較不會無聊。再說，我一向覺得你父親是個很好的友伴。」

為什麼他不想要只和她在一起，就像她只想和他在一起那樣？為什麼他渴望其他人陪伴……她父親、海絲塔？

瑪麗感到一股無奈的怒氣掠過心頭。她母親，就像往常一般，將稱心如意。

但是她並沒有得逞……她已經死了。

只是如今，一切又將被挑起。為什麼，噢，為什麼？

而且，為什麼菲利普對這件事的態度那麼惹人討厭？滿懷疑問，想要查明，扯進和他無關的閒事裡？他說要設下陷阱……

什麼樣的陷阱？

§

李奧·阿吉爾望著晨曦，它朦朧的灰色光芒緩緩充溢室內。

他非常謹慎地想好了一切。

對他來說事情十分明朗……他和關黛面對的是什麼。

他躺在床上用胡遜主任的角度來看整個事情。瑞琪進來告訴他們傑克的事……他的粗野以及他的威脅。關黛圓滑地退到隔壁房間去，而他試著安慰瑞琪，告訴她說，她堅持立場完全正確，再幫助傑克並沒有好處，說不管是好是壞，他都得自己去面對。而後她比較心安的離去了。

接著關黛回到房裡，整理好要寄出去的信件，問說還有沒有事要做，她的語氣表達出比實際言詞更多的意思。而他謝謝她，說沒事了。她說聲晚安後走出房門，沿著走道過去，然後下樓，經過瑞琪的房間……她正坐在書桌前，最終在沒有人看見她的情況下出了前門……

而他一個人坐在書房裡，沒人來管他究竟有沒有離開書房下樓到瑞琪的房間去。

就是這樣，兩個人都有行凶的機會。

還有動機，因為那時候他已經愛上關黛，而她也已經愛上他。

但沒有任何一個人能證明他們是無辜或是有罪。

§

四分之一哩路外，闕黛兩眼乾澀，躺著睡不著。

她的雙手緊握，想著她有多麼恨瑞琪。

而在黑暗中，瑞琪．阿吉爾正說著：「你以為一旦我死掉你就可以得到我丈夫。但是你得不到……你得不到，你永遠得不到他。」

§

海絲塔在作夢。她夢見她和唐納德．葛瑞在一起，而他突然在無底深淵邊緣丟下她不管。她害怕得大叫，然後在深淵的另一邊，她看見亞瑟．卡格里正站在那裡向她伸出雙手。

她大聲責罵他：「你為什麼這樣對待我？」

而他回答：「我是來幫助你的……」

§

靜靜躺在客房的小床上，堤娜呼吸正常而溫和，卻睡不著。

她想到阿吉爾夫人，沒有感激也沒有怨恨……只有愛。是因為阿吉爾夫人，她才有得吃、有得喝、有溫暖、有玩具、有舒適生活。她愛阿吉爾夫人，她死了她很難過……

但現在不再這麼單純了。

本來無所謂，當凶手是傑克的時候……

然而，如今呢？

13

胡遜主任溫文有禮地一一看著他們。當他說話時，語氣歉然而具說服力。

「我知道對你們大家來說一定非常痛苦，」他說，「不得不再度經歷這一切。但是，我們真的別無選擇。我想，你們看過公告了？所有的早報上都有。」

「特赦。」李奧說。

「這些措辭總是令人不太舒服，」胡遜說，「落伍的東西，就像大部分的法律用語。但是意義十分明顯。」

「這表示你們犯了錯誤。」李奧說。

「是的，」胡遜乾脆地承認。「我們犯了錯誤。」

過了一分鐘，他接著又說：「當然，沒有卡格里博士的證詞，這真的是無可避免的。」

李奧冷冷地說：「當你們逮捕我兒子的時候，他告訴過你們，他那天晚上搭過別人的便車。」

「噢，是的，他是告訴過我們，而我們確實盡力查證過，可是我們找不到任何證據。我十分了解，阿吉爾先生，你們對這整個事件一定感到非常痛恨。我不是在告罪道歉。我們警方要做的事是蒐集證據，證據送到檢察官那裡由他決定案子成不成立。就這個案子來說，他的決定是成立。如果可能的話，我請求你們不要再存有任何怨恨的心理，只要把當時的事實和時間地點再說一遍。」

「現在這麼做有什麼用？」海絲塔猛然開口。「不管是誰幹的，他早就跑得遠遠了，你們永遠也找不到。」

胡遜主任轉過頭去看她。

「可能那樣……也可能不會，」他溫和地說，「說到我們尋人成功的次數，你一定會感到驚訝，有時候是在好幾個月以後。這得歸功於耐心，還有絕不罷休的毅力。」

海絲塔轉過頭去，而關黛好像吹到一陣冷風似地迅速顫抖一下。她活躍的想像力感覺得到這番平靜話語背後隱藏的威脅。

「現在拜託你們了，」胡遜說，一臉期待地看著李奧。「我們從你開始，阿吉爾先生。」

「你到底想知道什麼？你一定有我原先的供詞吧？現在要我說，或許就沒那麼精確了。確切的時間是會忘記的。」

「噢，這我們了解。但是有些小事可能會出現，那些當時疏忽了的事。」

「過了這麼些年回過頭再看，」菲利普說道，「不是更有可能看清一些事情的輕重嗎？」

「有可能的，是的。」胡遜頗感興趣地轉過頭去看著菲利普說。

聰明的傢伙，他心想，不知道他對這件事是否有自己的想法……

「現在，阿吉爾先生，麻煩你再說一遍當時的情形。你們當時正在喝午茶？」

「是的。茶點像往常一樣五點就準備好在飯廳裡。我們全都在那裡，除了杜蘭特先生和太太。杜蘭特太太把她自己和她先生的茶點端上樓，到他們自己的客廳裡去。」

「我那時比現在更像個跛子，」菲利普說，「我當時剛剛出院。」

「的確。」胡遜轉回頭面向李奧。「你們……全都在？」

「我太太和我、我女兒海絲塔、馮恩小姐，還有林斯楚小姐。」

「後來呢？用你自己的話告訴我就好了。」

「喝過茶後，我就和馮恩小姐回到書房。我們在工作，修訂我的一本中世紀經濟著作的章節。我太太到她的客廳兼辦公室去，那是在一樓。如同你所知道的，她是個大忙人。她正在察看一些為兒童建立遊樂場的新計畫，日後打算向這裡的議會提出。」

「你有沒有聽見你兒子傑克進門的聲音？」

「沒有。那是說，我並不知道是他。我是聽見了，我們兩個都聽見了前門的門鈴聲，但我們並不知道是誰。」

「你當時以為是誰，阿吉爾先生？」

李奧微微顯出覺得好笑的樣子。

「我當時正在十五世紀裡，不是二十世紀。我根本就沒去想。可能是任何人。我太太、林斯楚小姐、海絲塔，可能還有一個白天來的幫手，全都在樓下。沒有人，」李奧簡單明瞭地說，「會指望我去開門。」

「然後呢？」

「沒有了。過了好久以後我太太過來了。」

「有多久？」

李奧皺起眉頭。

「現在我真的說不上來了。我當時一定告訴過你估計的時間。半個小時……不，多一點，或許四十五分鐘。」

「我們在五點半過後喝下午茶，」關黛說，「我想大約是六點四十分阿吉爾夫人進書房裡來。」

「那麼她說了些什麼？」

李奧嘆了一口氣。他不愉快地開口。

「這些事我們說過太多次了。她說傑克來找她，他有了麻煩，他粗暴無禮，向她要錢，而且說除非他馬上有一筆錢，否則就得去坐牢。她說她拒絕給他一毛錢，但她不知道她那樣做究竟是對是錯。」

「阿吉爾先生，請讓我問個問題。當那孩子來要錢的時候，為什麼你太太不來找你？為什麼只在事後才告訴你？這你不覺得奇怪嗎？」

「不，不奇怪。」

「在我看來，她來找你才是自然的事。你們之間不是……不和吧？」

「噢，不。只是我太太習慣自己處理全部的日常事務。她經常事先和我商量，問問我的想法，而事後才和我討論一下她的決定。就這件事來說，她和我已經非常認真地討論過有關傑克的事……怎麼做才是最好的。這孩子的管教問題很讓我們頭痛。她幾次付出非常可觀的金錢來保護他免受自己行為的苦果。我們已經決定，如果再有下一次，最好是讓傑克去受受痛苦的教訓。」

「但是，她還是感到不安？」

「是的。她是不安。如果他不要那樣粗暴、那樣威脅，我想她可能會心軟再幫他一次，但是他的那種態度只會讓她更加強硬。」

「那時候傑克已經走了嗎？」

「噢，是的。」

「是你自己知道，或是阿吉爾夫人告訴你的？」

「她告訴我的。她說他已經走了，還發誓、威脅說會再回來，而且他說，她到時候最好為他準備好一些現金。」

「想到那孩子要再回來，你有沒有——這點很重要——有沒有感到警覺？」

「當然沒有。我們十分習慣，那只能說是傑克的虛張聲勢。」

「你從沒想過他會回來攻擊她。」

「沒有。我當時就這樣告訴過你們了。我當時嚇得目瞪口呆。」

「看來你是對的，」胡遜溫和地說，「攻擊她的人不是他。阿吉爾夫人離開你……確切的時間是什麼時候？」

「這我倒確實記得，我們經常想到這一點。就在快七點之前……大約六點五十三分。」

胡遜轉向關黛·馮恩。

「你確認？」

「是的。」

「而且談話內容就如同阿吉爾先生剛才所說的？你可以再補充嗎？他沒忘掉什麼？」

「我並沒聽見全部的談話。阿吉爾夫人進來告訴我們傑克要錢的事後，我想我最好還是走開，以免他們在我面前尷尬，不方便談。我走進那裡……」她指向書房後頭的一扇門。

「到我打字的那個小房間去。當我聽見阿吉爾夫人離開時，我才回來。」

「而那是六點五十三分的時候？」

「是的，就在六點五十五分之前。」

「後來呢，馮恩小姐？」

「我問阿吉爾先生想不想繼續工作，但是他說他的思路被打斷了。我問說還有沒有什麼要我做的，他說沒有了。所以我整理好自己的東西便走了。」

「時間？」

「七點五分。」

「你下樓從前門出去？」

「是的。」

「阿吉爾夫人的客廳就在前門一進來的左手邊？」

「是的。」

「門開著？」

「沒關上，差不多開著一呎。」

「你沒進去或是跟她說晚安？」

「沒有。」

「通常你會嗎？」

「不會。就為了跟她說晚安而打擾到她在做的事，那太不懂事了。」

「如果你進去，你可能就已經發現她的屍體躺在那裡了。」

關黛聳聳肩。

「我想大概是吧。但是我想……我的意思是說，當時我們全都以為她是後來才被殺的。

傑克不可能……」

她停了下來。

「你仍然停留在傑克殺了她的思路上。但現在不是了，因此那時候她可能已經躺在那裡，死了。」

「我想大概……是吧。」

「你出門後直接回家？」

「是的，我進門時，我的女房東還跟我說過話。」

「沒錯。而你在路上沒遇見任何人……在房子附近？」

「我想是沒有……沒有。」關黛皺起眉頭。「現在我不太記得了……那時候外面又冷又黑，而且這條路是條死巷子。我不認為在我走到『紅獅』之前遇見過任何人。有幾個人在那附近。」

「有任何車子從你旁邊經過嗎？」

關黛顯得吃驚。

「噢，有，我確實記得有部車子，濺髒了我的裙子，我回到家時得把汙泥洗掉。」

「什麼樣的車子？」

「我不記得，我沒注意。就在我們這條路的入口，從我身邊經過。可能是要到路上任何一棟房子去。」

胡遜轉回去面向李奧。

「你說你太太離開這裡以後過段時間，你聽見門鈴聲？」

「呃……我想我是聽見了。我不完全確定。」

「那是什麼時間？」

「我不知道，我沒看鐘。」

「你不認為那可能是你兒子傑克回來了？」

「我並沒去想。我……又在工作了。」

「再問一點，阿吉爾先生，你當時知不知道你兒子已經結婚？」

「完全不知道。」

「他母親也不知道？會不會她知道了但沒告訴你？」

「我完全確信她不知道這件事。如果她知道，她會馬上來告訴我。當第二天他太太出現時，對我來說是相當大的震驚。我幾乎無法相信。當林斯楚小姐走進這個房間來說『樓下有個年輕女人……一個女孩，說她是傑克的太太。這不可能是真的』時，她非常煩亂，不是嗎，寇蒂？」

「我無法相信，」寇蒂說，「我要她說了兩遍，才上來告訴阿吉爾先生。當時簡直令人難以相信。」

「據我了解，你對她非常好。」胡遜對李奧說。

「我盡我所能。她又結婚了，你知道，我很高興。她的先生看起來是那種老實又可靠的好人。」

胡遜點點頭，然後轉向海絲塔。

「現在，海絲塔小姐，再告訴我一下你那天喝下午茶以後做了些什麼事。」

「我現在不記得了，」海絲塔不高興地說，「我怎麼記得起來？都過了兩年了。我可能做任何事。」

「我相信你當時在幫林斯楚小姐清洗茶具。」

「完全正確，」寇蒂說，「然後，」她接著又說：「你上樓回你的臥室去。稍後你要出門，你知道。你要去柴茅斯劇院看業餘劇團表演的《等待果陀》。」

海絲塔依舊顯得不高興、不合作。

「既然你全都記下來了，」她對胡遜說，「幹嘛還要再問？」

「因為你不知道它們哪時會有幫助。現在，阿吉爾小姐，你是什麼時間離開屋子？」

「七點……或者七點左右。」

「你有沒有聽見你母親和你弟弟在爭吵？」

「沒有，我什麼都沒聽見。我當時在樓上。」

「但是你在離開屋子之前見過阿吉爾夫人？」

「是的，我需要一些錢。我正要出門，而我想起我的車子汽油快用完了，我得在去柴茅斯的路上加油。所以準備出發時進去找母親，向她要一點錢……只不過一兩英鎊就夠了。」

「那麼她給了你？」

「寇蒂給我的。」

胡遜顯得有點驚訝。

「我不記得原先的筆錄上有這句話。」

「呃，事實上是這樣沒錯，」海絲塔挑釁地說，「我進門說，我可不可以要點現金，而寇蒂在門廳聽見我說的話，就叫說她那邊有一點，她會給我。她自己也正要出去。而母親說：『好，找寇蒂拿吧。』」

「我當時拿了一些插花的書要到婦女會去，」寇蒂說，「我知道阿吉爾夫人正在忙，不想受到打擾。」

海絲塔以不滿的聲音說：「誰給我錢又有什麼關係？你不就想知道我最後一次看見我母親還活著是什麼時候？就是那個時候。她坐在桌子前面看著一大堆計畫書。我說我需要現金，寇蒂就叫說她會給我。我從她那裡拿到錢，再走進母親房裡向她說晚安，然後她說她希望我喜歡那齣戲，還有開車小心一點。她總是那樣說。之後我就到車庫去把車子開出來。」

「還有林斯楚小姐。」

「噢，她一給我錢就走了。」

寇蒂・林斯楚迅速說：「就在我走到路的盡頭時，海絲塔開車從我身邊經過。她一定是在我之後立即動身。我左轉走向村子裡去時，她的車子正爬上山坡到大路上去。」

海絲塔張開嘴巴好像要說話，然後又迅速閉上。

胡遜心裡猜疑不已。寇蒂．林斯楚是不是在企圖證實海絲塔不會有時間動手？有沒有可能海絲塔並不是去跟阿吉爾夫人說晚安，而是和她起了爭執、吵了一架，結果海絲塔把她打死了？

他平穩地轉向寇蒂說：「現在，林斯楚小姐，我們來聽聽你記得些什麼。」

她的神色緊張，雙手不自在地扭絞著。

「我們喝過茶，清理好，海絲塔幫忙我。接著她上樓。然後傑克來。」

「你聽見他來？」

「是的，我開門讓他進來。他說他的鑰匙掉了。他直接進去找他母親。他一進去就說：『我有麻煩了，你得把我弄出來。』其他的我就沒再聽下去。我回到廚房，晚餐有些東西要準備一下。」

「你聽見他離開？」

「是的，他在大吼大叫。我從廚房出來，他正站在門廳，非常生氣，叫囂說他會再回來，說母親最好把錢準備好。『否則』，那是他說的，『否則』……這是威脅。」

「然後呢？」

「他砰的一聲把門關上走了。阿吉爾夫人走到門廳來。她的臉色非常蒼白、非常生氣。

她對我說：『你聽見了？』」

「我說：『他有了麻煩？』」

「她點點頭。然後她就上樓到書房去找阿吉爾先生。我把晚餐擺好，就上樓穿上外出服。婦女會第二天要舉行插花比賽，我們答應給她們一些插花的書。」

「你把那些書拿去婦女會……然後什麼時間回家來？」

「應該是差不多七點半。我用自己的鑰匙開門進來。我馬上進阿吉爾夫人的房間——去轉達婦女會的謝意，還有一張字條——她坐在書桌前，頭向前靠在雙手上。那支火鉗丟在地上，桌子的抽屜都被拉出來。當時我想，遭小偷了，她受到了攻擊。而我想得沒錯。現在你知道我是對的！是小偷，某個外來的人！」

「某個阿吉爾夫人自己讓他進門的人？」

「有何不可？」寇蒂挑釁地說，「她人那麼好，總是非常仁慈。而且她不怕任何人或任何事。再說她又不是自己一個人在家，還有其他人……她丈夫、關黛、瑪麗，有事她只要叫一聲就好了。」

「但是她並沒有叫。」胡遜指明說。

「是沒有，因為不管是誰，那個人一定會告訴她一個非常合理的故事。她總是聽信別人。所以，她就再度坐回到書桌前——也許是找她的支票簿，因為她沒有疑心——所以他就有機會拿起火鉗打她。甚至，或許他其實無意打死她，他只是想弄昏她，然後找到錢和珠寶就跑。」

「他並沒有怎麼找，只不過拉出幾個抽屜。」

「也許他聽見了屋子裡的聲音，或是嚇破了膽，或是發現他打死了她。因此，在恐慌之中，他迅速逃走了。」她傾身向前，眼中充滿恐懼懇求的神色。「一定是這樣，一定是！」

她的堅持令他頗感興趣。她是在為自己感到恐懼嗎？她可能殺了雇主，拉出一些抽屜好讓人以為遭小偷。驗屍證明最接近的死亡時間只限於七點至七點半之間。

「看來好像是這樣。」他和氣地同意說。

她微微鬆了一口氣，坐回椅子裡。他轉向杜蘭特夫婦。

「你們沒聽見什麼吧，你們兩位？」

「沒有。」

「我把茶端上去我們的房間，」瑪麗說，「那個房間和家裡其他部分相當隔離。我們一直待在那裡，直到聽見有人尖叫的聲音。是寇蒂，她當時剛剛發現母親死了。」

「在那之前，你沒離開過那個房間？」

「沒有。」她清澄的眼光與他相對。「我們在玩牌。」

菲利普微微感到不自在。波麗正在照他告訴她的話做。也許是因為她的態度完美無缺，冷靜、不慌不忙、完全令人信服。

波麗，親愛的，你是個了不起的說謊專家！他心裡說著。

「至於我，主任，」他說，「當時，還有現在仍然是，完全沒有能力走動。」

「但是你現在好多了，不是嗎，杜蘭特先生，」主任愉快地說，「不久你就能夠再走路了。」

「這是很久以後的事了。」

胡遜轉向另外兩位到目前為止一直坐著不吭聲的家庭成員。麥可雙臂交叉地坐著，臉上微帶嘲笑的表情。堤娜，嬌小而優雅，靠在椅背上，兩眼偶爾看著其他人。

「我知道，你們兩位當時不在屋子裡，」他說，「但是也許你們再說一遍那晚你們做了些什麼事，可以加強我的記憶。」

「你的記憶真的需要加強嗎？」麥可嘲笑的表情更加深地問道。「我還說得出我說過的話。我出去試車，離合器的毛病。我試了很長一段路，從柴茅斯一直到明清坡，沿著摩爾路經由伊普斯里回去。不幸的是車子不會說話，無法證實。」

堤娜終於轉過頭去。她直盯著麥可看，臉上仍然毫無表情。

「那你呢，阿吉爾小姐？你在瑞德敏圖書館工作？」

「是的。圖書館五點半關門，我上街去買點東西，然後回家。我有一間房子……其實是一間小房子，在莫坎公寓。我自己做晚飯、聽唱片度過寧靜的一晚。」

「你完全沒出門？」

她微微停頓一下然後說：「沒有，我沒出門。」

「十分確定，阿吉爾小姐？」

「是的，我確定。」

「你有輛車子，對吧？」

「對。」

「她有輛泡泡車，」麥可說，「泡泡，泡泡，辛辛勞勞，雞飛狗跳。」

「我有部泡泡車，是的。」堤娜正經、泰然自若地說。

「你停在什麼地方？」

「在街道旁，我沒有車庫。公寓附近有條小街道，有些車子就沿街道旁停放。」

「那麼你……沒什麼能告訴我們的？」

胡遜不知道為什麼他會這麼堅持問下去。

「我不認為我有什麼能告訴你。」

麥可迅速瞄了她一眼。

胡遜嘆了一口氣。

「恐怕沒幫上你多少忙，主任。」李奧說。

「難說，阿吉爾先生。我想，你大概了解這整個案子裡最奇怪的一件事吧？」

「我……我不太懂你的意思。」

「那筆錢。」胡遜說，「阿吉爾夫人從銀行提出來的，包含了那張背面寫著『波特貝瑞太太班格路十七號』的五英鎊鈔票的那筆錢。這案子對傑克・阿吉爾最不利的證據是，他被逮捕時，那張五英鎊鈔票和其他鈔票一起在他身上找到。他發誓錢是阿吉爾夫人給他的，但阿吉爾夫人肯定地告訴過你和馮恩小姐，說她並沒有給傑克任何錢……因此他是怎麼弄到那五十英鎊？他不可能回來這裡……卡格里博士的證詞使得這一點完全明朗。因此他一定是離開這裡時就有了那筆錢。誰給他的？是你嗎？」

他猛一轉身面對寇蒂・林斯楚，她憤慨地臉紅起來。

「我？不，當然不是。我怎麼可能？」

「阿吉爾夫人從銀行提出來的錢放在什麼地方？」

「她通常都放在她桌子的抽屜裡。」寇蒂說。

「鎖住？」

寇蒂考慮一下。

「也許她上床前會把抽屜鎖住。」

胡遜看著海絲塔。

「你有沒有從抽屜裡拿出那筆錢來給你弟弟？」

「我甚至不知道他在這裡。而且我怎麼可能不讓母親知道就拿走錢？」

「你可以在你母親上樓去書房和你父親商量時，十分輕易地把錢拿走。」胡遜提示說。

他懷疑她能否看出這個陷阱而安全避開。

她一頭栽了進去。

「但是傑克那時候已經離開了。我……」她停了下來，一臉沮喪。

「看得出你確實知道你弟弟什麼時候離開的。」胡遜說。

海絲塔迅速激烈地說：「我……我……現在才知道，我當時並不知道。我在樓上我的房間裡。告訴你，我根本什麼都沒聽見。再說我怎麼也不會給傑克任何錢。」

「而且我告訴你，」寇蒂說，她的臉色泛紅憤怒。「如果我給了傑克錢，我也會拿自己的錢！我不會去偷那筆錢！」

「我相信你不會，」胡遜說，「但是你了解這讓我們聯想到什麼。阿吉爾夫人，不管她跟你說了什麼……」他看著李奧。「一定是她自己把那筆錢拿給他的。」

「我無法相信。如果她這樣做，為什麼不告訴我？」

「她不是第一個對兒子心軟而不想承認的母親。」

「你錯了，胡遜，我太太從來不會逃避現實。」

「我想這次她是逃避了，」關黛．馮恩說，「事實上她一定是這樣……如同主任所說的。這是唯一的答案。」

「畢竟，」胡遜溫和地說，「我們現在得從不同的角度來看這整件事。在逮捕傑克．阿吉爾的時候，我們以為他在說謊。但是現在，我們發現他說他搭過卡格里的便車是真的，因此關於那筆錢，他說的想必也是真的。他說是他母親給他的，因此想必是她給的沒錯。」

一陣沉默，令人不舒服的沉默。

胡遜站起來。

「好了，謝謝你們。線索恐怕是相當少，不過也很難說。」

李奧陪他走到門口。當他回來時，嘆了口氣說：「好了，目前來說，過去了。」

「永遠過去了，」寇蒂說，「他們永遠不會知道。」

「那對我們有什麼好處？」海絲塔叫道。

「親愛的，」她父親朝著她走過去。「冷靜下來，孩子，不要這麼緊張，時間會治療一切的。」

「有一些治療不了。我們該怎麼辦？噢！我們該怎麼辦？」

「海絲塔，跟我來。」寇蒂一手搭在她的肩膀上。

「我不需要任何人。」

海絲塔衝出門去。過了一會兒，他們聽見前門砰的一聲。

寇蒂說：「看看這一切！那對她不好。」

「我也不認為如此。」菲利普・杜蘭特若有所思地說。

「什麼？」關黛問道。

「說什麼我們永遠不會知道真相……我倒覺得有點技癢。」

他狡獪、幾近於惡作劇的臉上亮出怪異的微笑。

「請小心一點，菲利普。」堤娜說。

他驚訝地看著她。

「小堤娜，你對這一切知道些什麼？」

「我希望，」堤娜非常清晰、明顯地說，「我什麼都不知道。」

14

「大概毫無收穫吧？」警政署長說。

「是沒什麼具體的收穫，長官，」胡遜說，「不過，時間並沒有完全白費。」

「說來聽聽。」

「哦，我們推斷的時間和一些主要的假定都還是一樣。阿吉爾夫人快七點時還活著，和她丈夫以及關黛·馮恩講過話，後來海絲塔·阿吉爾也在樓下見過她。三個人不可能共謀。傑克·阿吉爾如今已經證明不是凶手，因此她可能是在七點五分到七點半之間被她丈夫殺死、七點五分當關黛·馮恩出門前經過她房間時被她殺死、或者就在那之前被海絲塔殺死，或是被寇蒂·林斯楚趁後來進門時殺死——比如說，就在快七點半的時候——杜蘭特的小兒麻痺給了他不在場證明，但他太太的不在場證明憑藉的是他的話。她大可在七點到七點半之間下樓去殺死她母親……如果她有這個念頭、而她丈夫也願意支持她的話。雖然看不出為什麼她要殺死她。事實上，就我所見，只有兩個人有真正的犯罪動機。李奧．阿吉爾和關黛．馮恩。」

「你認為是他們之一……是他們兩個一起？」

「我不認為他們一起共謀。依我看，這是一件一時衝動犯下的罪案，不是預謀的。阿吉爾夫人進書房去，告訴他們兩人關於傑克口出威脅和要錢的事。姑且說，後來李奧下樓去和她談傑克的事，或是其他什麼事。屋子裡安安靜靜，四下無人。他走進她的客廳。她在裡面背對著他，坐在桌前。而那支火鉗就在那裡，或許仍在傑克用來威脅她以後丟下的地方。這些安靜、壓抑的男人，有時候確實會突然爆發獸性。他只要手上纏條手帕以防留下指紋，拿起那支火鉗，往她頭上一敲就成了。然後拉出一兩個抽屜，留下有人搜錢的印象，再回到樓上去。或者說關黛．馮恩出門前經過那個房間，一時衝動起來——傑克是個十全十美的代罪羔羊——而且之後她和李奧．阿吉爾的婚姻之路可以就此展開。」

費尼少校若有所思地點點頭。

「是的，有可能。而且當然他們很小心謹慎，沒太快宣布訂婚的消息，在可憐的傑克被判刑定罪之前沒宣布。是的，這看來是夠合理的。這些罪案都非常單調。丈夫和第三者，或是太太和第三者，總是同樣的老套。但我們能怎麼辦，胡遜？我們能怎麼辦？」

「長官，我看不出……」胡遜緩緩說道，「我們能怎麼辦。我們或許可以確定……但是證據在哪裡？沒什麼在法庭上站得住腳的。」

「是，是。但是你可以確定，胡遜？你自己心裡很確定？」

「不如我想要的那麼確定。」胡遜主任悲傷地說。

「啊？為什麼？」

「他那樣的人，我是說，阿吉爾先生……」

「不是那種會謀殺的人？」

「沒到那種程度，不是指謀殺的部分。是那個孩子。我看不出他會故意陷害那個孩子。」

「他並不是他親生的兒子，記住。他可能不太喜歡那孩子，甚至可能怨恨太太對他投注太多感情。」

「那有可能。可是他好像喜歡所有的孩子。他看起來是喜歡他們。」

「當然，」費尼若有所思地說，「他知道那孩子不會被判絞刑……那就可能不同了。」

「啊，你說的這一點有道理，長官。他可能認為，在監牢裡待個十年或無期徒刑其實也沒什麼，對那孩子不會造成什麼傷害。」

「那個年輕女人，關黛·馮恩呢？」

「如果是她幹的，」胡遜說，「我不認為她會對傑克感到一絲愧疚。女人是無情的。」

「但你相當贊成凶手是他們兩個之一？」

「相當贊成，是的。」

「就這樣而已？」警政署長追問他。

「不。是有點蹊蹺、暗流，可以這麼說。」

「解釋一下，胡遜。」

「我真正想知道的是，他們自己在想些什麼，關於他們彼此之間。」

「噢，我明白，現在我懂你的意思了。你在想，他們自己知不知道是誰？」

「是的。這點我還無法確定。他們全都知道嗎？還有他們全都同意保守祕密嗎？我不認為。我認為他們各有不同的想法。那個瑞典女人，她很緊張，緊張得要死。可能因為那是她幹的。她正處在女人情緒不太穩定的年齡。她可能是在為自己或其他某個人感到害怕。我有種感覺——我也可能弄錯——她在為某個人擔心。」

「李奧？」

「不，我不認為她在擔心李奧。我想是那個年輕女孩，海絲塔。」

「海絲塔，嗯？有沒有可能是海絲塔？」

「沒有表面的動機。但是她是個激動、心理不平衡的類型。」

「而林斯楚也許對那女孩的了解比我們多很多。」

「是的。再來是在郡立圖書館工作的那個褐膚女孩。」

「她那天晚上並不在屋子裡吧？」

「不在。但是我想她知道些什麼，可能知道是誰幹的。」

「是猜的？或是知道？」

「她在擔心。我不認為只是猜想而已。」他繼續說，「還有另外一個男孩，麥可。他也不在那屋子裡，但是他開車出去，沒人和他在一起。他說他在試車，試到荒野和明清坡去。只有他自己這麼說，沒人可以證實。他可能開車過去，進了屋子殺掉她，然後再開車走掉。關黛．馮恩說了一句她在原先的筆錄上沒說過的話。她說有一輛車子從她身邊過去，就在那條私有道路的入口處。那條路上有十四棟房子，因此車子可能是要到任何一棟房子去，而且已過了兩年沒人會記得……但這表示有可能那輛車子是麥可的。」

「為什麼他要殺害養母？」

「我們覺得沒理由……但事實上可能有。」

「誰知道？」

「他們全都知道，」胡遜說，「不過他們不會告訴我們。除非，他們不知道是在告訴我們。」

「我知道你的鬼主意了，」費尼少校說，「你打算從誰的身上下手？」

「林斯楚，我想，如果我能突破她的防衛。同時我也希望查明她對阿吉爾夫人是否有什麼仇恨。還有那個半身麻痺的傢伙，」他補充說：「菲利普．杜蘭特。」

「他怎麼樣？」

「哦，我想他對這一切開始有了一些想法。我不認為他想讓我分享，不過我有辦法了解一下他是怎麼想的。他是個聰明人，而且相當具有觀察力。他可能已經注意到一兩件有意思的事。」

§

「出來，堤娜，我們去呼吸一點新鮮空氣。」

「新鮮空氣？」堤娜懷疑地抬頭看著麥可。「可是天氣這麼冷，麥可。」她有點顫抖。

「我猜你討厭新鮮的空氣，堤娜。所以你才有辦法在圖書館裡被關上一整天。」

堤娜微微一笑。

「我不怕冬天被關起來。圖書館裡很好，很溫暖。」

麥可低下頭看她。

「你坐在那裡，蜷縮成一團，像隻躺在火爐前的慵懶小貓。但出去走走對你還是有好處的。走吧，堤娜，我想和你一起散散步。我想……嗯，吸點新鮮的空氣到我肺部裡，忘掉這一切討厭的調查。」

堤娜懶洋洋、優雅地從椅子裡站起來，就像麥可剛剛將她比喻成的小貓一般。

她在門廳裏上一件毛領斜紋軟呢外套，然後和他一起出門。

「你甚至連外套都不用穿嗎，麥可？」

「不用。我從來不覺得冷。」

「好冷，」堤娜溫柔地說，「我真討厭這個國家的冬天，真想出國去，我想到陽光四季普照、空氣溼潤溫暖的地方去。」

「我剛碰到一個到波斯灣工作的機會，」麥可說，「在一家石油公司。汽車運輸方面的工作。」

「你要去嗎？」

「不，我不認為……那有什麼好處？」

他們繞到屋子後面，開始往樹林間通往下面河邊沙灘的一條羊腸小道走下去。半路上有一座避風的涼亭。他們並未馬上坐下來，而是站在涼亭前面，凝望河面。

「這裡很美，不是嗎？」麥可說。

堤娜毫不好奇地看著風景。

「是的，」她說，「是的，也許吧。」

「但是你並不真的感覺，對吧？」麥可說，深情地看著她。「你不了解這裡的美，堤娜，你從來就不了解。」

「我不記得，」堤娜說，「我們住在這裡的歲月中，你曾經欣賞過這地方的美。你總是憤恨不平，渴望回倫敦去。」

「那不同，」麥可簡短地說，「我不屬於這裡。」

「問題就在這裡，不是嗎？」堤娜說，「你不屬於任何地方。」

「我不屬於任何地方，」麥可茫然地說著，「也許是真的。天啊，堤娜，多麼可怕的想法。你記不記得那首老歌，寇蒂經常對我們唱的那首？我想是關於一隻鴿子的歌：『噢，白鴿，噢，可愛的白鴿，雪白雪白胸膛的白鴿。』你記不記得？」

堤娜搖搖頭。

「也許她對你唱過，可是……不，我不記得。」

麥可半說半哼地繼續。

「『噢，我最親愛的少女，我不在這裡，我沒有地方，沒有居處，海上岸上都沒有，只有在你心中。』」他看著堤娜。「我想你說的可能是真的。」

堤娜一隻小手擱在他臂上。

「來，麥可，坐下來。這裡沒有風，不那麼冷。」

他順從地坐下，她繼續說：「你非得老是這麼不快樂嗎？」

「親愛的，你根本一點都不了解。」

「我很了解，」堤娜說，「為什麼你就不能把她忘掉，麥可？」

「忘掉？你是在說誰？」

「你母親。」堤娜說。

「忘掉她！」麥可憤恨地說，「經過了今天早上的事，我還有可能忘掉嗎……在那些問話之後！如果有人被謀殺了，他們是不會讓你『把她忘掉』的！」

「我不是指那個，」堤娜說，「我是指你真正的母親。」

「我為什麼要想她？我六歲以後就沒見過她。」

「但是，麥可，你確實想念她，一直都在想。」

「我這樣告訴過你嗎？」

「有時候這種事不說也知道。」堤娜說。

麥可轉過頭看她。

「你這個安靜、溫柔的小傢伙，就像一隻小黑貓，我想撫摸你一身的皮毛。乖小貓，漂亮的小貓！」

他的手觸摸著她外套的袖子。

堤娜靜靜地坐著對他微笑。麥可說：「你並不恨她吧，堤娜？我們其餘的人都恨。」

「那太無情了，」堤娜說，對他搖搖頭，有點用力地繼續說：「看看她給了你們大家什麼……一個家，溫暖、仁慈、好吃好喝的東西、好玩的玩具，有人照顧你們，把你們保護得安安全全……」

「是的，是的，」麥可不耐煩地說，「一盤一盤的鮮奶油，有人不斷撫摸你的皮毛。這就是你想要的一切，是嗎，小貓咪？」

「我心中感激，」堤娜說，「但你們沒有一個人心存感激。」

「難道你不明白，堤娜，當一個人應該感激時，是不可能感激的嗎？就某些方面來說，這更令人難受，覺得感激是個義務。我並不想被帶來這裡，我並不想要豪華的環境，我並不想被帶離我自己的家。」

「你可能被炸彈炸到，」堤娜指出，「你可能被炸死。」

「那有什麼關係？我不在乎被炸死，我寧可在我自己的地方被炸死，有我自己的親人在身邊，在屬於我的地方。你看，我們又談回去了。沒有什麼比『不屬於』更糟的了。但是你，小貓咪，你只在乎物質的東西。」

「或許就這方面來說是沒錯，」堤娜說，「或許這就是為什麼我的感覺和你們其他人不同。我並沒有你們那種奇怪的怨恨感……尤其是你，麥可。我很容易感激，因為，你知道，我並不想做自己。我並不想在我原來的地方，我想要逃避自己，我想要成為另外一個人。而她使我成為另外一個人，她使我變成有家、有溫暖的歌絲堤娜．阿吉爾。安安全全的。我愛母親，因為她給了我這一切。」

「你自己的母親呢？難道你就沒想過她？」

「為什麼要想？我幾乎不記得她。別忘了，我來到這裡的時候才三歲。我一向恐懼……懼怕她。她總和那些水手吵吵鬧鬧，而且她——我想，現在我夠大了，能記得起來——她大部分時間都在喝酒。」堤娜冷漠疑惑地說，「不，我並不想念她或記得她。阿吉爾夫人才是我母親，這是我的家。」

「對你來說竟這麼輕易，堤娜。」麥可說。

「那麼為什麼對你來說就艱難？那是你自己造成的！你恨的並不是阿吉爾夫人，麥可，而是你親生母親。正是，我知道我說的是事實。如果你殺了阿吉爾夫人——你可能這樣做——那麼你想殺的其實是你的親生母親。」

「堤娜！你到底在鬼扯些什麼？」

「現在，」堤娜冷靜地繼續說，「你不再有任何人可以怨恨了，這讓你感到十分淒涼，不是嗎？但是你得學會沒有恨而活下去，麥可。那可能不容易，不過可以辦到。」

「我不懂你在說些什麼。你說我可能殺了她是什麼意思？你十分清楚那天我根本不在這一帶。我在摩爾路明清坡那邊試客戶的車子。」

「是嗎？」堤娜說。

她站起來向前走，最後站定在可以俯視河流的瞭望點上。

「你想幹什麼？」麥可從她身後走過來。

堤娜指向沙灘。

「下面那兩個人是誰？」

麥可草草率率的迅速看了一眼。

「我想是海絲塔和她的醫生男友，」他說，「堤娜，你到底是什麼意思？看在老天的份上，不要站在邊緣上。」

「為什麼？你想把我推下去嗎？你可以。我很小，你知道。」

麥可凶巴巴地說：「為什麼你說我那天晚上可能在這裡？」

堤娜沒回答。她轉身開始沿著小路朝屋子走回去。

「堤娜！」

堤娜以她平靜、溫柔的聲音說：「我很擔心，麥可。我非常擔心海絲塔和唐納德・葛瑞。」

「不要管海絲塔和她的男朋友。」

「但是我確實關心他們。我覺得海絲塔非常不快樂。」

「我們不是在談他們。」

「我是在談他們。他們的事很重要，你知道。」

「堤娜，你一直都認為，母親被殺的那天晚上我在這裡嗎？」

堤娜沒回答。

「你當時什麼都沒說。」

「我為什麼要說？不需要。我的意思是，當時明顯是傑克殺死了她。」

「而現在同樣明顯的是，傑克並沒有殺她。」

堤娜點點頭。

「那怎麼樣？」麥可問道，「那又怎麼樣？」

她沒回答他，繼續沿著小路走回去。

§

在岬角的小沙灘上，海絲塔用鞋尖撥弄著沙子。

「我不明白有什麼好談的。」她說。

「你非談不可。」唐納德．葛瑞說。

「我不明白為什麼……談話從來就沒任何好處，從來就不會使得情況變好。」

「你至少可以告訴我今天上午的事吧。」

「沒什麼啊。」海絲塔說。

「你是什麼意思……沒什麼？警方來過了，不是嗎？」

「噢，是的，他們是來過了。」

「好，那麼，他們有沒有問你們話？」

「有，」海絲塔說，「他們問了。」

「都是什麼樣的問題？」

「沒什麼特別的，」海絲塔說，「真的，就和以前完全一樣。我們在什麼地方做了什麼事，還有我們最後見到母親還活著是在什麼時候。真的，唐，我不想再談這件事了，都已經過去了。」

「並沒有過去，我最親愛的，問題就在這裡。」

「我不明白為什麼你要大驚小怪，」海絲塔說，「你又沒被扯進來。」

「親愛的，我想幫助你，難道你不明白嗎？」

「哦，談論這件事對我而言並沒有幫助。我只想忘掉。如果你願意幫助我忘掉，那就不同了。」

「海絲塔，親愛的，逃避沒有好處，你必須面對它們。」

「我是在面對它們，如同你所說的，整個早上都是。」

「海絲塔，我愛你，這你是知道的，不是嗎？」

「大概是吧。」海絲塔說。

「你是什麼意思，『大概是吧』？」

「那你為何一直在問這件事。」

「我不得不。」

「我不明白為什麼。你又不是警察。」

「最後一個見到你母親還活著的人是誰？」

「我。」海絲塔說。

「我知道，那是快到七點時，對吧？就在你出來和我見面以前。」

「就在我出發到柴茅斯、到劇院去以前。」海絲塔說。

「哦，當時我也在那家劇院裡，不是嗎？」

「是的，當然你是在那裡。」

「你那時已知道我愛你，對吧，海絲塔？」

「我那時不確定，」海絲塔說，「我甚至不確定我有沒有愛上你。」

「你沒有理由……沒有任何理由要除掉你母親吧？」

「沒有，不真的有。」海絲塔說。

「你說『不真的有』是什麼意思？」

「我經常想到要殺死她，」海絲塔一本正經地說，「我常常說『我真希望她死掉，我真希望她死掉』，」接著又說：「我常常夢見我殺了她。」

「你在夢中是用什麼方法殺死她？」

一時唐納德．葛瑞不再是她的情人，而是一位對此事興趣盎然的年輕醫生。

「有時候我開槍打她，」海絲塔愉快地說，「有時候我用力敲她的頭。」

葛瑞醫生咕噥了一聲。

「那只是作夢，」海絲塔說，「我在夢中經常非常凶暴。」

「聽著，海絲塔。」年輕人握住她的手。「你得告訴我實話，你得信任我。」

「我不懂你的意思。」海絲塔說。

「實話，海絲塔，我要聽實話。我愛你……我會站在你這邊。如果……如果是你殺了她，我……我想我能找出原因來。我不認為完全是你的錯，你明白嗎？當然我絕不會去告訴警方，只有你我知道，沒有任何人會因此受到傷害。整件事會因為缺乏證據而平息下來。但是我非知道不可。」他用力強調最後一句。

海絲塔注視著他，兩隻眼睛睜得大大的，幾乎沒有焦點。

「你要我跟你說什麼？」她說。

「我要你告訴我真相。」

「你看你已經知道了真相，不是嗎？你以為……我殺了她。」

「海絲塔，親愛的，不要那樣看我。」他摟住她的肩膀輕柔地搖動。「我是個醫生，我知道背後的原因。我知道人無法總是為自己的行為負責。我知道你是什麼樣的人……甜美、可愛，基本上一切都沒問題。我會幫助你，我會照顧你。我們會結婚，我們將十分幸福。你永遠不會感到失落、沒有人要、受人壓制。我們做出意外之舉的原因，大部分人都不了解。」

「我們對傑克的事就是這樣說的，不是嗎？」海絲塔說。

「不要管傑克，我想的是你。我愛你至深，海絲塔，但我不得不知道真相。」

「真相？」海絲塔說。

一抹嘲諷的笑意逐漸浮現在她向上彎曲的嘴角。

「拜託，親愛的。」

海絲塔轉過頭去，頭抬得高高的。

「海絲塔！」

「如果我告訴你我並沒有殺她，你會相信我嗎？」

「當然我……我會相信你。」

「我不認為你會。」海絲塔說。

她猛然轉身離開他，開始朝小徑跑上去。他作勢追上去，然後放棄。

「噢，他媽的，」唐納德．葛瑞說，「噢，該死！」

15

「我不想回家。」菲利普・杜蘭特說，他說來哀愁、急躁。

「可是，菲利普，真的，沒什麼必要再留在這裡了。我是說，我們已經來見過馬歇爾先生，討論過事情，而且也配合警方調查過了。現在沒什麼可以阻止我們回家了。」

「我想我們再留下來幾天，你父親會十分高興，」菲利普說，「他喜歡晚上有人陪他下棋。啊，他的西洋棋下得真高竿。我以為我下得不差，但是我從來就贏不了他。」

「父親可以找別人陪他下棋。」瑪麗簡短地說。

「什麼，從婦女會叫個人來？」

「反正，我們應該回家去就是了，」瑪麗說，「明天是卡登太太來擦銅器的日子。」

「好個十全十美的家庭主婦！」菲利普大笑說，「總之，那個叫什麼名字來著的太太沒有你也能擦銅器，不是嗎？如果她不能，那就打封電報給她，告訴她，讓它們再長一星期的銅苔吧。」

「你不懂家務事，菲利普，而且不了解它們做起來有多難。」

「我不明白有什麼難的，是你自己讓它變難了。反正不管怎麼說，我要留下來。」

「噢，菲利普，」瑪麗激昂地說，「我恨透了這個地方。」

「為什麼？」

「這裡太陰暗、太悲慘……還有這裡發生的一切、謀殺案之類的。」

「好了，波麗，可別說你會對那種事感到緊張。我相信你聽到謀殺案還是能面不改色。不，你想回家是因為你想清理那些銅器，還有掃掃灰塵，還有確定一下沒有蠹蟲跑進你的毛皮大衣裡……」

「蠹蟲冬天不會跑進毛皮大衣裡去。」瑪麗說。

「哦，你知道我的意思，波麗，大致錯不了。但是你知道，從我的觀點來看，這裡有趣多了。」

「比在我們自己的家有趣？」瑪麗既震驚又受到傷害。

菲利普迅速看著她。

「對不起，親愛的，我說得不太對。沒有什麼比我們自己的家好，你把家裡料理得非常可愛、舒適、整潔、漂亮。你知道，如果……如果我還和以前一樣，那就完全不同了。我是說，我整天會有很多事可做。我會忙著一大堆的計畫，然後回到我們自己的家，和你一起，談談一天發生的事情，那真是太棒了。但是你知道，現在不同了。」

「噢，我知道那方面是不同了，」瑪麗說，「不要以為我忘了，菲。我確實在意，我十分在意。」

「是的。」菲利普幾乎是從齒縫裡迸出話來。「是的，你太在意了，瑪麗。你那麼在意，有時候讓我更在意。我要的只是消遣一下，而且……不，」他舉起一手。「不要告訴我，說我可以拼拼圖，玩玩那些職業治療法的玩意兒，或找人來幫我復健，還有那些看不完的書。我有時候真的很想親身做一些事情！而這裡，在這屋子裡，就有我可以親身體驗一下的事。」

「菲利普，」瑪麗倒抽一口涼氣。「你不會是還在盤算……那個主意吧？」

「玩找凶手的遊戲？」菲利普說，「謀殺，謀殺，誰犯下的謀殺？是的，波麗，你說的差不多。我非常想知道是誰幹的。」

「為什麼？而且你怎麼可能知道？如果某個人闖進來或發現門開著……」

「你仍然認為是外來的人嗎？」菲利普問道，「你知道，那是站不住腳的。老馬歇爾說得好聽，然而實際上他只是在幫我們留點面子。沒有人相信那個美麗的故事，那根本就不是真的。」

「那麼你必須明白，如果不是真的，」瑪麗打斷他的話。「不是真的……如果，如同你所說的，是我們之中某一個，那麼我可不想知道。為什麼我們要知道？我們……我們不知道不是好一百倍嗎？」

菲利普．杜蘭特抬起頭以詢問的眼光看著她。

「把你的頭埋進沙子裡，是吧，波麗？難道你就沒有任何自發的好奇心？」

「我告訴你，我不想知道！我認為這一切太可怕了。我想統統忘掉，不去想它。」

「難道你對你母親的關心，不足以促使你想知道是誰殺了她？」

「知道是誰殺了她，又有什麼好處？兩年來我們都一直確信是傑克殺了她。」

「是的，」菲利普說，「我們一直這麼天真的確信。」

他太太疑惑地看著他。

「我不……我不真懂你的意思，菲利普。」

「難道你不明白，波麗，就某方面來說，這對我是個挑戰，對我智慧的挑戰。並不是我對你母親的死有特別深刻的感受，或是我特別喜歡她。並不是。她盡一切所能阻止你嫁給我，但是我並不恨她，因為我還是成功地把你娶走了。不是嗎，親愛的？不，不是想報復，甚至也不是對公理正義的熱愛。我想是……是的，主要是好奇心，當然或許也有比這好一點的理由。」

「這不是你應該牽扯進去的事，」瑪麗說，「那沒有好處。噢，菲利普，拜託，拜託不要，我們回家去，把這一切都忘掉。」

「哦，」菲利普說，「你大可以把我推到任何你喜歡的地方去，不是嗎？但是我想要留在這裡。難道你不想偶爾讓我隨心所欲一下嗎?」

「我希望你擁有你想要的一切。」瑪麗說。

「你並不真的想,親愛的。你只想把我當嬰兒一樣照顧,你認為你知道什麼對我最好,每一天都想盡辦法照顧我。」

他笑出聲來。

瑪麗疑惑地看著他說:「我從不知道你什麼時候是認真的,什麼時候是說著玩。」

「除了滿足好奇之外,」菲利普.杜蘭特說,「你知道,也應該有人查明真相。」

「為什麼?能有什麼好處?再讓某個人去坐牢?我認為這是個可怕的主意。」

「你不十分了解,」菲利普說,「我並不是說我會把那個人(如果我查出是誰)送交警方。我不會。當然,要看情況而定。或許我把他送交警方也沒有用,因為我仍然認為不可能有任何真正的證據。」

「如果沒有任何真正的證據,」瑪麗說,「你又怎麼去查出任何事情?」

「因為,」菲利普說,「要查明案情,十分確定地知道有很多方法。而且我認為,這相當必要。這屋子裡的情況不怎麼妙,很快就會變得每下愈況。」

「你是什麼意思?」

「難道你什麼都沒注意到嗎,波麗?你父親和關黛.馮恩怎麼樣?」

「他們怎麼樣?為什麼我父親在他那種年紀還要再婚……」

「這我能了解，」菲利普說，「畢竟，他的婚姻對他相當不公平。他現在有個真正獲得幸福的機會。臨老的幸福，你可以這麼說，他是有這個機會。或者，我們姑且說他過去是有。現在他們之間的情況不太妙。」

「我認為，這一切……」瑪麗含糊地說。

「正是，」菲利普說，「這一切，讓他們一天天地更加疏離。而這可能有兩個原因：懷疑或是有罪。」

「懷疑誰？」

「呃，姑且說是彼此懷疑。或是一方懷疑，而另一方自知有罪，反之亦然，你高興怎麼想都可以。」

「不要這樣，菲利普，你把我搞糊塗了。」瑪麗突然態度有點活潑起來。「原來你認為是關黛？」她說，「或許你對。噢，如果是關黛那就太好了。」

「可憐的關黛。你的意思是，因為她不是家裡面的一員？」

「是的，」瑪麗說，「我的意思是，這麼一來就不會是我們家的人了。」

「你的感受就只是這樣，是吧？」菲利普說，「這件事對『我們』的影響。」

「當然。」瑪麗說。

「當然，當然，」菲利普急躁地說，「你的毛病是，波麗，你沒有任何想像力。你無法站在其他人的立場想一想。」

「我為什麼要？」瑪麗問道。

「是的，為什麼要？」菲利普說，「我想如果我誠實，我大概會說，為了消磨時間。我真的能設身處地的替你父親想，或是替關黛想。如果他們是無辜的，那麼他們的處境是多麼的痛苦難堪。關黛突然之間讓人不敢接近，敬而遠之。她內心知道她終究還是無法和她所愛的人結婚。再來設身處地為你父親想一想。他知道，他禁不住知道，他愛上的女人有機會行凶，而且有行凶的動機。他希望不是她幹的，他認為不是她幹的，但是他並不確定。而更糟糕的是，他永遠無法確定。」

「在他那種年紀……」瑪麗開口說。

「噢，在他那種年紀，在他那種年紀！」菲利普不耐煩地說，「難道你不了解，這對那種年紀的男人來說更悲哀？那是他生命中最後的愛情，他不可能再有了。這種愛情很深刻。再從另外一個角度來看，」他繼續說：「假設李奧從他努力生活了那麼久的孤獨世界中走了出來，假設是他擊斃了太太？這讓人為這可憐的人兒感到難過，不是嗎？並不是說，」他接著又說：「我真的認為他做出這種事來。但是毫無疑問警方可能這麼想。現在，波麗，我們來聽聽你的看法，你認為是誰幹的？」

「我怎麼可能知道？」瑪麗說。

「哦，或許你不知道，」菲利普說，「但是你可能有很好的想法……如果你想過的話。」

「我告訴你，我根本拒絕去想這件事。」

「我懷疑是為了什麼……純粹是因為討厭？或者……或許，因為你知道？可能在你冷靜的頭腦裡你十分確定……確定得不願去想，不想告訴我？你想的是不是海絲塔？」

「海絲塔有什麼理由要殺死母親？」

「沒有真正的理由，是嗎？」菲利普沉思地說，「但你知道，你確實看過這種事情：一個受到相當照顧的兒子或女兒，受盡寵愛，然後有一天，某件愚蠢的小事件發生了。溺愛子女的父親或母親拒絕付錢給她買電影票，或是買雙新鞋，或是說，如果你和男朋友出去，十點前非回來不可。可能不是什麼大不了的事，卻可能成為導火線，突然之間，處於青春期的少女精神錯亂地亂抓起一把鐵鎚或斧頭，或是一支火鉗……就這樣，難以解釋，但發生了。一長串壓抑住的反叛性衝到最高點，這是適合海絲塔的模式。你知道，海絲塔的毛病是，外人永遠不知道她那顆可愛的腦袋裡在想些什麼。她是軟弱，當然，而且她為自己的軟弱感到憤慨，而你母親就是那種會讓她自卑的人。是的，」菲利普興奮地傾身向前。「我想海絲塔是個很好的例子。」

「噢，你不要再說了！」瑪麗叫道。

「好吧，我不說了，」菲利普說，「光是說說不會讓我得到任何成果。或是會？畢竟，得先在心裡決定這是什麼模式的謀殺，再將這個模式套用在相關的不同對象身上。然後當你推敲出結論時，就開始設下小小陷阱，看他們是否會掉進去。」

「當時這屋子裡只有四個人，」瑪麗說，「卻讓你說得好像有半打或者不只這些人。我同意你的說法……不可能是父親；而認為海絲塔會做出那種事也是荒謬的，剩下來的是寇蒂和關黛。」

「你希望是她們之中哪一個？」菲利普微帶嘲諷地問道。

「我無法想像寇蒂會做出這種事，」瑪麗說，「她一向那麼有耐心，脾氣又好。她真的十分鍾愛母親。當然她可能突然變得十分怪異，是聽說過這種事沒錯，但是她看起來從來就沒有失常過。」

「是的，」菲利普若有所思地說，「寇蒂是個非常正常的女人，那種喜歡過正常生活的女人。就某方面來說，她和關黛是屬於同一類型的女人，只是關黛長得好看、有吸引力，而可憐的寇蒂平庸得像葡萄乾麵包一樣。我不認為有男人會看她第二眼。但她喜歡男人多看她一眼，她喜歡談戀愛，然後結婚。生為一個女人卻平庸而不吸引人，一定相當可悲，尤其是如果沒有任何特殊才能或智力來彌補。事實上是，她待在這裡太久了。她應該在戰爭過後就離開，繼續去當她的職業女按摩師，便可能釣上某個有錢的老病人。」

「你就像所有男人一樣，」瑪麗說，「你以為女人除了結婚以外，其他什麼事情都不會想。」

菲利普咧嘴一笑。

「我仍然認為這是全天下女人的第一選擇，」他說，「對了，堤娜沒有任何男朋友嗎？」

「就我所知是沒有，」瑪麗說，「不過她不怎麼談她自己。」

「是的，她是一隻安安靜靜的小老鼠，不是嗎？不十分漂亮，但是非常優雅。我懷疑她對這件事知道些什麼。」

「我不覺得。」瑪麗說。

「你不覺得？」菲利普說，「我倒確定。」

「噢，你只是憑空想像而已。」瑪麗說。

「我這可不是在憑空想像。你知道那女孩說了什麼嗎？她說她希望自己什麼都不知道。那樣說有點奇怪，我想她一定知道什麼。」

「知道什麼？」

「一些有關聯的事。但她自己並不十分了解有何關聯。我希望從她那裡打聽一下。」

「菲利普！」

「沒有用的，波麗，我找到了一項生命中的使命。我已經說服自己，為了大家的利益，我應該放手去做。現在我該從什麼地方著手？我認為我該從寇蒂開始。就各方面來說，她是個單純的人。」

「我真希望……噢，我多麼希望，」瑪麗說，「你會放棄這瘋狂的念頭回家去。我們這麼幸福，一切都這麼順利……」

她中斷下來轉身離去。

「波麗！」菲利普在擔心。「你真的這麼介意嗎？我不知道你會這麼不安。」

瑪麗猛一轉身過來，眼中充滿希望。

「這麼說，你願意回家去，把這一切忘掉？」

「我無法忘掉這一切。」菲利普說，「我只會一再擔心、迷惑、思考。無論如何，讓我們待到這個星期過去吧，瑪麗？然後，呃，我們再說好了。」

16

「如果我再待幾天，你會介意嗎，爸爸？」麥可問道。
「不，當然不，我很高興。公司方面沒問題吧？」
「是的，」麥可說，「我打過電話給他們了。這個禮拜之前我不用回去，他們很理解。堤娜也要待到下禮拜才走。」他說。
他走到窗前，看看外面，雙手插在口袋裡越過房間，抬頭凝視著書架，然後緊張、尷尬地開口。
「你知道，爸，我真的很感激你們為我所做的一切。就在最近我明白了，呃，我是多麼的忘恩負義。」
「沒有什麼感激不感激的問題，」李奧·阿吉爾說，「你是我兒子，麥可，我一直這樣看待你。」

「奇怪的待子之道，」麥可說，「你從來沒有對我擺過一家之主的架子。」

李奧．阿吉爾微微一笑，他那種遙遠的微笑。

「你真的認為那是父親的唯一功用嗎？」他說，「指揮、控制他的子女？」

「不，」麥可說，「不，我想大概不是。」他急促地繼續說：「我是個該死的傻瓜，是的，一個該死的傻瓜。就某方面來說真是可笑。你知道我現在想做什麼嗎？接受波斯灣一家石油公司的工作。那正是母親安排讓我起步的地方——石油公司。但是我當時不接受！我只想衝出去自己闖天下。」

「你當時正處於那種年齡，」李奧說，「想要自己選擇，痛恨別人為你安排。你一向就是那個樣子，麥可。如果我們要買件紅色的毛衣給你，你就堅持說你要藍色的，但或許你想要的就是紅色的。」

「那倒是真的，」麥可短笑一聲說，「我一向是個不滿足的傢伙。」

「你只是年輕而已，」李奧說，「只是喜歡自由，擔心別人會把你當馬一樣繫上韁繩，安上馬鞍，控制住你。我們每個人一輩子當中都有一段時間如此這般，但是我們最後總會明白過來。」

「是的，我想大概是吧。」麥可說。

「我很高興，」李奧說，「你對將來有這個打算。我不認為，你知道，只當一個汽車銷售員對你來說就夠了。這工作沒什麼不好，但是沒有多大出息。」

「我喜歡汽車，」麥可說，「我喜歡徹底了解它們。必要時我可以發表長篇大論劈里啪啦說一大堆拍客戶馬屁的話，但是我不喜歡那種生活，去他的。無論如何，這是一份和汽車運輸有關的工作，調配車輛的使用，十分重要。」

「你知道，」李奧說，「任何時候你想買下你認為有價值的公司，錢都準備好在那裡等你。你知道自由裁量信託金那回事。只要計畫書通過，我十分願意授權撥出必要的資金給你。我們會聽聽專家的意見，但是如果你想要的話，錢就在那裡，為你準備好了。」

「謝謝爸，但我不想靠你吃閒飯。」

「這不是什麼吃閒飯，麥可，那是你的錢，確確實實安排好留給你和其他孩子的錢。我只是有分配權，決定什麼時候該給，還有怎麼給。不過這並不是我的錢，也不是我在施惠於你。那是你的錢。」

「其實是母親的錢。」麥可說。

「信託基金幾年前就設立了。」李奧說。

「我一毛錢都不想要！」麥可說，「我不想碰！我不能！就目前的情況，我不能。」

當他的目光與父親相抵觸時，他突然臉紅起來，不安地說：「我……我並不是故意這樣說。」

「為什麼你不能碰？」李奧說，「我們收養了你，這也就是說，我們得為你負全責，在金錢上還有其他方面。把你當作我們的兒子好好教養長大，而且適當地提供你的生活所需，那是我們的責任。」

「我想要自力更生。」麥可說。

「是的，我知道你想……那麼，好吧，麥可，如果你改變主意，記住，錢就在那裡等著你。」

「謝謝，爸，你能了解真好；或者至少不刻意去了解，讓我照自己的意思去做。我真希望我能解釋得好一點。你知道，我不想不勞而獲——我不能不勞而獲——噢，去他的，這太難開口了……」

門上傳來幾近於撞擊的敲門聲。

「那是菲利普，我想，」李奧．阿吉爾說，「你幫他開一下門好嗎，麥可。」

麥可走過去開門，菲利普轉動輪椅進來。他愉快地對他們兩人咧嘴一笑。

「你很忙嗎？」他問李奧，「如果很忙就說一聲。我會保持安靜不干擾你，只瀏覽一下書架上的書。」

「不，」李奧說，「我今天上午沒什麼事做。」

「關黛不在？」菲利普問道。

「她打電話來說她頭痛今天不能來。」李奧說，聲音平淡毫無情緒。

「我明白了。」菲利普說。

麥可說：「呃，我去把堤娜挖出來，讓她去散散步。那女孩討厭新鮮的空氣。」

他踏出門去，腳步輕快活躍。

「是我看錯了，」菲利普問道，「或是麥可最近改變了？他不再像以往一樣對全世界的人皺眉頭了，不是嗎？」

「他長大了，」李奧說，「這倒是花了他相當長的時間。」

「呃，他可挑上了一個奇怪的時間重新振作，」菲利普說，「昨天和警方之間的交流，不怎麼令人鼓舞，你認為呢？」

李奧平靜地說：「當然，案子重新展開調查是叫人感到痛苦。」

「像麥可這樣的人，」菲利普沿著書架推動輪椅，散漫地抽出一本書。「你會說他很有良心嗎？」

「這是個奇怪的問題，菲利普。」

「不，並不是。我剛剛正想到他。就像音癡一樣，有些人無法真正感到犯罪之後的苦痛或良心的苛責，或甚至為他們的行為感到懊悔。傑克就是。」

「是的，」李奧說，「傑克確實是。」

「而我對麥可也不無懷疑，」菲利普說。他停頓一下，然後以冷漠的聲音繼續說：「我問您一個問題您介意嗎？您對您這些養子女的背景，真正了解有多少？」

「你為什麼想知道，菲利普？」

「只是好奇，我想。您知道，我不免會想到遺傳的因素到底占了多少分量。」

李奧沒回答。菲利普兩眼發亮，極感興趣地觀察著他。

「或許，」他說，「我問這個問題讓您感到心煩。」

「哦，」李奧說著站起身來。「為什麼你要問這些問題？你是我們自家人。目前是我們的非常時期，這是無法偽裝的。不過我們這些孩子，如同你所說的，並不是依照一般正常方式收養來的。只有瑪麗，你太太，是正式而且合法收養來的，但是其他的就比較不正式了。傑克是個孤兒，由他一位老祖母交給我們。她在一次空襲中喪生，而他就留下來跟了我們，就這麼簡單。麥可是個私生子，他母親只對男人有興趣，她要一百英鎊，我們給了她。我們從不知道堤娜的母親怎麼了，她從沒寫過信給孩子，戰後也沒要求她回去過，而且要找到她已完全不可能。」

「那麼海絲塔呢？」

「海絲塔也是私生子。她母親是個年輕的愛爾蘭護士，海絲塔來我們這裡之後不久，她就嫁給了一個美國大兵。她請求我們留下孩子，並不打算告訴她丈夫她生過孩子。她在戰爭末期和她丈夫回去美國，我們從此再也沒聽到她的消息。」

「就某方面來說，全都是悲劇性的身世。」菲利普說，「全都是沒人要的可憐蟲。」

「是的，」李奧說，「所以瑞琪才對他們投注那麼多的關懷。她決心要讓他們感到有人愛，給他們一個真正的家，做他們真正的母親。」

「善事一樁啊。」菲利普說。

「只是……只是實際上並不如她所希望的那樣，」李奧說，「她自恃血統並不重要。但血統確實是有關係，你知道。自己親生的孩子通常有某種特性、某種氣質、某種感覺，你不用說出來就認得、就能了解。收養來的孩子和你沒有這種血統上的聯繫，你對他們沒有直覺上的了解。當然你得靠自己，靠你自己的想法和感受去判斷他們，但是要知道，你這些想法和感受可能和他們的大相逕庭，若了解這一點才是明智的。」

「我想，這一點您大概一直都了解吧。」菲利普說。

「我警告過瑞琪，」李奧說，「但是當然她不相信，不想要相信。她想要他們成為她親生的孩子。」

「在我心中，堤娜像是匹黑馬，」菲利普說，「或許因為她有一半血統不是白人。她父親是誰，您知道嗎？」

「我相信，他是個水手之類的，可能是個東印度的水手。至於她的母親，」李奧冷淡地補充說，「我就說不上來了。」

「不知道她有什麼反應，或者她想些什麼。她話這麼少。」菲利普停頓一下，然後突然問了個問題：「關於這件事，她是不是知道些什麼而沒說出來？」

他看見李奧．阿吉爾翻動文件的手停了下來。一陣沉默。然後李奧說：「為什麼你認為她知道了什麼而沒說出來？」

「哎呀，這相當明顯，不是嗎？」

「對我來說並不明顯。」李奧說。

「她是知道些什麼，」菲利普說，「但說出這些事會傷害到某個特定的人或什麼的，您認為呢？」

「我認為，菲利普，請你原諒我這麼說，花心思去思考這些事情是相當不明智的，很容易流於憑空揣測而已。」

「您是在警告我不要插手嗎？」

「這真的是你的事嗎，菲利普？」

「你的意思是，我又不是警察？」

「是的，那正是我的意思。警方必須盡他們的職責，他們得進行調查。」

「而您並不想？或許您知道是誰幹的。您知道嗎？」

「不！」李奧唐突有力的回答令菲利普嚇了一跳。「不！」李奧一手敲擊桌面說。他突然不再是菲利普了解的那個脆弱、單薄、退縮的人。「我不知道是誰幹的！你聽見沒有，我不知道！我一點都不知道，我不……我不想知道。」

17

「你在做什麼呀，海絲塔，親愛的？」菲利普問道。

他正轉動輪椅沿著走道前進。海絲塔半個身子探出窗外，她聞聲嚇了一跳，身子馬上縮進來。

「噢，是你。」她說。

「你是在觀察宇宙，或是考慮自殺？」菲利普問道。

她以挑釁的眼光看著他。

「你怎麼會這麼說？」

「顯然你心裡是有這個念頭，」菲利普說，「不過坦白說，海絲塔，如果你是在考慮這種事，選那扇窗子是沒用的。高度不夠。想想最後只是摔斷了一條手臂、一條腿，那是多麼難堪？這根本不是，比方說，你所渴望的解脫。」

「麥可以前經常從這扇窗戶沿著那棵木蘭樹爬下去。這是他進出的祕道，母親從來都不知道。」

「父母親從來不知道的事，可以寫上一本書咧！但是如果你是在考慮自殺，海絲塔，涼亭旁邊是個比較好的選擇。」

「就在河岸上面？是的，跳下去會在岩石上撞得粉身碎骨！」

「海絲塔，你的毛病就是想像力太戲劇化了。大部分的人讓自己一頭塞進瓦斯爐或吞下大量的安眠藥就十分滿意了。」

「我真高興你在這裡，」海絲塔出其不意地說，「你不介意把事情談開，不是嗎？」

「哦，實際上，我如今沒多少其他事情可做，」菲利普說，「到我房間來，我們再談一談。」當她猶豫的時候，他繼續勸道：「瑪麗在樓下，正親手為我調製一些亂七八糟的可口早餐。」

「瑪麗不會了解的。」海絲塔說。

「是的，」菲利普同意，「瑪麗一點都無法了解。」

菲利普推動輪椅前進，而海絲塔走在他一旁。她打開客廳的門，他轉動輪椅進去。海絲塔隨後跟進。

「但是你能了解，」海絲塔說，「為什麼？」

「呃，你知道，人總是會想到這種事……比方說，當我出事的時候，我就知道我可能一輩子成了跛子……」

「是的，」海絲塔說，「那一定很可怕，很可怕。而你當時又是個飛行員，不是嗎？你在天空中飛行。」

「高高在天空，就像空中的茶盤一樣。」菲利普同意說。

「我很抱歉，」海絲塔說，「真的抱歉。我應該多體貼、多同情一點！」

「謝天謝地你並沒有，」菲利普說，「無論如何，那個階段已經過去了。什麼都會習慣的，你知道。有些事你當時不了解，但最後總是會明白的。除非你一開始就做了非常急躁、愚蠢的事。現在，全都告訴我吧。你有什麼麻煩？我想你大概和你男朋友吵了一架，那個嚴肅的年輕醫生。是在為這個煩惱嗎？」

「不是吵架，」海絲塔說，「比吵架更糟糕。」

「會沒事的。」菲利普說。

「不，不會，」海絲塔說，「不可能了……永遠。」

「你太誇張了。對你來說，任何事情不是黑就是白，對吧，海絲塔？沒有半黑半白的可能性。」

「我就是無法不這麼想，」海絲塔說，「我一向如此。一切我能做或是想去做的事總會出差錯。我想要過我自己的生活，想要出人頭地，想要做點事情。但最後都沒有用，我一無是處。我經常想結束掉自己的生命，從我十四歲開始就想。」

菲利普感興趣地望著她。他以平靜、一本正經的聲音說：「確實是有很多人自殺了，在十四歲到十九歲之間。這段年齡的人心理非常不均衡。男學生自殺是因為他們不認為他們能通過考試，女學生自殺是因為母親不讓她們和不合適的男朋友去看電影。這種時期就像五光十色的電影一樣，不是歡樂就是絕望，不是憂鬱就是無比的快樂。但你總會脫離這個階段。你的毛病是，海絲塔，你比大部分的人需要更長的時間才能跳脫。」

「母親一向是對的，」海絲塔說，「一切她不想讓我做而我想要做的事，她都是對的，而我都錯了。我無法忍受，就是無法忍受！所以我認為我得勇敢，我得離開家自謀生路，我得考驗自己。然而一切全都不對勁，我根本毫無上舞台表演的本事。」

「當然你是沒有，」菲利普說，「你又沒受過任何訓練。你就像演藝圈裡所形容的：無法『入戲』。你太急於把自己戲劇化了，親愛的，你現在就是。」

「而且當時我以為我有了一份穩固的愛情，」海絲塔說，「不再只是愚蠢的少女懷春。他是一個年紀比較大的男人，結過婚，而且生活得非常不快樂。」

「老套，」菲利普說，「而無疑的，他利用了這一點，」

「我以為會是段……噢，轟轟烈烈的愛情。你不會嘲笑我吧？」她停下來，懷疑地看著菲利普。

「不，我不會嘲笑你，海絲塔，」菲利普溫柔地說，「我可以想像你一定非常痛苦。」

「不是什麼轟轟烈烈的愛情，」海絲塔憤恨地說，「只不過是一場愚蠢、廉價的小小戀情。他告訴我的什麼生活，他妻子的事，全都不是真的。我……我只不過是自己投懷送抱。我是個傻瓜，一個可笑、低賤的小傻瓜。」

「有時候，你得經由經驗來學習，」菲利普說，「那一切對你並沒有造成任何傷害，海絲塔，甚至或許幫助了你長大，如果你讓它幫助的話。」

「母親是那麼……那麼能幹，」海絲塔以憤慨的語氣說，「她去把一切解決掉，同時告訴我，如果我真想從事演藝工作，那最好是去戲劇學校，學得像樣一點。但是我並不真的想表演，而且那時候我已經知道自己不行了。所以我就回家來。我還能怎麼做？」

「能做的很多，」菲利普說，「不過那是最容易的。」

「噢，是的，」海絲塔激動地說，「你真是了解。我非常軟弱，你知道，我確實老是想做容易的事。而且如果我叛逆起來，也總是可笑得很，並不真能達到效果。」

「你對自己非常沒信心，對吧？」菲利普溫柔地說。

「也許那是因為我是收養來的。」海絲塔說，「我並沒有發現到，你知道，我直到將近十六歲才發現。我知道其他的人是，後來有一天我問了，而……我才發現我也是收養來的。那讓我感到非常可怕，彷彿我並不屬於任何地方。」

「你真是戲劇化得可怕。」菲利普說。

「她並不是我母親，」海絲塔說，「她從來就沒真正了解過我的感覺。只是縱情的好心照顧我，為我做安排。噢！我恨她。我是不應該，我知道我這樣是很可怕，但是我恨她！」

「實際上，你知道，」菲利普說，「大部分的女孩都經歷過痛恨母親的短暫階段。那並不是多奇怪的事。」

「我恨她是因為她是對的，」海絲塔說，「老是對的人實在很可怕，她會讓你感到自己愈來愈不成熟。噢，菲利普，一切都這麼不順利。我該怎麼辦？我能做什麼？」

「嫁給你那位好男友，」菲利普說，「安定下來，好好做個醫生太太。或者，這對你來說不夠壯麗？」

「他現在並不想娶我。」海絲塔悲傷地說。

「你確定？是他這樣告訴你的？還是你自己想像出來的？」

「他認為我殺了母親。」

「噢，」菲利普說，然後停頓了一分鐘。「你有嗎？」他問道。

她猛一轉身看著他。

「為什麼你這樣問我？為什麼？」

「了解一下也是挺有意思的，」菲利普說，「只是自家人了解一下，換句話說，不告訴警方。」

「如果我真的殺了她，你想我會告訴你嗎？」海絲塔說。

「不告訴我比較明智。」菲利普同意。

「他告訴我，他知道我殺了她，」海絲塔說，「他告訴我，只要我承認，只要我對他坦白，那就沒事了。我們會結婚，他會照顧我，他……他會保守祕密。」

菲利普吹了聲口哨。

「嘖，嘖，嘖。」他說。

「有什麼用？」海絲塔問道，「告訴他我並沒有殺她又有什麼用？他不會相信的，不是嗎？」

「如果你告訴他，」菲利普說，「他應該會相信。」

「我並沒有殺她，」海絲塔說，「你了解吧？我並沒有殺她。沒有，沒有，我沒有。」

「真相經常聽起來都沒有說服力。」菲利普鼓舞她說。

她中斷下來。「但聽起來沒有說服力。」她說。

「我們都不知道是誰，」海絲塔說，「沒人知道。我們全都面面相覷。瑪麗看著我，還有寇蒂。她對我那麼好，那麼保護我，但她也認為是我。我還有什麼機會？就這樣了，難道你不明白？我有什麼機會？我不如到岬角去，自己跳下去，那會好得太多太多了……」

「看在老天的份上，不要傻了，海絲塔，還有其他事可做。」

「什麼其他事？怎麼可能有？我已經失掉一切了。我怎麼能一天天的這樣過下去？」她看著菲利普。「你認為我是瘋子，身心不平衡。好吧，或許我真的殺了她，或許我受到良心的苛責，或許我忘不了……這個。」她一手戲劇化地指向她的心臟。

「不要像個小白癡一樣。」菲利普說。

他突然伸出一隻手，把她拉向他。

海絲塔身子橫跌在他的椅子上。他吻她。

「你需要的是個丈夫，親愛的，」他說，「不是那個嚴肅的小傻蛋唐納德．葛瑞，滿腦子心理治療的垃圾。你愚蠢、無知，但是……十分可愛，海絲塔。」

門打開。瑪麗．杜蘭特猛然靜靜的站在門口。海絲塔掙扎著站起來，菲利普不好意思地對他太太咧嘴一笑。

「我只是在幫海絲塔打氣，波麗。」他說。

「噢。」瑪麗說。

她小心翼翼地進來，把托盤放在小桌子上，然後把桌子推到他身旁。她沒有看海絲塔，海絲塔不知所措地看看菲利普又看看瑪麗。

「噢，」她說，「也許我還是去，去……」她沒把話說完。

她走出門去，隨手把門關上。

「海絲塔心情很壞，」菲利普說，「想要自殺，我在努力勸阻她。」

瑪麗沒有答話。

他一手伸向她。她轉身離開。

「波麗，我讓你生氣了？非常生氣？」

她沒有回答。

「大概是因為我吻了她吧，我想？好了，波麗，不要因為那小小可笑的一吻就怨恨我。她那麼可愛、那麼愚蠢，我突然感到……呃，感到偶爾調調情、快活一下還滿好玩。來吧，波麗，親我一下，親一下我們和好。」

瑪麗·杜蘭特說：「你再不喝，湯都要涼了。」

她穿越臥室的門進去，隨手把門關上。

/18

「樓下有一位小姐想要見你，先生。」

「一位小姐？」

卡格里十分驚訝。他想不出有誰可能來找他。他看看書桌上的工作，皺起眉頭。門房的聲音再度響起，是個謹慎壓低的聲音。

「一位真正的小姐，非常好的小姐。」

「噢，好吧。那麼請她上來。」

卡格里情不自禁地微微一笑。那謹慎壓低的保證觸及了他的幽默感。他不知道是誰會想要見他。當他的門鈴響起而他過去開門、發現眼前站著的是海絲塔·阿吉爾時，他全然感到驚愕。

「你！」十足訝異的驚嘆聲。「進來，進來。」他說。

他把她拉進房間，關上門。

夠奇怪了，他對她的印象幾乎和他第一次見到她時一模一樣。她穿著一身不符倫敦傳統的衣服。沒戴帽子，黑色的頭髮像精靈般散落在臉的四周；厚重的斜紋軟呢大衣下露出深綠色的裙子和毛衣。她看起來彷彿剛從荒野中氣都喘不過來地跑進來一樣。

「拜託，」海絲塔說，「拜託你一定得幫幫我。」

「幫你？」他嚇了一跳。「怎麼幫你？當然我會幫你……如果我能幫得上的話。」

「我不知道該怎麼辦，」海絲塔說，「我不知道要找誰。但是一定得有個人幫幫我，我無法繼續下去，而你就是這個人，一切都是你引起的。」

「你有了麻煩？嚴重的麻煩？」

「我們全都有了麻煩，」海絲塔說，「但人都是自私的，不是嗎？我的意思是說，我只想到自己。」

「坐下來，親愛的。」他溫柔地說。

他清掉扶手椅上的文件，讓她坐下來，然後走向角落的櫥櫃去。

「你必須喝杯酒，」他說，「一杯不加水的雪利酒，可以嗎？」

「隨便你，那不重要。」

「外面很冷、很潮溼，你需要喝點東西。」

他轉身過來，一手拿著玻璃杯和玻璃酒瓶。海絲塔沉坐在椅子裡，一種怪異、狂放的優雅打動了他的心。

「別擔心，」他把杯子放在她身旁，一邊倒酒一邊說，「事情往往不像表面上看來的那麼嚴重，你知道。」

「大家都這麼說，但這不是事實，」海絲塔說，「有時它根本比表面上看起來還糟。」她吸一口酒，然後指責地說：「在你來之前，我們全都好好的，相當好。然後……然後一切就都開始了。」

「我不想假裝說，」亞瑟．卡格里說，「我不懂你的意思。當你第一次那樣對我說時，我感到十分吃驚，但現在我比較了解我……我的消息給你們帶來了什麼。」

「只要我們認為是傑克……」海絲塔說著中斷下來。

「我知道，海絲塔，我知道。但是你得深一層想。你們是生活在一種安全的假象中，那並不是真的，只不過是假的，就像舞台上的人工布景。那是某種看似安全但並不真的是也永遠不可能是安全的東西。」

「你是說，」海絲塔說，「必須要有勇氣；抓住表面的假象是沒有用的，是嗎？」她停頓了一分鐘後說：「你有勇氣！這我了解。你親自來告訴我們，不了解我們會有什麼感受，有什麼反應。你的確很勇敢。我佩服有勇氣的人，因為，你知道，我自己並不是很勇敢。」

「告訴我，」卡格里溫柔地說，「你現在到底有什麼麻煩。是很重要的事，對吧？」

「我做了一個夢，」海絲塔說，「有某個人，一個年輕人，一個醫生……」

「我明白，」卡格里說，「你們是朋友，也許，不只是朋友？」

「我想，」海絲塔說，「我們不只是朋友……他也這麼認為。但是你知道，如今發生了這一切……」

「怎麼樣？」卡格里說。

「他認為是我做的，」海絲塔說，她的話語急促。「或者他不認為是我，但他不確定，他無法確定。他認為──我看得出來──我是最有可能的人。或許我是，或許我們彼此都認為對方最有可能。而我認為必須有人幫助我們解決這一團糟的事情，我想到了你，因為那個夢。你知道，我在夢中迷了路，而我找不到唐。他離開了我，而那裡有一條好大好大的深溝，一道無底的深淵。是的，無底的深淵。讓人覺得好深好深，深得……令人不敢跳過去。而你就在另一邊，你伸出你的雙手說：『我想要幫助你。』」她深吸一口氣。「所以我就來找你了。我跑來這裡找你，因為你得幫助我們。如果你不幫助我們，我不知道會出什麼事。你必須幫助我們，這一切是你帶來的。或許你會說，這與你無關，說一旦告訴過我們……告訴過我們事情的真相，就沒有你的事了。你會說……」

「不，」卡格里打斷她的話。「我不會說那種話。這是我的事，海絲塔，我同意你所說的。當你開始了一件事情，你就得繼續下去。我的感受和你一樣。」

「噢！」海絲塔臉紅起來。突然之間，就像她以往一般，顯得美麗起來。「這麼說，我並不孤單囉！」她說，「是有個人在。」

「是的，親愛的，是有個人……不管他會有什麼幫助。到目前為止，我不太有幫助，但是我在盡力，我一直在努力幫忙，從沒停止過。」他坐下來，把椅子拉近她。「現在，把一切告訴我，」他說，「事態非常嚴重嗎？」

「是我們當中一個，你知道，」海絲塔說，「這我們全都知道。馬歇爾先生過來，我們裝作一定是某個外來的人，但他知道並不是，是我們當中一個。」

「那你的那位男友……他叫什麼名字？」

「唐，唐納德·葛瑞，他是個醫生。」

「唐認為是你？」

「他擔心是我，」海絲塔說。她戲劇化地扭絞著雙手，看著他。「或許你也認為是我？」

「噢，不，」卡格里說，「噢，不，我十分清楚你是無辜的。」

「你說得好像你十分確定。」

「我是十分確定。」卡格里說。

「但是為什麼？你怎麼能這麼確定？」

「憑我在告知你們原委後準備離開的時候，你對我說過的那番話。你還記得嗎？你對我說無辜者云云的那些話。除非你是無辜的，否則你是不可能說出那番話，你不可能有那種感受……」

「噢，」海絲塔叫道，「噢……這真是一大解脫！知道有人那樣覺得，真好！」

「那麼現在，」卡格里說，「我們可以冷靜地討論一下了吧？」

「可以，」海絲塔說，「現在我的感覺……完全不同了。」

「純粹是個人的興趣，」卡格里說，「請你牢牢記住我對這件事的感受。為什麼有人會認為你殺死你的養母？」

「我有可能殺她，」海絲塔說，「我經常覺得想殺她。有時候我確實會氣得發瘋。覺得自己好沒用，好……好無助。母親總是那麼冷靜、那麼高超，無所不知，一切都是她對。有時候我會想：『噢！我想殺掉她。』」她看著他。「你了解嗎？你年輕的時候沒有過那種感受嗎？」

最後一句話令卡格里感到一陣突來的痛苦，就像麥可在柴茅斯的飯店裡對他說「你看起來老一點」時，他所感受到的頹喪。「當你年輕的時候？」他「年輕的時候」在海絲塔看來真是那麼久以前的事嗎？他的思緒轉回過去。他記得自己九歲時在預備學校的花園裡，和另外一個小男孩商量，想知道除掉他們級任老師華伯先生的最好方法。他記得每當華伯先生對他加以冷嘲熱諷時，他那種無助的怒火是如何讓他形容憔悴。他想，那就是海絲塔的感受。但不管他和小……他叫什麼名字？波奇，對了，波奇是那個小男孩的名字……儘管他和小波奇商量計畫好了，他們卻從未採取過任何實際的行動。

「你知道，」他對海絲塔說，「你應該好幾年前就克服掉那種感受了。當然，那種感受我能了解。」

「只有母親對我有那種作用，」海絲塔說，「現在我已經開始明白，你知道，那根本是我自己的錯。要是她能夠活久一點，就該活久一點到我長大、到我性格比較穩定一點，那麼……那麼我們就會成為奇怪的好朋友。我會對她的幫助和忠告感到高興。但是，當時我就是無法忍受；因為你知道，她讓我覺得自己很沒用、很愚笨，我所做的一切都不對，而我也看得出來自己很可笑。我做那些事純粹是因為我想反抗，想要證明我是我。而其實我什麼都不是。我是流體。是的，就是這個字眼，」海絲塔說，「流體，從沒長時間成形過。只是一再想成形，成形，成為我仰慕的人。我想，你知道，如果我離家出走、上舞台去表演，而且和某個人談戀愛，那麼……」

「那麼你就會覺得你是你自己，或者覺得你是個有成就的人？」

「是的，」海絲塔說，「是的，就是那樣。當然，我現在已經明白，我當時的行徑就像一個愚蠢的小孩子。但是你不知道，我現在有多麼希望母親還活著。因為這太不公平了……我是指，對她太不公平。她為我們做了這麼多，給了我們這麼多，我們卻什麼都沒報答她。而現在已經太遲了。」她停頓一下。「這就是為什麼，」她突然再度生動地說：「我決定不再愚蠢、不再耍孩子脾氣了。而你會幫助我，對吧？」

「我已經說過，我會盡一切能力幫助你。」

她投給他相當可愛的一笑。

「告訴我，」他說，「到底發生了什麼事。」

「只是些我認為會發生的事，」海絲塔說，「我們全都相互對視，心裡猜疑而不知所以。父親看著關黛，心想或許是她；她看著父親，不確定是不是他。我現在不認為他們會結婚，這破壞了一切。而堤娜認為麥可與這件事有關。我不知道為什麼，因為他那天晚上並不在那裡啊。而寇蒂認為是我，很想要保護我。而瑪麗——我的大姊，你沒見過——瑪麗認為是寇蒂做的。」

「那麼你認為是誰，海絲塔？」

「我？」海絲塔有點吃驚。

「是的，你，」卡格里說，「我認為知道你覺得是誰，相當重要。」

海絲塔攤開雙手。

「我不知道，」她悲嘆道，「我就是不知道。我……說來可笑，但是我怕每一個人。好像在每一張臉後面都還有另外一張臉，一張我不認識的邪惡面孔。我不再確定父親是父親，因為寇蒂說我不該相信任何人……甚至也不能相信她。看著瑪麗，我覺得我一點都不了解她。我一向喜歡關黛，我一直很高興父親要娶她，但是現在我對關黛不再有把握了，我把她看成一個不同的人，無情而且……而且充滿報復心。我不知道誰是什麼樣的人。這是一種可怕而不快樂的感覺。」

「是的，」卡格里說，「這我可以清楚的想見。」

「這麼多不快樂，」海絲塔說，「讓我不禁感到凶手本身也很不快樂。而且那可能是最糟糕的……你認為可能嗎？」

「大概吧，我想，」卡格里說，「不過我懷疑。當然，我不是專家，但我懷疑凶手是否真的不快樂？」

「為什麼不會不快樂？我認為那是最可怕的事，知道你殺了人。」

「是的，」卡格里說，「是可怕的事，因此我認為凶手一定是以下兩種人之一。其一，對他來說，殺人並不是什麼可怕的事。他會對自己說；『哦，那樣做是很遺憾的事，但是對我自己的利益來說是必要的。畢竟，這不是我的錯。我只是……呃，只是不得不然。』再來就是……」

「什麼？」海絲塔說，「另外一種凶手是什麼樣子？」

「我只是在猜想，你記住，我並不真的知道。不過我認為，如果你是那所謂的另外一種凶手，那麼你就不會為你所做的事感到痛苦。你得坦承一切，不然就得為你自己改寫故事，把責任怪罪到別人頭上去，說『我永遠不會做出這種事來，除非怎樣怎樣』、『我其實並不是一個凶手，因為我並無意殺人。事情就這樣發生了，其實是命運，並不是我』。你能了解我試著想說明的事嗎？」

「能，」海絲塔說，「我認為這很有意思。」她半闔上眼睛。「我試著在想……」

「是的，海絲塔，」卡格里說，「想，盡你所能去想，因為如果我要幫助你，我就必須透過你的心思來看事情。」

「麥可恨母親，」海絲塔緩緩說道，「他一向恨她，我不知道為什麼。堤娜，我想，她愛母親。關黛不喜歡母親。寇蒂一向對母親忠心，儘管她並不認為母親做的一切都是對的。父親……」

她停頓了長長的一陣子。

「怎麼樣？」卡格里催促她。

「父親又再度變得很疏遠了，」海絲塔說，「母親死後，你知道，他完全變了。沒有這麼……我該怎麼說？遙遠吧。他變得比較親切，比較有生氣。但現在他又回到某個……某個你無法接近他的陰暗所在。我不知道他對母親有什麼感覺，真的。我想他娶她的時候大概是愛她吧。他們從沒吵過架，但是我不知道他對她有什麼感覺。噢……」她的雙手再度攤開。「人真的無法知道別人有什麼感覺，不是嗎？我的意思是說，在他們那張臉孔背後，在他們每天所說的那些甜言蜜語背後？他們可能飽受愛、恨或絕望的侵害，卻沒有人知道！這真可怕……噢，卡格里博士，這真可怕！」

他握住她的雙手。

「你不再是個小孩子了，」他說，「只有小孩子才會害怕。你是個成人，海絲塔，你是個女人。」他放開她的手，一本正經地說：「你在倫敦有沒有任何地方可住？」

海絲塔顯得有點迷惑。

「我想大概有吧，我不知道。母親通常都住在考帝斯。」

「好，那是一家很好、很安靜的飯店。如果我是你，我會到那裡去訂個房間。」

「我會做任何你要我做的事。」海絲塔說。

「好女孩，」卡格里說，「現在幾點？」他抬頭看鐘。「啊，已經快七點了。你去幫自己訂個房間，我七點四十五分左右過去接你出來吃飯，你認為怎麼樣？」

「太好了，」海絲塔說，「你是說真的？」

「是的，」卡格里說，「我是說真的。」

「可是再下去呢？再下去會有什麼事？我總不能一直住在考帝斯飯店吧？」

「你的視界好像總是畫在無限大的地方。」卡格里說。

「你在嘲笑我？」她懷疑地問他。

「有一點點。」他說，同時微笑。

她的表情變化莫測，接著她也微笑起來。

「我想，」她自言自語地說，「我大概又太戲劇化了。」

「我看，這是你的一種習慣。」卡格里說。

「所以我才會以為我在舞台上的表現應該不錯，」海絲塔說，「但事實不然，我根本不行。噢，我是個差勁的女演員。」

「我認為你想要的任何戲慼，都可以從日常生活中得到。」卡格里說，「現在我要送你上計程車了，親愛的，然後你到考帝斯飯店去。洗把臉，梳梳頭髮。」他繼續說：「你有沒有帶行李？」

「噢，有，我帶了過夜的東西。」

「好。」他對她微笑。「不要擔心，海絲塔，」他再度說，「我們會想出辦法來。」

／19

「我想和你談談，寇蒂。」菲利普說。

「好的，當然，菲利普。」

寇蒂・林斯楚暫時停下她的工作。她剛抱來一些清洗過的衣物，正放進抽屜裡。

「我想和你談談這件案子，」菲利普說，「你不介意吧？」

「已經談得太多了，」寇蒂說，「這是我的看法。」

「但是這樣也好，不是嗎？」菲利普說，「我們自己之間達成某種結論。你知道目前的情況，不是嗎？」

「到處都不對勁。」寇蒂說。

「你認為李奧和關黛現在會結婚嗎？」

「為什麼不會？」

「有幾個理由，」菲利普說，「首先，因為李奧·阿吉爾是個聰明的人，了解他和關黛一旦結婚，便會給警方一直想要的東西，一個謀殺妻子的上好動機。或者，李奧懷疑關黛是凶手。而身為一個感情豐富的人，他不是真的喜歡娶個殺了他第一任太太的女人當第二任老婆。你對這有什麼看法？」他補充說。

「沒什麼，」寇蒂說，「我應該有什麼看法？」

「不想說出來，是吧，寇蒂？」

「我不懂你的意思。」

「你是在替誰掩護，寇蒂？」

「我並沒有像你說的在替任何人『掩護』。我認為應該少談這件事，而且我認為他們不該留在家裡，這對他們不好。我認為你，菲利普，應該和你太太回你們自己家裡去。」

「噢，你這樣認為，是嗎？為什麼？」

「你到處問問題，」寇蒂說，「你試著想查明案情。而你太太不想要你這樣做。她比你明智。你可能會查出你不想查出的事，或是她不想要你查出的事。你應該回家，菲利普，應該快點回家去。」

「我不想回家。」菲利普說。他說來像個執拗的小男孩。

「那是小孩子說的話，」寇蒂說，「他們總說我不想做這個不想做那個，但是那些比較懂事的人、比較看得清事實的人，得哄他們去做他們不想做的事。」

「原來這就是你哄我的方法，是嗎？」菲利普說，「對我下命令。」

「不，我不是在對你下命令。我只是在勸你。」她嘆了一口氣。「我會用同樣的態度對待所有的人。麥可應該回去工作，就像堤娜已經回她的圖書館去一樣。我很高興海絲塔已經走了。她應該到某個不會讓她一直想及這件事的地方去。」

「是的，」菲利普說，「這點我倒是同意你。關於海絲塔，你說得對。但是你自己呢，寇蒂，你不也應該離開嗎？」

「是的，」寇蒂嘆了一口氣說，「我應該離開。」

「為什麼你不？」

「你不會了解的。現在離開對我來說太遲了。」

菲利普若有所思地看著她，然後說：「有這麼多的變化……單一主題的各種變化。李奧認為是關黛幹的，關黛認為是李奧幹的。堤娜知道些什麼事，令她懷疑是誰幹的。麥可知道是誰幹的，但毫不在乎。瑪麗認為是海絲塔幹的。」他暫停一下後繼續說：「但事實上，寇蒂，就像我所說的，這些只是一個主題的各種變化。我們十分清楚是誰幹的，不是嗎，寇蒂，你和我？」

她突然投給他一個快速、恐懼的眼光。

「這事我想了很久。」菲利普得意揚揚地說。

「你是什麼意思？」寇蒂說，「你想說什麼？」

「我並不真的知道是誰幹的，」菲利普說，「但是你知道。你不只是『認為』你知道是誰幹的，你是真的知道。我說的對吧？」

寇蒂大步向門走去。她打開門，然後轉過身來說話。

「說來不客氣，但我還是要說。你是個傻瓜，菲利普，你目前在做的事很危險。你了解什麼叫危險。你曾經是飛行員，你在空中面對過死亡。難道你不了解，如果你太接近真相，那等於跟在戰火中一樣危險。」

「那麼你呢，寇蒂？如果你知道真相，你不也是危險嗎？」

「我能照顧自己，」寇蒂繃著臉說，「我會小心提防，但是你，菲利普，你只能無助的坐在輪椅裡。仔細想想！再者，」她接著又說：「我不說出我的看法。我讓它順其自然……因為我真的認為這對每個人來說是最好的。如果每個人都離開去做他們自己的事，就不會再有麻煩了。如果我被問到，我有我應付官方的看法。我仍然會說是傑克。」

「傑克？」菲利普睜大眼睛。

「為什麼不是？傑克很聰明，傑克擅長策畫活動，一定不會讓自己承擔後果。他小時候經常這樣。畢竟，他可以捏造不在場證明。不是天天都有人在這樣做嗎？」

「他不可能捏造出這個不在場證明。卡格里博士……」

「卡格里博士，卡格里博士，」寇蒂不耐煩地說，「因為他出名，因為他有名氣，你說『卡格里博士』的樣子，就好像他是上帝一樣！但是我來告訴你，當你像他一樣得了腦震盪時，你的記憶就可能完全走了樣。那可能不是同一天，而是不同的時間、不同的地點！」

菲利普看著她，他的頭微微斜向一邊。

「原來這就是你的看法，」他說，「而且你會堅持到底。非常可佩的意志。但是你自己並不相信吧，寇蒂？」

「我警告過你了，」寇蒂說，「我已經盡力了。」

她轉身離去，隨即又探頭進來，以她往常一本正經的口吻說：「告訴瑪麗，我已經把洗好的衣服放在那邊第二個抽屜裡了。」

菲利普對這句虎頭蛇尾的話報以微笑，接著笑容消失了……

他內心的興奮感迅速滋長。他有個感覺，覺得他真的非常接近了。他對寇蒂所做的實驗非常滿意，但他懷疑他能再從她身上套出什麼來。她替他憂慮，這令他感到氣憤。即便他是個跛子，也不表示他就像她想的那麼脆弱。他，也能小心提防……而且看在老天的份上，他不是不斷受到照護嗎？瑪麗幾乎從不離開他身邊。

他拿過一張紙開始書寫。只是簡短的筆記，人名，問號，還有能加以試探的弱點……

突然他點點頭，寫下「堤娜」。

他思考著。

然後又拿過一張紙來。

瑪麗進來時，他幾乎沒抬起頭來。

「你在幹什麼，菲利普？」

「寫信。」

「給海絲塔？」

「海絲塔？不，我甚至不知道她在什麼地方。寇蒂剛收到她的一張風景明信片，上面寫著倫敦兩個字，如此而已。」他對她露齒一笑。「波麗，我想你在吃醋，對吧？」

她淺藍而冰冷的眼睛直視著他。

「也許。」

他感到有點不舒服。

「你在寫信給誰？」她走近一步。

「檢察官。」

菲利普愉快地說，儘管內心感到很氣憤。難道寫封信也要受到質問嗎？

然後他看見她的臉色，動了憐憫之心。

「只是開玩笑，波麗。我在寫給堤娜。」

「給堤娜？為什麼？」

「堤娜是我的下一條攻擊路線。你要去哪裡，波麗？」

「上洗手間。」瑪麗說著走出去。

菲利普笑了起來。

上洗手間，就像謀殺案發生的那天晚上一樣……他想起了他們之間的談話，再度笑了起來。

§

「來吧，小朋友，」胡遜主任鼓舞地說，「說來聽聽。」

希瑞爾．葛林小少爺深吸一口氣。在他開口之前，他母親插了嘴。

「胡遜先生，你可能會說，我當時太輕忽了。但你知道這些小孩子是什麼樣子。老是談到還有想到什麼太空船之類的東西。他回家跟我說：『媽，我看見了蘇聯的人造衛星降落下來了。』哦，我的意思是說，在那之前是飛碟。總是有什麼東西。是那些蘇聯人把這些東西塞進他們的小腦袋裡。」

胡遜主任嘆了一口氣，心想，如果做母親的不堅持陪她們的兒子前來而且替他們發言，那事情就好辦多了。

「說吧，希瑞爾，」他說，「你回家告訴你媽……沒錯吧？說你在什麼時候看見了一個蘇聯的人造衛星。」

「那時不太懂，」希瑞爾說，「當時我只是個小孩。那是兩年前的事。當然，現在我比較懂了。」

「那些泡泡車，」他母親插進來說，「當時是相當新型的車種。這裡沒見過，所以當他看見時——而且是鮮紅色的——他並不了解那只是一輛普通汽車。當我們第二天早上聽說阿吉爾夫人被人殺死時，希瑞爾對我說：『媽，』他說，『是蘇聯人，』他說，『他們坐人造衛星下來，而且一定是他們進去把她殺死了。』於是我說：『不要胡說。』然後那天稍晚，我們聽說她的兒子已經被認為是凶手而遭到逮捕了。」

胡遜主任耐心地再度對希瑞爾說話。

「據我了解，是在傍晚吧？什麼時間，你記得嗎？」

「我才喝過下午茶，」希瑞爾盡力回想，呼吸沉重。「而媽媽去婦女會，所以我就和一些男孩子再出去，我們在新路那裡玩遊戲。」

「我倒想知道，你們到那裡幹些什麼。」他母親說。

帶進來這項樂觀證據的古德警員急忙插嘴。他對希瑞爾和其他男孩在新路那邊幹什麼事相當清楚。那附近幾戶人家氣憤地報警說他們種的菊花不見了，而他很清楚村子裡的幾個壞蛋暗中慫恿年輕小孩供應他們鮮花拿到市場上去賣。但古德警員知道，這不是翻舊帳的時機。他沉重地說：「男孩子就是男孩子，葛林太太，他們到處去玩。」

「是的，」希瑞爾說，「我們只不過是玩一兩個遊戲。而我就在那裡看見它。

『哇，』我說，『這是什麼？』當然我現在知道了，我不再是個愚蠢的小孩子。那只不過是一輛泡泡車，鮮紅色的。」

「時間呢？」胡遜主任耐心地說。

「哦，如同我所說的，我喝過下午茶，然後我們到那裡玩遊戲……應該是將近七點，因為我聽見鐘聲，而我心想：『哇，媽要回家了，如果我不在，她不大驚小怪才怪。』所以我就回家了。我告訴她說，我看見了蘇聯的人造衛星降落下來。她說我在說謊。但並不是。當然，我現在知道了。我當時只是個小孩，你知道。」

胡遜主任說他知道。再問了幾個問題之後，他支開了葛林太太和她兒子。古德警員留下來，擺出一副表現突出的下級幹部冀望褒獎的滿足表情。

「我剛才想到，」古德警員說，「那男孩說什麼蘇聯人幹掉阿吉爾夫人的話。我告訴自己：『哦，那可能有點意思。』」

「確實是有點意思，」主任說，「堤娜・阿吉爾小姐有輛紅色的泡泡車，看來我得再去問她幾個問題。」

§

「你那天晚上在那裡吧，阿吉爾小姐？」

堤娜看著主任。她的雙手鬆弛地擱在大腿上，黑色眼睛一眨也不眨的什麼都沒說。

「那麼久以前了，」她說，「我真的不記得了。」

「有人看見你的車子在那裡。」胡遜說。

「是嗎？」

「好啦，阿吉爾小姐，當我們要你說明那天晚上的行蹤時，你告訴我們，你回公寓後，那天晚上並沒有再出門，你自己做晚餐，聽唱片。那不是實話。就在快七點時，有人看見你的車子在十分接近陽岬的那條路上。你到那裡去幹什麼？」

她沒有回答。

胡遜等了幾分鐘，才再度開口。

「你有沒有進屋子裡去，阿吉爾小姐？」

「沒有。」堤娜說。

「但是你人在那裡？」

「是你說我在那裡。」

「不只是我這樣說而已。我們有證據證明你在那裡。」

堤娜嘆了一口氣。

「是的，」她說，「我那天晚上的確開車過去那裡。」

「你說你並沒有進屋子裡去？」

「是的，我並沒有進去。」

「那你做了什麼？」

「我又開車回瑞德敏。然後，如同我告訴過你的，我自己做晚餐、聽唱片。」

「如果你沒進屋子去，為什麼你要開車去那裡？」

「我改變主意了。」堤娜說。

「什麼事讓你改變主意，阿吉爾小姐？」

「當我到達那裡時我並不想進去。」

「因為你看見或聽見了什麼？」

她沒有回答。

「聽著，阿吉爾小姐。你母親就是那天晚上遇害的。她在那天晚上七點到七點半之間被人殺死。你在那裡，你的車子在那裡，七點之前某個時候。車子停在那裡多久我們不知道，有可能你知道，有可能好一段時間了。可能你進屋子裡去了，你有鑰匙……」

「是的，」堤娜說，「我有鑰匙。」

「也許你進屋子後，又進入你母親的客廳，發現她在那裡，死了。也許……」

堤娜抬起頭。

「也許我殺了她？你是不是想這樣說，胡遜主任？」

「這是個可能，」胡遜說，「但是阿吉爾小姐，我想更可能的是，其他某個人殺了她。如果是這樣，我想你知道——或者非常懷疑——凶手是誰。」

「我並沒有進到屋子裡去。」堤娜說。

「那麼你可能看見了什麼或聽見了什麼。你看見某人進了屋子或某人離開屋子。或許是某個別人不知道他在那裡的人。是不是你哥哥麥可，阿吉爾小姐？」

堤娜說：「我沒見到任何人。」

「但是你聽見了什麼，」胡遜精明地說，「你聽見了什麼，阿吉爾小姐？」

「我告訴你了，」堤娜說，「我純粹只是改變了主意。」

「原諒我，阿吉爾小姐，我不相信。為什麼你專程從瑞德敏開車去見你的家人，卻又沒見到他們就回去？是有什麼讓你改變了主意。你看見或聽見了什麼。」他傾身向前。「阿吉爾小姐，我想你知道是誰殺死了你母親。」

她非常緩慢地搖搖頭。

「你是知道些什麼，」胡遜說，「一些你決心不說出來的事。但想一下，阿吉爾小姐，非常仔細地想一下。你了解你會讓你的家人承受到什麼嗎？你會讓他們全都遭到懷疑……因為事實正是如此，除非我們找到真相。不管誰殺了你母親，他不配受到庇護。事實就是這樣，不是嗎？你在庇護某個人。」

那對黑色朦朧的眼睛再度與他對視。

「我什麼都不知道，」堤娜說，「我什麼都沒聽見，而且我什麼都沒看見。我只是……改變了主意。」

20

卡格里和胡遜四目相對。卡格里這輩子從未看過這麼沮喪、陰鬱的男人。他顯得那麼絕望，令卡格里覺得胡遜主任的事業大概是一長串失敗的紀錄。後來他才驚訝地發現，胡遜主任在事業方面極為成功。胡遜看見的則是一個瘦削、早生華髮的男人，雙肩有點下駝，有張敏感的臉以及相當迷人的微笑。

「你恐怕不知道我是誰。」卡格里開口說。

「噢，我們知道你的一切，卡格里博士，」胡遜說，「你是使得阿吉爾案前功盡棄的傢伙。」

一個出其不意的微笑浮現在他愁苦的嘴角。

「那看來你不可能對我有好感了。」卡格里說。

「這種情形也見怪不怪了，」胡遜主任說，「當時看來是個明朗的案子，沒有人能責怪。只是，發生這些事，」他繼續說：「是上帝要來考驗我們……我的老母親經常這樣說。我們並不懷恨，卡格里博士，畢竟我們代表了公理正義，不是嗎？」

「這我相信，而且會繼續相信下去，」卡格里說，「對任何人，我們都不會拒絕給予公理正義。」他溫和地喃喃說道。

「出自大憲章。」胡遜主任說。

「是的，」卡格里說，「堤娜．阿吉爾小姐引述給我聽的。」

胡遜主任雙眉上揚。

「真的？你讓我吃了一驚。我認為，那個小姐並不怎麼熱中推動正義的巨輪。」

「為什麼你這樣說？」卡格里問道。

「說開了，」胡遜說，「就是保留線索。那是毫無疑問的。」

「為什麼？」卡格里問道。

「哦，這算是家務事，」胡遜說，「家人總是團結在一起。不過你想見我是為了什麼事？」他繼續。

「我需要資料。」卡格里說。

「關於阿吉爾案？」

「是的。我知道，在你看來，我是在多管閒事……」

「哦，就某方面來說，那是你的事，不是嗎？」

「啊，你確實理解。是的，我覺得有責任。我該為帶來了麻煩負責。」

「如同法國人所說，不把蛋打破是沒辦法做蛋捲的。」胡遜說。

「有些事情我想要知道。」卡格里說。

「比如……」

「我想蒐集多一點傑克．阿吉爾的資料。」

「傑克．阿吉爾的資料。呃，我沒料到你會這樣要求。」

「他的紀錄不好，我知道，」卡格里說，「我要的是紀錄上的一些細節。」

「哦，那很簡單，」胡遜說，「他兩度受到緩刑。還有一次是侵占公款，要不是及時還了錢，他就完了。」

「算是有潛力的年輕罪犯？」卡格里問道。

「完全正確，先生，」胡遜說，「但不是個殺人凶手，如同你已揭開的，可是幹過其他許多勾當。都沒什麼大不了，別忘了，他沒那個腦袋或膽量幹出大案子。只是小罪案，偷偷櫃檯的錢，騙騙女人家的錢。」

「而他對那方面很在行，」卡格里說，「我是指，騙女人家的錢。」

「而且這條路很安全，」胡遜主任說，「女人都一下就上了他的當。他通常下手的對象都是中老年的女人。說到那種女人有多容易欺騙，你會嚇一跳。他會編一套美麗的謊言，讓她們以為他深愛她們。如果女人存心相信，沒有什麼是她們不相信的。」

「後來呢？」卡格里問道。

胡遜聳聳肩。

「呃，她們遲早會幻想破滅。但她們不會按鈴控訴，你知道，她們不想告訴世人她們被騙了。不錯，這條路相當安全。」

「有沒有勒索的紀錄？」卡格里問道。

「我們知道的是沒有，」胡遜說，「但我不認為他沒試過。他不會大大方方的勒索，我想，也許，只是暗示一下。寫信，寫些愚蠢的信，說些她們的丈夫不會喜歡的一些事。那樣就能讓女人不敢開口。」

「我明白了。」卡格里說。

「你就想知道這些？」胡遜問道。

「阿吉爾家還有一個人我沒見過，」卡格里說，「大女兒。」

「啊，杜蘭特太太。」

「我去過她家，但是門關著。他們告訴我，她和丈夫都出去了。」

「他們在陽岬。」

「還在那裡？」

「是的。他想待下去，據我了解，杜蘭特先生……」胡遜補充說，「在從事一些偵探活動。」

「他是個跛子，不是嗎？」

「是的，小兒痲痺，很悲哀。他沒什麼事可以打發時間，可憐的傢伙，所以才這麼熱切地調查這件命案。而且他認為他有了眉目。」

「他有嗎？」卡格里問道。

胡遜聳聳肩。

「可能吧，」他說，「他的機會比我們好，你知道。他了解那一家人，而且他很聰明機警，直覺力很強。」

「你想他會查出任何結果嗎？」

「可能，」胡遜說，「但如果他查出來也不會告訴我們。他們自己一家人知道就好。」

「你自己知道誰有罪嗎，主任？」

「你不該這樣問我，卡格里博士。」

「這意思是，你知道？」

「總會認為自己知道一點，」胡遜緩緩說道，「但是如果找不到證據，也是沒辦法做什麼，對吧？」

「而你不可能找到你想要的證據？」

「噢，我們非常有耐心，」胡遜說，「我們會繼續努力。」

「如果你最後沒成功，他們會怎麼樣？」卡格里傾身向前說，「這你有沒有想過？」

「這正是令你感到擔憂的，是嗎，先生？」

「他們非得知道不可，」卡格里說，「不管怎麼樣，他們非知道不可。」

「你不認為他們確實知道？」

卡格里搖頭。

「不，」他緩緩說道，「這正是悲劇所在。」

§

「噢，」莫琳．克烈格說，「又是你！」

「非常抱歉又來打擾你。」卡格里說。

「噢，你一點都沒打擾到我。進來，今天我休假。」

這卡格里已經查出來了，而這也正是他來這裡的原因。

「我想喬伊馬上就會回來，」莫琳說，「我在報紙上沒再看到有關傑克的新聞。我的意思是，自從說什麼他受到了特赦、在議會上討論了一下、然後說顯然並不是他幹的之後，但是沒再報導警方在做什麼，還有其實是誰幹的。他們查不出來嗎？」

「你自己仍然沒有頭緒？」

「呃，我真的沒有，」莫琳說，「當然，如果說是他另外一個兄弟，我不會感到驚訝。

他非常奇怪，而且脾氣很壞。喬伊有時候會看見他開著車子載人到處跑。你知道，他替班斯集團工作。他長得相當好看，但是我想脾氣很壞。喬伊聽到一個傳言，說他要到波斯灣或什麼地方去，那看來很不妥，你不認為嗎？」

「我看不出那有什麼不妥，克烈格太太。」

「哦，那是個警方找不到你的地方，不是嗎？」

「你認為他是要逃走？」

「他可能覺得非逃不可。」

「我想人們是會這樣說吧。」亞瑟．卡格里說。

「謠言滿天飛呢，」莫琳說，「他們說那個丈夫和祕書之間也有問題。如果是丈夫，我認為他比較可能用下毒的手段。他們通常都這樣做，不是嗎？」

「呃，你看過的電影比我多，克烈格太太。」

「我並沒有認真盯著銀幕，」莫琳說，「如果你在戲院工作，會對電影厭煩死了。啊，喬伊回來了。」

喬伊．克烈格見到卡格里也感到驚訝，而且可能不太高興。他們談了一陣子，然後卡格里說到此行的目的。

「不知道……」他說，「你們介不介意給我一個人名和住址？」

他小心地寫在筆記本上。

§

她大約五十歲，他想，一個從來就不可能漂亮過的笨重女人。雖然，她有一對很好的眼睛，褐色、仁慈的眼睛。

「哦，真的，卡格里博士，」她感到懷疑、不安。「哦，真的，我確信我不知……」

他傾身向前，盡他最大的能力驅除她的勉強，安撫她，讓她感到他深深的同情。

「那麼久以前的事了，」她說，「我……我真的不想再想起……那些事。」

「這我真的了解，」卡格里說，「而且也不是要公開出去。這一點我可以向你保證。」

「你說你想要寫一本關於這方面的書？」

「只是一本說明某種性格類型的書，」卡格里說，「很有趣的，你知道，從醫學或心理學的觀點來看。不會寫出人名，只是甲先生、乙太太這一類。」

「你去過南極，不是嗎？」她突然說。

他對她突然改變話題感到驚訝。

「是的，」他說，「是的，我和海伊斯·班特利探險隊一起去。」

她的臉上浮現出血色，看起來年輕了一些，剎那間，他看出她年輕時可能是什麼模樣的女孩。

「我經常讀到……我一向對與極地有關的事情都很著迷，你知道。那個挪威人，不是嗎，歐愛森，他最先去那裡的。我想探查南北極地，比到埃弗勒斯峰、發射人造衛星或到月球上去更叫人感到興奮。」

他抓住這個機會，開始和她談探險隊的事。奇怪，她的浪漫情趣竟然會落在極地探險這種事上。她終於嘆口氣說：「聽一個實地到過那裡的人談這一切真是太好了。」她繼續說：「你想知道……傑克的事情？」

「是的。」

「你不會用上我的名字什麼的？」

「當然不會，我已經告訴過你了。你知道這種書是怎麼寫的。丙太太，丁小姐，這一類的。」

「是，是，我是讀過那種書。而且我想大概就像你所說的，是種病，病……」

「病態。」他說。

「是的，傑克確實是個病態的例子。他總能表現得那麼貼心，你知道。」她說，「完美極了。他會說一些話，而你會每一個字都相信。」

「也許他是真心的。」卡格里說。

「『我老得足以當你的母親了，』我經常對他說，而他會說，他不喜歡年輕女孩，老說她們粗野。他經常說，有經驗而且成熟的女人才吸引他。」

「他非常愛你嗎？」卡格里說。

「他說是。看起來好像是……」她的雙唇顫抖。「但我想，他想要的大概只是錢。」

「不一定，」卡格里盡他所能掩蓋事實。「他可能真的受到吸引，你知道。只是……他就是沒辦法不走歪路。」

中年婦人那張悲哀的臉明朗了一些。

「是的，」她說，「那樣想心裡比較好過。哦，就這樣。我們常常訂些計畫，要一起去法國或義大利，如果他的一個企畫案成功的話；他說，只缺一點資金。」

慣見的手法，卡格里心想，同時懷疑有多少可憐的婦女上了當。

「我不知道我著了什麼魔，」她說，「我願意為他做任何事……任何事。」

「我相信你願意。」卡格里說。

「也許，」她憤恨地說，「我不是唯一的一個。」

卡格里站起來。

「你能告訴我這一切真是太親切了。」他說。

「現在他死了……但我永遠忘不了他。他那張猴子臉！那麼悲傷的表情然後又笑了開來。噢，他是有一套。他並不全然是個壞蛋，我相信他不全然是個壞蛋。」

她期盼地看著他。

但是對於這一點，卡格里並未回答。

／21

沒有徵兆告訴菲利普·杜蘭特，這一天和任何其他一天有什麼不同。

他不知道這一天會完全決定他的未來。

他健健康康、精神飽滿地醒來。太陽，蒼白的秋陽，在窗口上放射光芒。寇蒂帶給他的電話留言，更提高了他的精神。

「提娜要過來喝下午茶。」當瑪麗端著他的早餐進來時，他告訴她。

「是嗎？噢，是的，當然，今天下午她休假，不是嗎？」

瑪麗顯得心事重重。

「怎麼啦，波麗？」

「沒什麼。」

她幫他把蛋的頂層刮掉。他馬上感到氣憤起來。

「我的手還能用，波麗。」
「噢，我想這樣省得你麻煩。」
「你以為我幾歲？六歲嗎？」
她微微感到驚訝，然後突兀地說：「海絲塔今天要回來了。」
「真的？」
他含含糊糊地回應，因為他腦子裡充滿了對付堤娜的計畫，然後他看見了太太的表情。
「看在老天的份上，波麗，你認為我對那女孩有份邪惡的感情嗎？」
她頭轉向一邊去。
「你一向說她很可愛。」
「她是很可愛，如果剛好喜歡美麗的骨架和不凡的氣質。」他冷淡地補充說：「但我不是個喜歡玩弄女人的人，我是嗎？」
「你可能希望你是。」
「不要荒唐了，波麗。我從不知道你有吃醋的傾向。」
「你對我一無所知。」
他開始加以辯駁，但是又停頓下來。他震驚地想到，也許他對瑪麗是不太了解。
她繼續。
「我要你屬於我……完全屬於我自己，我要這世界上除了你和我之外，別無他人。」

「這樣我們就沒話可說了，波麗。」

他說來輕快，但是心裡感到不舒服。明亮的早晨好像突然之間陰暗下來。

她說：「我們回家去，菲利普，求求你，我們回家去。」

「我們很快就會回去，但是時候未到。事情正要開始。如同我告訴你的，堤娜今天下午要來。」他繼續下去，希望她的心思轉到新的頻道上去。「我對堤娜抱有很大的希望。」

「在哪方面？」

「堤娜知道些什麼。」

「你的意思是……關於謀殺案？」

「是的。」

「但是她怎麼可能？她那天晚上甚至不在這裡。」

「我倒是懷疑。我想，她人在這裡。奇怪，一些小事竟然幫上了忙。那個幫傭，納瑞可太太，高高的那個，她告訴我一件事。」

「她告訴你什麼？」

「村裡的閒話。某太太或誰的兒子艾尼……不，是希瑞爾。他和他母親一起到警察局。可憐的阿吉爾夫人被人幹掉的那天晚上，他看見了一些事。」

「他看見了什麼？」

「哦，這納瑞可太太就說得相當含糊了。她還沒從某某太太那裡問出來。但是可以猜一猜，不是嗎，波麗？希瑞爾不在家，因此他一定是在外面看見了什麼。這給了我們兩種猜想。他看見了麥可或是他看見了堤娜。我猜是堤娜那天晚上來到這裡。」

「這樣她早說出來了。」

「不一定。堤娜很可能知道什麼，但沒說出來。假設她那天晚上開車出去，也許她進了屋子，而且發現你母親死了。」

「然後什麼話都不說就又走了？胡扯。」

「可能有原因……她可能看見或聽見了什麼，令她以為她知道是誰幹的。」

「她一向不太喜歡傑克。我相信她不會想要袒護他。」

「那麼也許她懷疑的不是傑克……但後來當傑克被捕時，她認為她的懷疑完全錯了。她說過她當時不在這裡，就堅持到底。可是現在，當然，情況不同了。」

瑪麗不耐煩地說：「你只是在憑空想像，菲利普。你想像出很多不可思議的事。」

「很可能是真的。我要試試看讓堤娜告訴我她知道什麼。」

「我不相信她知道什麼。你真的認為她知道是誰幹的嗎？」

「我不會想到那個地步。我想她要不是看見……就是聽見什麼。我要查明那是什麼。」

「堤娜不會告訴你……如果她不想的話。」

「是的，我同意，她很會守口如瓶。而且一張撲克小臉，從不表露任何感情。但是她不是個好的說謊者……比方說，不像你那麼會說謊。我的方法是猜測，用我的猜想來問她。

讓她回答是或不是。然後你知道會怎麼樣嗎？會有三種情況。她如果回答說『是』，那就是了。或者她會說『不是』，那麼由於她不是一個說謊家，我便會知道她說的『不是』是否真實。或者她會拒絕回答，擺出她的撲克臉……那，波麗，那就等於說『是』了一樣。你必須承認我這種技巧有可能成功。」

「噢，不要插手管這件事，菲！真的不要插手！一切會平息下來而且被遺忘。」

「不，這件事得弄個明白。要不然海絲塔會從窗口跳下去，而寇蒂會精神崩潰。李奧已經僵凍成鐘乳石一樣了。至於可憐的關黛，她正決定要接受羅德西亞的一份工作。」

「他們怎麼樣又有什麼關係？」

「除了我們別人都不重要……這是你的意思？」

他的臉色嚴肅、氣憤，讓瑪麗嚇了一跳，她以前從未見過丈夫這種表情。

她挑釁地面對他。

「我為什麼要在乎別人？」她問道。

「你從來就沒在乎過。有嗎？」

「我不懂你的意思。」

菲利普突然氣憤地嘆了一聲。他把他的早餐推到一邊去。

「把這個拿走！我不吃了。」

「可是菲利普……」

他做了個不耐煩的手勢。瑪麗端起盤子走出去。菲利普轉動輪椅到寫字桌前，筆拿在手上。他凝視著窗外，感到一種奇異的精神壓抑。不久之前他是那麼興奮，現在，他卻感到焦躁不安。

然而他隨即又振作起來，快速地寫了兩張紙，然後靠回輪椅背上，思考著。

這很合理。這有可能，但他並不完全滿意。他真的找對方向了嗎？他無法確定。動機。動機是這麼可恨地缺乏。他忽略了某個因素。

他不耐煩地嘆了一口氣，迫不及待地等著堤娜到來。要是這件事能弄明白就好了。就他們自家人明白，只需要這樣。一旦他們知道，那麼他們就全都自由了，自此就可以從懷疑、無助、令人透不過氣來的氣氛中脫身。他們——除了一個人之外——全都可以繼續過自己的生活。他和瑪麗會回家去，然後……

他的思緒停了下來，興奮之情再度消失。他面臨自己的問題……他不想回家。他想到家裡十全十美又閃亮的銅器、一塵不染的印花棉布。一個乾淨、明亮、保養良好的籠子！而他就在籠子裡，被綁死在輪椅上，圍繞著他太太的關愛。

他太太……當他想到太太時，好像看見了兩個人。一個是他娶的女人，金髮藍眼、溫柔含蓄。這是他所愛的女人，每當他揶揄她，她便會迷惑地皺起眉頭瞪著他的女人。這才是他的波麗。但是還有另外一個瑪麗……一個像鋼鐵般堅硬、有情欲卻沒有正常情愛的瑪麗；一個除了自己別人都不重要的瑪麗。甚至也是因為他是她的，所以他才顯得重要。

一句法國詩文閃過他的腦際。那是怎麼寫的？

「一切全都是她的附屬戰利品……」

而這個瑪麗他並不愛。在那對冰冷的藍眼睛背後，瑪麗是個陌生人，一個他不了解的陌生人……

然後他自我嘲笑起來。他就像屋子裡的其他人一樣開始提心吊膽、過度緊張了。他記得丈母娘和他談過他太太，談到紐約那個甜美的金髮小女孩，小女孩摟著她的脖子叫說：「我想留下來和你在一起，我不想離開你！」

那是真情愛，不是嗎？可是……多麼不像瑪麗。小時候和長大以後會改變這麼多嗎？要瑪麗說出她的真心意，表露出她的真感情，果真是那麼困難、近乎不可能？

可是，當然，那個時候……他的思緒停止下來。或者，動機根本十分單純？不是真情愛，只是算計。是種達到目的的手段，特意表露出來的感情。瑪麗如果為了達到目的，會做出什麼事來？

幾乎任何事都做得出來，他想，而且他為自己這麼想而感到震驚。

他憤怒地拋下筆，轉動輪椅，離開客廳，進入隔壁的臥室。他轉動輪椅到梳妝台前，拿起梳子，把掉落額頭的頭髮梳回去。他自己的臉讓他看起來覺得陌生。

我是誰，他想，我要去什麼地方？這些念頭他以前從未產生過……他來到窗前，看著外面。下面，一個白天來幫傭的女人站在廚房窗外跟某個在廚房裡的人交談。她們的話聲，帶著溫柔的當地土腔，朝他飄浮上來……

他的兩眼大睜，彷彿進入夢幻之境。

隔壁房間的一個聲音讓他從沉思中驚醒過來。他轉動輪椅來到隔門之前。關黛．馮恩正站在寫字桌旁。她轉過身來面對他，他被她晨曦下憔悴的面容嚇了一跳。

「嗨，關黛。」

「嗨，菲利普。李奧認為你可能想看《倫敦畫報》。」

「噢，謝謝。」

「這是個好房間，」關黛四下看看說，「我想我以前沒進來過。」

「十足的皇家套房，不是嗎？」菲利普說，「遠離任何人。對病人和度蜜月的夫婦來說相當理想。」

他真希望他沒說那最後幾個字，但是太遲了，關黛臉上的肌肉顫動。

「我得辦事去了。」她含糊地說。

「你是完美的祕書。」

「現在連那個也不是。我犯錯了。」

「我們不全都犯了錯嗎？」他故意加上一句說：「你和李奧什麼時候結婚？」

「我們也許永遠不會結婚了。」

「那才真是錯了。」菲利普說。

「李奧認為可能會引起不好的風評……警方那邊！」

她的聲音帶著怨恨。

「去他的，關黛，總得冒一些風險！」

「我是願意冒險，」關黛說，「我從來就不在乎冒險，我情願為幸福賭一下。但是李奧……」

「李奧怎麼了？」

「李奧，」關黛說，「就算死掉也會像生前一樣，永遠是瑞琪・阿吉爾的丈夫。」

她憤恨的眼神令他嚇了一跳。

「她就跟還活著一樣，」關黛說，「她在這裡，在這屋子裡，永遠……」

22

提娜把車子停在教堂後院牆邊的草地上。她小心取掉花束外面的包裝紙，然後走進墓園的鐵門，沿著主要的小徑走過去。她不喜歡這座新墓園。她真希望阿吉爾夫人能葬在圍繞教堂的舊墓園裡。那裡有種舊世界的安詳，有紫杉樹和長青苔的石頭。這座墓園這麼新，整理得這麼好，主道加上放射狀的小徑，一切都和超級市場裡那些整整齊齊、大量製造出來的貨品一樣。

阿吉爾夫人的墳墓保持得很好。一塊方正的大理石四周填滿了花崗石片，一座花崗石十字架豎立在背後。

提娜捧著康乃馨，俯身看著碑文。

「永懷瑞琪·露意絲·阿吉爾，一九五七年十一月九日離開人間」，底下是「她的子女將挺身稱她有福」。

她的背後傳來腳步聲，堤娜轉過頭去，嚇了一跳。

「麥可！」

「我看見你的車子就跟著你來。不過，反正我也正要來這裡。」

「你正要來這裡？為什麼？」

「我不知道。也許，來道別。」

「向……她道別？」

他點點頭。

「是的。我已經接受了那份石油公司的工作。大約三個星期以後就要走了。」

「而你先來這裡向母親道別？」

「是的。也許是來謝謝她，同時向她說聲抱歉。」

「你有什麼好抱歉的，麥可？」

「我不是抱歉我殺了她……如果你是想做這個暗示的話。你一直都認為是我殺了她嗎，堤娜？」

「我不確定。」

「你現在也不能確定，對吧？我的意思是說，我告訴你我並沒有殺她也是沒用的。」

「你有什麼要抱歉的？」

「她為我做了很多，」麥可緩緩說道，「我從來都不知感激。我痛恨她做的每件事，不曾對她說過一句好話，或是給她好臉色看。現在我真希望我曾經那樣做過。就是如此而已。」

「你什麼時候開始不恨她的？在她死後？」

「是。是的，我想大概是吧。」

「你恨的並不是她，對吧？」

「不，不是。你說得對，我其實是恨自己的母親。因為我愛她。因為我愛她，而她根本一點都不愛我。」

「而現在你甚至對這個也不感到氣憤？」

「是的，我想她大概也是無能為力。畢竟，你天生是什麼，就是什麼。她是那種活潑、樂天的女人，太喜歡男人、太愛喝酒了，她只有高興的時候才對她的孩子很好，不會讓任何人傷害他們……好吧，她是不愛我！這些年來我一直拒絕這種想法，現在我接受了。」他伸出一隻手。「給我一朵康乃馨，好嗎，堤娜？」他從她手上接過來，俯身把它放在碑石下的墳墓上。「給你，媽，」他說，「我是你的壞兒子，而且不認為你是個聰明的母親，不過你全是出於一番好意。」他看著堤娜。「這樣的道歉可以嗎？」

「我想是可以了。」堤娜說。

她俯身把整束康乃馨放下。

「你經常來這裡獻花嗎？」

「我一年來一次。」堤娜說。

「小堤娜。」麥可說。

他們轉身一起沿著墓園步道走回去。

「我沒有殺她，堤娜，」麥可說，「我發誓我沒有。我要你相信我。」

「我那天晚上在那裡。」堤娜說。

他猛一轉身。

「你在那裡？你是說在陽岬？」

「是的，我當時正想換工作，我想去和父親、母親商量。」

「哦，」麥可說，「繼續說。」

她沒開口，他抓住她的手臂搖動她。

「繼續，堤娜，」他說，「你得告訴我。」

「我到目前為止還沒告訴過任何人。」堤娜說。

「繼續。」麥可再度說。

「我開車去那裡，但沒把車子開到鐵門前。你知道半路那個比較好迴車的地方吧？」

麥可點點頭。

「我在那裡下車，走路過去。我對自己沒把握。你知道，就某方面來說，母親有多難講話。我是說，她一向有自己的主張。我想盡可能把話說清楚。因此我走向屋子，又回頭走向車子，然後又回去，一直在思考。」

「那是什麼時間的事？」麥可問道。
「我不知道，」堤娜說，「我現在記不得了。我……時間對我來說不太具有意義。」
「是的，親愛的，」麥可說，「你一向一副無限悠閒的模樣。」
「我當時在那些樹下，」堤娜說，「非常輕緩地走著……」
「就像一隻小貓。」麥可深情地說。
「就在那個時候，我聽見了。」
「聽見什麼？」
「兩個人在說悄悄話。」
「什麼？」麥可全身緊張了起來。「他們說些什麼？」
「他們說……其中一個說：『七點到七點半之間，就這個時間。記住，不要搞砸了。七點到七點半之間。』另外一個低聲說：『你可以信任我。』然後第一個聲音說：『事後，親愛的，一切將會無限美好。』」
一陣沉默後麥可說：「嗯……為什麼這件事你不說出來？」
「因為我不知道……」堤娜說，「我不知道是誰在說話。」
「當然！是男的還是女的？」
「我不知道，」堤娜說，「難道你不明白，當兩個人在說悄悄話時，你是聽不出聲音特質的。他們只是……哦，只是在耳語。當然我想是一男一女，因為……」

「因為他們所說的話？」

「是的。可是我不知道他們是誰。」

「你以為，」麥可說，「可能是父親和關黛？」

「有可能，不是嗎？」堤娜說，「他們可能是說，要關黛離開屋子，然後在那段時間內回去，或者可能是關黛告訴父親在七點到七點半之間下樓。」

「如果是父親和關黛，你就不想去告訴警方。是這個原因嗎？」

「如果我確定的話，」堤娜說，「但是我不確定。可能是其他人。可能是……海絲塔和某個人？可能是瑪麗，但不可能是菲利普……不，不是菲利普，當然。」

「你說海絲塔和某個人，你指的是誰？」

「我不知道。」

「你沒看見他……我是說，那個男人？」

「沒有，」堤娜說，「我沒看見他。」

「堤娜，我想你是在說謊。是個男人，對吧？」

「我轉回去，」堤娜說，「走向車子，那時有個人從路的另外一邊走過，走得非常快。在黑暗中，我只看到人影。然後我想……我想我聽見路的盡頭有車子發動的聲音。」

「你以為是我……」麥可說。

「我不知道，」堤娜說，「有可能是你。身材和你差不多。」

他們來到堤娜的小車子旁。

「來吧，堤娜，」麥可說，「上車。我和你一道，我們到陽岬去。」

「可是麥可……」

「告訴你那個人不是我根本沒用，對吧？我還能說什麼呢？來吧，把車子開到陽岬去。」

「你要幹什麼，麥可？」

「你為什麼認為我要幹什麼？你不是要去陽岬嗎？」

「是的，」堤娜說，「我是要去。我收到菲利普的一封信。」

她發動小車子。麥可坐在她身旁，非常緊張、僵硬。

「收到菲利普的信？他說了些什麼？」

「他要我過去，他想見我。他知道我今天休半天假。」

「哦。他有沒有說他要見你幹什麼？」

「他說他想要問我一個問題，希望我會回答他。他說我不需要告訴他任何事情……他會告訴我。我只要說是或不是。他說不管我告訴他什麼，他都會保密。」

「這麼說，他是在進行某件事，對吧？」麥可說，「有意思。」

到陽岬的路程不遠。當他們抵達時，麥可說：「你進去，堤娜。我去花園裡走走，想些事情。去吧，去和菲利普談談吧。」

堤娜說：「你不是要去……你不會是要……」

麥可短笑一聲。

「從情人崖跳下去自殺？好啦，堤娜，你不至於不了解我吧。」

「有時候，」堤娜說，「我認為沒有人能了解任何人。」

她轉身離開他，慢慢走進屋子裡。麥可看著她進門後，頭猛然向前一垂，雙手插在口袋裡。他皺起眉頭，繞著屋角走動，滿腹心思地抬頭看著屋子。所有的童年記憶都回來了。他爬過很多次那棵老木蘭樹，從樓梯口的窗戶爬進屋子。他有一小方土地，那是屬於他自己的花園。並不是說他喜歡花園。他一向喜歡把他的玩具搞得支離破碎。「有破壞狂的小鬼。」他微微發噱地想著。

唉，人其實並不會改變。

§

堤娜在門廳見到瑪麗。瑪麗看到她時嚇了一跳。

「堤娜！你是從瑞德敏過來的？」

「是的，」堤娜說，「你不知道我要來？」

「我忘了，」瑪麗說，「我想菲利普提到過。」

她轉身離去。

「我要去廚房，」她說，「看看阿華田好了沒。菲利普睡前喜歡喝一杯。寇蒂剛剛送咖啡上去給他。他比較喜歡咖啡而不喜歡茶，他說茶讓他消化不良。」

「你為什麼把他當病人看待，瑪麗？」堤娜說，「他其實不是病人。」

瑪麗兩眼露出冰冷、氣憤的目光。

「堤娜，當你自己有個丈夫時，」她說，「你就會知道做丈夫的人喜歡受到什麼樣的對待。」

堤娜溫柔地說：「對不起。」

「要是我們能離開這裡就好了。」瑪麗說，「這裡對菲利普很不好。而且海絲塔今天要回來。」她又說。

「海絲塔？」堤娜顯得驚訝。「是嗎？為什麼？」

「我怎麼知道？她昨天晚上打電話回來這樣說。我不知道她搭哪一班火車。我想大概是快車，像往常一樣。得有個人到柴茅斯去接她。」

瑪麗沿著走道消失進廚房裡。堤娜猶豫了一下，然後登上樓梯。這時樓梯口右邊第一扇門突然打開，海絲塔走了出來。堤娜嚇了一跳。

「海絲塔！我聽說你要回來，但是我不知道你已經到了。」

「卡格里博士開車送我回來的，」海絲塔說，「我直接上樓到我的房間……我想沒人知道我已經回來了。」

「卡格里博士現在人在這裡嗎？」

「沒有。他讓我下車後，就繼續開到柴茅斯去了。他想要去那邊見一個人。」

「瑪麗不知道你已經到了。」

「瑪麗一向什麼都不知道，」海絲塔說，「她和菲利普與一切隔絕。我想父親和關黛大概在書房裡吧。一切就和往常一樣。」

「為什麼會不一樣？」

「我不知道，」海絲塔含糊地說，「我只是猜想，一切都會有所不同了。」

她從堤娜身邊經過，下樓。堤娜繼續前進，經過書房，沿著走道到盡頭杜蘭特夫婦的套房。手上端著托盤正站在菲利普門外的寇蒂·林斯楚，猛然轉過頭來。

「哎呀，堤娜，你讓我嚇了一跳，」她說，「我正要送咖啡和餅乾給菲利普。」她抬起一隻手敲門。堤娜走近她身邊。

敲過門後，寇蒂把門打開，走進去。她走在堤娜前頭一點，高瘦的身子擋住了堤娜的視線，但是堤娜聽見了寇蒂的喘息聲。她的雙臂張開，托盤掉落地上，杯碟碎落在炭圍邊。

「噢，不，」寇蒂叫道，「噢，不！」

堤娜說：「菲利普？」

她越過她，來到坐在寫字桌前輪椅上的菲利普身旁。她想，他本來大概是在寫東西。他的右手邊放著一枝原子筆，但他的頭以一種奇特、扭曲的態勢向前垂落。在他頭顱的基部，她看見有個亮閃閃、紅菱寶石般的東西染紅了他的衣領。

「他被人殺死了，」寇蒂說，「他被人殺死……刺殺了。那邊，從腦袋的底部刺進去，一刀斃命。」她接著又提高聲音。「我警告過他，我盡了一切所能。但是他就像個小孩子，喜歡玩危險的玩具，不明白自己是在幹什麼。」

堤娜心想，就像一場噩夢。她溫柔地站在菲利普的手肘旁，低頭看著他，而寇蒂則抬起他虛軟的手，摸摸他已經不存在的脈搏。他想要問她什麼？不管是什麼，現在他永遠都不能問了。在不算真正思考的情形下，堤娜在心裡了解、記錄一些細節。他本來是在寫東西，沒錯。筆在那裡，但是他面前沒有紙，沒有任何寫下的東西。不管是誰殺了他，那人已經把他所寫下的東西拿走了。她平靜而木然地說道：「我們必須告訴其他人。」

「是，是的，我們必須下去找他們。我們必須告訴你父親。」

兩個女人肩並肩地走向門口，寇蒂一手摟著堤娜。堤娜的眼睛看向掉落在地的托盤和破碎的杯碟。

「那沒關係，」寇蒂說，「等一下再清掃。」

堤娜半跌半走，寇蒂一手穩住她。

「小心，你會跌倒。」

她們沿著走道過去。書房的門打開。李奧和關黛出來。堤娜以她清晰、低柔的聲音說：

「菲利普死了，被刺殺死了。」

堤娜心想，就像是場夢。她父親和關黛震驚的叫聲傳向她，傳向菲利普……已經死掉的菲利普。寇蒂離開，她匆匆下樓去。

「我必須告訴瑪麗。一定要好好告訴她。可憐的瑪麗，這將是一大噩耗。」

堤娜慢慢隨她之後下樓。她愈來愈感到昏眩，好像作夢一般，她的心臟部位疼得奇怪。她要去什麼地方？她不知道。沒有什麼是真實的。她來到敞開的前門，穿越出去。這時她看見麥可從屋子外面的轉角處走過來。彷彿她的腳步一直在自動引導她，她直向他走去。

「麥可，」她說，「噢，麥可！」

他的雙臂張開，她投向他的懷裡。

「沒事了，」麥可說，「我抱住你了。」

堤娜在他懷裡微微蜷縮。她跌到地上，蜷成小小一堆，這時海絲塔從屋子裡衝過來。

「她暈倒了，」麥可無助地說，「我以前從沒見過堤娜暈倒。」

「她嚇壞了。」海絲塔說。

「你是什麼意思，嚇壞了？」

「菲利普被殺了，」海絲塔說，「你不知道？」

「我怎麼會知道？什麼時候？怎麼被殺的？」

「剛剛。」

他睜大眼睛看她，然後抱起堤娜。海絲塔陪伴著他，他把她抱進阿吉爾夫人的客廳，放在沙發上。

「打電話找葛瑞醫生。」他說。

「他的車子來了，」海絲塔望出窗外說，「父親剛剛打電話告訴他有關菲利普的事。我……」她四處觀望。「我不想見他。」

她衝出房門上樓去。

唐納德．葛瑞下車從敞開的前門進來。寇蒂從廚房出來迎接他。

「午安，林斯楚小姐。我聽說的是怎麼回事？阿吉爾先生告訴我說菲利普．杜蘭特被殺了。被殺了？」

「沒錯。」寇蒂說。

「阿吉爾先生有沒有打電話給警方？」

「我不知道。」

「有沒可能他只是受傷？」唐納德說。

他轉身回去取出車子裡的醫藥包。

「不，」寇蒂說，她的聲音平板、疲倦。「他死了，我十分確定。他被刺在……這裡。」

她將手放在自己的後腦上。

麥可從房裡走出來到門廳。

「嗨，唐，你最好去看看提娜，」他說，「她暈倒了。」

「堤娜？噢，是的，是……從瑞德敏來的那個，是嗎？她在哪裡？」

「她在裡面。」

「我先看一下她，再上樓去。」當他走進那個房間時，他回過頭對寇蒂說話。「讓她保暖，」他說，「她一醒過來就給她喝點茶或咖啡。你受過訓練……」

寇蒂點點頭。

「寇蒂！」

瑪麗．杜蘭特慢慢從廚房那邊走向門廳。寇蒂迎向她，瑪麗無助地睜大眼睛看她。

「這不是真的！」瑪麗嘶啞地大聲說，「這不是真的！是你編出來的謊話。我剛才離開他時他還好好的。他根本好好的。他在寫東西，我告訴他不要寫。為什麼他要那樣做？為什麼那樣固執？為什麼我要他離開這裡他就是不聽？」

寇蒂哄著她、安慰她、盡她最大的力量讓她鬆懈下來。

唐納德．葛瑞大步跨出那間客廳。

「誰說那女孩暈倒了？」他問道。

麥可睜大眼睛看他。

「可是她是暈倒了沒錯啊。」他說。

「她在哪裡暈倒的？」

「她和我在一起……她走出屋外迎向我，然後她就倒下去了。」

「倒下去，是嗎？是的，她是倒下去了沒錯，」唐納德．葛瑞繃著臉說。他迅速走向電話。「我必須叫救護車來，」他說，「馬上。」

「救護車？」

寇蒂和麥可都睜大眼睛看他。

瑪麗好像沒聽見的樣子。

「是的。」唐納德氣憤地撥電話。「那個女孩不是暈倒，」他說，「她是被人刺殺了。你們聽見沒有？從背部刺殺！我們得馬上送她去醫院。」

23

亞瑟・卡格里在他飯店的房間裡，反覆看他記下的筆記。

他不時點點頭。

是的……現在他終於找對了方向。一開始，他集中心思在阿吉爾夫人身上根本是錯了。十有九次那個方向是正確的，但這案子是那不正確的第十次。

他一直覺得有個不明的因素存在。一旦他能把那個因素抽離、認清出來，這個案子就解決了。為了尋找這個因素，他一直專注在那死去的女人身上。但是現在他知道了，那死去的女人其實並不重要。就某方面來說，死者是誰都一樣。

他改變了他的觀點，轉回到這一切發生的時候，轉回到傑克身上。

他轉回到不只是無辜被判刑的年輕人傑克……而且是實際身為人類一份子的傑克身上。傑克，用喀爾文教派的舊教條來說，是不是一個「注定毀滅的人」？上天給了他生命中的每一種機會，不是嗎？墨克斯特醫生的看法是，他是一個生下來就注定要出亂子的人。任何環境因素都無法幫助他或挽救他。這是真的嗎？李奧．阿吉爾談到他時帶著寵溺、憐惜之情。他是怎麼說的？「天生不適應的人。」他接受了現代心理學的說法，視他為病人，而不是凶手。海絲塔說過什麼？簡言之，傑克一向很可怕！

直接、孩子氣的說詞。還有寇蒂．林斯楚說過什麼？說傑克邪惡！是的，她說得那樣強烈。邪惡！堤娜說過：「我從不喜歡或信任他。」這麼說，他們全都同意不是嗎，大致上來說？只有到了他的遺孀嘴裡，這些印象才由「大致」變為具體。莫琳．克烈格完全從她自己的觀點來看傑克。她在傑克身上糟蹋了自己。她曾被他的魅力迷住，而她感到懊悔。如今，安安穩穩的再婚，她附和她丈夫的觀點。她直率地向卡格里說明了傑克的一些可疑行為，他取得金錢的一些方法。金錢……

在亞瑟．卡格里疲累的腦子裡，這兩個字好像在牆上跳動的大字。金錢！金錢！金錢！像齣歌劇的主題，他想。阿吉爾夫人的金錢！存入信託基金的金錢！買退休養老保險的金錢！留給她丈夫的剩餘財產！從銀行提出來的錢！放在抽屜裡的錢！海絲塔急著出門，皮包裡沒有錢，從寇蒂．林斯楚那裡拿到兩英鎊。在傑克身上發現的錢，他發誓是他母親給的。

整件事形成了一個圖案……由一些和金錢有關的不相干細節所編織而成的圖案。

而當然，在這圖案中，那不明的因素變得明朗起來了。

他看看手錶。他答應海絲塔在約定時間打電話給她。他拿過電話，要求接通對方號碼。

她的聲音隨即傳過來，清晰、有點孩子氣。

「海絲塔，你好嗎？」

「噢，是的，我沒事。」

他花了一兩分鐘才抓住她語氣中隱帶的含義，然後猛然說：「出什麼事了？」

「菲利普被殺了。」

「菲利普！菲利普．杜蘭特？」

卡格里顯得難以置信。

「是的。還有堤娜……至少她還沒死，她在醫院裡。」

「告訴我經過。」他命令道。

她告訴他。他一再追問，直到他了解一切。

然後他繃著臉說：「鎮定下來，海絲塔，我現在過去。我……」他看看錶。「一小時之內到。我得先去見胡遜主任。」

§

「你到底想知道什麼，卡格里博士？」胡遜主任問道，但在卡格里能說話之前，辦公桌上的電話鈴聲響了起來，他抓起話筒。「是的。是，我就是。等一下。」他拿過一張紙、一枝筆，準備書寫。「什麼？最後一個字怎麼拼？噢，我明白。是的，好像還不太有頭緒是嗎？對。其他沒什麼了？好，謝謝。」他放回話筒。「醫院打來的。」他說。

「堤娜？」卡格里問道。

主任點點頭。

「她醒過來幾分鐘。」

「她有沒有說話？」卡格里問道。

「我不知道為什麼我該告訴你，卡格里博士。」

「我要你告訴我，」卡格里說，「因為我想這能幫助你。」

胡遜看著他，考慮了一下。

「你很在意這一切，是嗎，卡格里博士？」他說。

「是的。你知道，我覺得我必須對這個案子再重新調查表示負責。我甚至覺得我必須對現在這兩起悲劇表示負責。那女孩會活下去吧？」

「他們認為會，」胡遜說，「刀刃沒刺中心臟，但差點就命中核心。」他搖搖頭。「麻煩總是出在這裡，」他說，「一般人不相信凶手會帶來危險。說來奇怪，但事實就是這樣。他們全都知道他們之中有個殺人凶手，他們應該說出他們所知道的。如果有個凶手在你附近，最安全的做法就是馬上告訴警方你所知道的事。但他們並沒有這樣做。他們堅持不讓我知道。菲利普．杜蘭特是個好人，一個聰明人，但他把這看作是種遊戲。他到處刺探，設下陷阱。而他找到了眉目，或是他自以為找到了眉目。而且某人也以為他找到了眉目。結果我接到一通電話說他死了，從後頸刺進去。那就是不了解謀殺案的危險性而胡亂牽扯進去的後果。」他停下來，清清喉嚨。

「那麼那個女孩呢？」卡格里問道。

「那個女孩也知道些什麼，」胡遜說，「但她不想說出來。依我看，」他說，「她是愛上了那個小子。」

「你說的是……麥可？」

胡遜點點頭。

「是的。或許，麥可也喜歡她。但光靠喜歡是不夠的……如果你害怕得快發瘋的話。不管她知道的是什麼，也許那比她自己所了解的更要命。所以，在她發現杜蘭特死掉後，她匆匆走出去，直接投進他懷裡，他抓住這個機會給她一刀。」

「這只是你自己的猜測，不是嗎，胡遜主任？」

「不完全是猜測，卡格里博士。那把刀在他口袋裡。」

「做案的那把刀？」

「是的，上面有血。我們會加以檢驗，不過一定是她的血沒錯。她的血和菲利普．杜蘭特的血！」

「但是……不可能。」

「誰說不可能？」

「海絲塔。我打電話給她，她全都告訴我了。」

「真的？哦，事實非常簡單。瑪麗．杜蘭特下樓到廚房去，離開她當時還活著的丈夫，那是在四點五十分時……當時在屋子裡的還有李奧．阿吉爾和關黛．馮恩，他們在書房裡。海絲塔．阿吉爾在二樓她的臥房裡，寇蒂．林斯楚則在廚房裡。四點剛過，麥可和堤娜開車抵達。麥可進花園裡去，堤娜上樓……緊跟在寇蒂之後，她剛送咖啡和餅乾上去給菲利普。堤娜停下來與海絲塔講話，然後碰上林斯楚小姐，接著兩人一起發現菲利普死了。」

「而這段時間內，麥可一直都在花園裡。這是個無懈可擊的不在場證明吧？」

「你不知道的是，卡格里博士，屋子旁邊有一棵高大的木蘭樹。孩子們經常爬上去，尤其是麥可。那是他進出屋子的方法之一。他可能是從那棵樹爬上去，進入杜蘭特的房間刺殺他，然後又爬下去。噢，時間是要拿捏得很緊，不過有時候膽大可以包天，結果經常令人咋舌。而且他身處絕境，他得不顧一切的防止堤娜和杜蘭特碰面。為了安全，他得把他們兩個都殺掉。」

卡格里想了一兩分鐘。

「主任，你剛剛說，堤娜已經恢復神智。她說不出是誰刺殺她的嗎？」

「她說的話不太連貫，」胡遜緩緩說道，「事實上，我懷疑她是否完全恢復清醒。」他疲倦地微微一笑。「好吧，卡格里博士，我來告訴你她到底說了什麼。她先說出一個人名，

『麥可』……」

「那麼，她是指控了他。」卡格里說。

「看起來是這樣，」胡遜點點頭說，「其他的話就沒道理了，有點不著邊際。」

「她說什麼？」

胡遜看著他面前的紙張。

「『麥可』，然後停頓下來。然後『咖啡杯是空的』，然後又停頓下來，接著，『桅杆上的鴿子』。」他看著卡格里。「這些話你能想出任何意義來嗎？」

「不能，」卡格里搖搖頭疑惑地說，「桅杆上的鴿子……這句話好像非常奇怪。」

「據我們所知，那裡沒有桅杆也沒有鴿子。」胡遜說。

「但是對她來說有某種意義，她自己心裡明白。你知道，可能與命案無關。天曉得她正在什麼幻境裡飄浮。」

卡格里沉默了好一陣子。他坐著從頭到尾想了一遍，說：「你們逮捕麥可了嗎？」

「我們拘留了他。他在二十四小時內會被起訴。」

胡遜好奇地看著卡格里。

「我想麥可這小夥子一定不是你的答案吧？」

「不是，」卡格里說，「的確不是，麥可不是我的答案。即使是現在……我不知道。」

他站起來。「我仍然認為我是對的，」他說，「不過我十分明白，我沒有足夠憑據說服你。

我必須再到那裡去。我必須見見他們大家。」

「哦，」胡遜說，「自己小心一點，卡格里博士。對了，你想的是什麼？」

「如果我告訴你，我認為這是個情殺案，」卡格里說，「對你來說有沒有任何意義？」

胡遜雙眉上揚。

「情欲有很多種，卡格里博士，」他說，「恨、貪婪、恐懼，全都是情欲。」

「當我說情殺案時，」卡格里說，「我指的是這個說法的一般意義。」

「如果你指的是關黛．馮恩和李奧．阿吉爾，」胡遜說，「那麼我們早就這樣認為了，你知道。不過這好像不相符合。」

「比那更為複雜。」亞瑟．卡格里說。

24

亞瑟・卡格里來到陽岬時又是薄暮時分，就像他第一次來這裡時一樣。毒蛇岬，他按下門鈴時心裡想著。

一切好像歷史重演一般。開門的又是海絲塔。她的臉上帶著同樣挑釁的意味，同樣絕望似的悲劇神色。在她身後的門廳裡，就像他以前所看見的，是警覺、懷疑的寇蒂・林斯楚。然後景象開始搖動、改變。懷疑、絕望的神色從海絲塔臉上消失，變成可愛、歡迎的微笑。

「你，」她說，「噢，我真高興你來了！」

他握住她的雙手。

「我要見你父親，海絲塔。他在樓上的書房裡嗎？」

「是，是的，他和關黛在那裡。」

寇蒂・林斯楚向他們走過來。

「你為什麼又來了？」她責問道，「看看你上次帶來的麻煩！看看我們出了什麼事。海絲塔的一生毀了，阿吉爾先生的一生毀了……還有兩條人命，兩條！菲利普・杜蘭特和小堤娜。這都是你幹的好事，都是你幹的好事！」

「堤娜還沒死，」卡格里說，「而且我來這裡，是有件非做不可的事。」

「你有什麼非做不可的事？」寇蒂仍然站著擋住他上樓的去路。

「我得完成由我所開始的事。」卡格里說。

他非常溫柔地一手搭在她肩膀上，把她稍微拉開。他登上樓梯，海絲塔跟隨在他身後。他回過頭對寇蒂說：「你也來吧，林斯楚小姐，我要你們全部在場。」

在書房裡，李奧・阿吉爾正坐在書桌旁的一張椅子裡。關黛・馮恩跪在爐火前，凝視著殘火。他們有點驚訝地抬起頭來。

「抱歉這樣闖進來，」卡格里說，「但就像我剛剛對這兩位說的，我來完成由我開始的事。」他四處看看。「杜蘭特太太還在這屋子裡嗎？我想她最好也在場。」

「我想，她躺下來休息了，」李奧說，「她……她承受不了。」

「我還是想要她來這裡，」他看著寇蒂。「也許你願意去找她過來。」

「她可能不想來。」寇蒂一臉不高興地說。

「告訴她，」卡格里說，「是關於她丈夫的死，有些事情她可能想聽聽。」

「噢，去吧，寇蒂，」海絲塔說，「不要這麼多疑、這麼護衛我們。我不知道卡格里博士要說些什麼，但是我們應該全都在場。」

「那就隨你的意思吧。」寇蒂說。

她走出門去。

「請坐。」李奧說。

他指著壁爐另一邊的一張椅子，卡格里坐下來。

「如果我說，」李奧說，「我真希望你一開始就沒來過，你得原諒我，卡格里博士。」

「這不公平，」海絲塔激烈地說，「這樣說很不公平。」

「我知道你的感受，」卡格里說，「我想換作是我，也會有同樣的感覺。也許有段時間我甚至和你有同樣的看法，但是仔細考慮之後，我想不出我還能有什麼選擇。」

寇蒂回到房裡。

「瑪麗就來了。」她說。

他們默默坐等，瑪麗．杜蘭特隨即進來。卡格里感興趣地看著她，因為這是他第一次見到她。她看起來平靜、鎮定，穿著整齊，頭髮一絲不苟。但是她的一張臉像面具一樣缺乏表情，而且一副夢遊中的女人模樣。

李奧做了介紹。她微微頷首。

「你能來真好，杜蘭特太太，」卡格里說，「我想你應該聽聽我要說的事。」

「隨便你，」瑪麗說，「反正你說什麼或任何人說什麼都無法讓菲利普起死回生。」

她走離他們一小段距離，在窗子旁的一張椅子上坐下。卡格里看看他的四周。

「讓我先這麼說：當我第一次來這裡，告訴你們我能洗清傑克的罪名時，你們的反應令我感到困惑。我現在了解了。但讓我印象最深刻的是這個孩子……」他看著海絲塔。「她在我要離開時對我說的話。她說重要的不是公理正義，而是無辜者的遭遇。最新翻譯的約伯書上有句話這樣描述：『無辜者的災難』。我帶來的消息，結果讓你們大家受苦受難。無辜的人不該受苦，不可以受苦，而我現在來這裡要說的話，就是要結束無辜者的苦難。」

他停頓了一兩分鐘，但是沒人開口。亞瑟．卡格里以他平靜、學者般的語氣繼續。

「當我第一次來這裡時，情況並不如我所想的那樣給你們帶來『喜悅的浪潮』……可以這麼形容。你們全都接受傑克是有罪的判決。你們全都——如果我可以這麼說的話——可以接受。就阿吉爾夫人的命案來說，這可能是最好的解決辦法。」

「這樣說不是有點難聽嗎？」李奧問道。

「不，」卡格里說，「這是事實。傑克是兇手，對你們大家來說都能接受，因為不可能是外人幹的。還有，因為是傑克，所以你們可以找到一些合理的藉口。他是個不幸的人，一個精神病人，他不該為自己的行為負責，他是個問題人物或不良少年！一切我們時下可以高高興興用來脫罪的名詞都用得上。你說過他的母親……那個被害人，不會怪罪他。你說過，阿吉爾先生，你不怪罪他。只有一個人怪罪他……」他看著寇蒂．林斯楚。「你怪罪他，你公正的說過他邪惡，你是這樣說的沒錯。你說，『邪惡的傑克』。」

「也許，」寇蒂·林斯楚說，「也許……是的，也許我說過，那是真的。」

「是的，是真的。他是邪惡。如果不是他邪惡，這件事就不會發生。但你十分清楚，」卡格里說，「我的證詞洗清了他的罪名。」

寇蒂說：「證詞未必可信。你得過腦震盪，我很清楚腦震盪對人有什麼影響。患者的記憶會模糊不清。」

「這麼說，你仍然那樣認為？」卡格里說，「你認為確實是傑克幹的，而他設法編出不在場證明，對吧？」

「細節我不知道。不過，是的，就是那類情形。我仍然要說是他幹的。這裡的一切苦難，還有兩條人命……是的，這些可怕的死亡事件全是他幹的好事，全都是因為傑克！」

海絲塔叫道：「但是寇蒂，你一向深愛傑克。」

「也許，」寇蒂說，「是的，也許。但是我仍然得說他本性邪惡。」

「我認為你這方面說得對，」卡格里說，「但是另一方面你就錯了。不管腦震盪不腦震盪，我的記憶都十分清晰。阿吉爾夫人死的那天晚上，我在我說過的時間內讓傑克搭過便車。不可能——我鄭重重複——傑克·阿吉爾不可能在那天晚上殺死他養母。他的不在場證明正確無誤。」

李奧有點不安地騷動一下。卡格里繼續說下去。

「你認為我只是要再次重申？不完全是。還有另外幾點要考慮到。其中之一是，我聽胡遜主任說，傑克在提出不在場證明時非常流暢、非常有把握。他說得頭頭是道，時間、地點，好像他早知道他可能用得上一樣。這和我與墨克斯特醫生談及他的內容符合，他對不明確的不良性格個案有非常廣泛的經驗。他說他不奇怪傑克心中有謀殺的種子，但他很驚訝他會真的去殺人。他說他能接受的謀殺類型是，傑克慫恿別人去殺人。因此我問自己，傑克知不知道那天晚上會發生凶案？他知不知道他需要一份不在場證明？還有他是不是故意為他自己製造出一份來？如果是這樣，那麼就是其他某個人殺死阿吉爾夫人，但傑克知道她會被殺害，所以可以持平地說他是教唆殺人。」

他對寇蒂．林斯楚說：「你就是這樣覺得，不是嗎？你仍然這樣覺得，或是你想要這樣覺得？你覺得是傑克殺了她，不是你……你覺得是在他的命令之下、在他的影響之下，你才殺了她。因此你想把一切罪過推給他！」

「我？」寇蒂．林斯楚說，「我？你在說什麼？」

「我說，」卡格里說，「就各方面來說，這屋子裡只有一個人最可能和傑克．阿吉爾串通殺人。那就是你，林斯楚小姐。傑克有前科紀錄，能激起中年婦女情欲的紀錄。他故意施展他的那種能力。他有讓別人相信他的天分。」他傾身向前。「他和你做愛，不是嗎？」他溫和地說，「他使你相信他愛你，他想要娶你；而這件事情過後，他更能控制他母親的錢，你們會結婚，然後到某個地方去。是這樣沒錯吧？」

寇蒂睜大眼睛看著他。她沒說話，彷彿癱瘓了。

「事情做得太過殘忍、無情，蓄意殺人，」亞瑟．卡格里說，「他那天晚上來這裡，絕望地向母親要錢，逮捕坐牢的陰影籠罩著他。阿吉爾夫人拒絕給他錢。當他被她拒絕時，他轉而向你求助。」

「你認為，」寇蒂．林斯楚說，「我會拿阿吉爾夫人的錢給他，而不是拿我自己的錢給他？」

「不，」卡格里說，「你會給他你自己的錢，如果你有錢的話。但是我不認為你有……你是有一份阿吉爾夫人為你買下的養老保險金收入，但我想這份收入已經被他榨乾了。因此他那天晚上才會那麼絕望，而當阿吉爾夫人上樓到書房去找她先生時，你出門去，和等在外面的他見面，而他告訴你要怎麼做。首先你必須給他那筆錢，而在錢被人發現不見了之前，必須先殺掉阿吉爾夫人。因為她不會隱瞞被偷的事。他說事情輕而易舉，你只要拉出幾個抽屜讓人看起來好像遭小偷一樣；還有，打她的後腦袋，那不會有任何痛苦，他說她不會有任何感覺。他自己會建立不在場證明，因此你必須小心在有限的時間內完成這件事，在七點到七點半之間。」

「這不是真的，」寇蒂說，她開始發抖。「你瘋了，竟然說出這種話。」

然而她的聲音中並沒有憤慨的意味。很奇怪，那只是種機械式、疲累的聲音。

「即使你說的是真的，」她說，「你想我會讓他被控謀殺嗎？」

「噢，會，」卡格里說，「畢竟，他已經告訴你他會有不在場證明。也許你以為他被逮捕後，可以馬上證明他是無罪的。這是整個計畫中的一部分。」

「但是當他無法證明他的無辜時，」寇蒂說。「我會不解救他嗎？」

「也許不會，」卡格里說，「也許……要不是發生了一件事。那就是凶案發生的第二天早上，傑克的太太在這裡出現了。而你不知道他結過婚了。那女孩得重複說兩三遍你才相信她。當時你的世界整個粉碎了。你看清了傑克的真面目……無情、陰險，對你沒有特別的感情；你了解到他唆使你做出了什麼事來。」

突然寇蒂．林斯楚說話了。話語洶湧而出，不相連貫。

「我愛他……我全心全意愛他。我是個傻瓜，一個容易受騙、只會溺愛的中年大傻瓜。他讓我以為……他讓我相信他愛我。他說他一向不喜歡年輕女孩，他說……我無法告訴你們所有他說過的話。我愛他，我告訴你們，我愛他。後來那個可笑、做作的小女孩來這裡，庸俗的小東西……我終於明白一切都是騙人的，一切都是邪惡，邪惡……是他邪惡，不是我。」

「我來這裡的那天晚上，」卡格里說，「你很害怕，不是嗎？你怕就要發生什麼事。你為其他人感到害怕。海絲塔，你愛她，李奧，你喜歡他。也許你看出這可能對他們產生的影響。但你主要是為自己感到害怕。而且你知道害怕會導致什麼結果……結果是，你又多要了兩條人命。」

「你說我殺了提娜和菲利普？」

「當然是你殺了他們，」卡格里說，「堤娜恢復知覺了。」

寇蒂的雙肩絕望地下垂。

「原來她已經說出是我刺殺了她……我甚至不認為她知道。我瘋了，當然，我當時瘋了，害怕得瘋了。真相那麼接近……那麼接近了。」

「要不要我告訴你，堤娜恢復知覺時說了什麼？」卡格里說，「她說：『咖啡杯是空的。』我知道那是什麼意思。你假裝送咖啡上去給菲利普．杜蘭特，但實際上，你已經刺殺了他，而且當你聽見堤娜走過來的腳步聲時，你正從那個房間出來。因此你轉身，假裝是要端著托盤進去。後來，雖然她發現他死掉時幾乎嚇得不省人事，但她還是本能地注意到掉落地上的杯子是空的，沒有咖啡的痕跡。」

海絲塔叫道：「但寇蒂不可能刺殺她！堤娜走下樓梯、出門、投向麥可時，看來完全沒事啊！」

「我的好孩子，」卡格里說，「曾有人被刺殺後走完整條街都還不知道自己怎麼了呢！在極度震驚之下，堤娜幾乎毫無感覺。也許只像被針刺到一樣，有點痛。」他再度看著寇蒂。「後來，」他說，「你偷偷把那把刀放進麥可的口袋裡。那是最卑鄙的一招。」

寇蒂哀求地拋出雙手。

「我沒辦法，我沒辦法……這麼接近了……他們全都開始發現了。菲利普就要發現了，而堤娜……我想，堤娜一定偷聽到傑克那天晚上在廚房外面跟我說的話。他們都開始知道了……我想要安全脫身，我想要……人永遠無法安全逃脫的！」她的雙手垂落。「我並不想殺堤娜。至於菲利普……」

瑪麗・杜蘭特站起來。她慢慢走過去，但是心意愈來愈堅定。

「你殺了菲利普？」她說，「你殺了菲利普！」

突然，她像一頭母老虎一樣朝她撲過去。反應快速的關黛跳起來，一把抓住她，卡格里和她一起合力把她攔住。

「你……你！」瑪麗・杜蘭特叫道。

寇蒂・林斯楚看著她。

「關他什麼事？」她問道，「為什麼他一定要到處刺探、問人家問題？他從來沒受過威脅。對他來說那根本就不是死不死的問題。那只是……一項消遣。」

她轉身慢慢踱向門口，看都不看他們一眼就走出去。

「阻止她，」海絲塔叫道，「噢，我們必須阻止她。」

李奧・阿吉爾說：「讓她去吧，海絲塔。」

「可是，她會自殺……」

「我倒是懷疑。」卡格里說。

「這麼久以來她一直是我們忠實的朋友，」李奧說，「忠實、奉獻……現在卻變成這個樣子！」

「你認為她會……去自首？」關黛說。

「更可能是，」卡格里說，「她會到最近的車站去搭火車到倫敦。但是，當然，她是逃不了的，她會被追查到。」

「親愛的寇蒂，」李奧說，他的聲音顫抖。「她對我們是這麼忠實、這麼友善。」

關黛握住他的手臂搖動著。

「你怎麼能這麼說，李奧，你怎麼能這麼說？想想她對我們大家所做的事，她讓大家都痛苦不已！」

「我知道，」李奧說，「她自己也痛苦不已，你知道。我想我們感受到的是她的苦難。」

「我們可能永遠痛苦下去，」關黛說，「就因為她！要不是卡格里博士……」她感激地轉向他。

「這麼說，」卡格里說，「我總算是幫上忙了，雖然時間上遲了些。」

「太遲了，」瑪麗怨恨地說，「太遲了！噢，為什麼我們不知道……為什麼我們不猜？」她指責地轉向海絲塔。「我以為是你，我一直以為是你。」

「他可不認為。」海絲塔說。

她看著卡格里。

瑪麗・杜蘭特平靜地說：「我真希望我也死掉就好。」

「我的好孩子，」李奧說，「希望我能幫助你。」

「沒有人能幫我，」瑪麗說，「一切都是菲利普自己的錯，想要留在這裡，想要捲進這件事裡。最後害他自己被殺死了。」她看看他們。「你們沒有一個人能了解。」她走出門去。

卡格里和海絲塔跟隨她。當他們穿越門口時，卡格里回頭，看見李奧的雙臂擁住關黛的肩膀。

「她警告過我，你知道，」海絲塔說，她的兩眼大睜，帶著驚懼的神色。「她一開始就告訴過我不要信任她，要像怕其他人一樣怕她……」

「忘掉這些事吧，親愛的，」卡格里說，「這是你現在必須做的事，遺忘。現在你們全都自由了，無辜的人不再處於罪惡的陰影下。」

「那麼堤娜呢？她會好起來嗎？她不會死吧？」

「我不認為她會死，」卡格里說，「她愛上了麥可，不是嗎？」

「我想可能是，」海絲塔驚訝地說，「我從沒想到過。他們是兄妹，當然。但他們其實不是親兄妹。」

「對了，海絲塔，你知不知道堤娜說那些話是什麼意思：『桅杆上的鴿子』？」

「桅竿上的鴿子？」海絲塔皺起眉頭。「等一下。聽起來非常熟悉。像『桅杆上的鴿子，當我們快速航行時，悲嘆，悲嘆，再悲嘆』，是不是這樣？」

「可能是。」卡格里說。

「那是一首歌，」海絲塔說，「是一首催眠曲，寇蒂經常唱給我們聽。我只記得一些：『我的愛人他站在我的左邊。』還有什麼什麼的。『噢，我最親愛的女孩，我不在這裡。我沒有故鄉，沒有居處，海上岸上都沒有，我只在你心裡。』」

「我明白，」卡格里說，「是的，是的，我明白……」

「堤娜復原的時候，也許他們會結婚，」海絲塔說，「然後她可以和他一起去科威特。堤娜一直想要到溫暖的地方。波斯灣那裡很溫暖，不是嗎？」

「我認為，太溫暖了。」卡格里說。

「對堤娜來說，沒有什麼是太溫暖的。」海絲塔向他保證。

「而你現在會快樂起來了，親愛的，」卡格里握住她的手，盡力擠出笑容。「你會嫁給你年輕的醫生男友，然後安定下來，不再有狂野的想像和可怕的絕望。」

「嫁給唐？」海絲塔以驚訝的語氣說，「我當然不會嫁給唐。」

「但是你愛他。」

「不，我不認為，真的……我只是以為我愛他而已。但是他不信任我，他不知道我是無辜的，他應該知道才對。」她看著卡格里。「而你知道！我想我要嫁給你。」

「可是，海絲塔，我長你好幾歲，你不可能真的……」

「也就是說……如果你要我的話。」海絲塔突然懷疑地說。

「噢，我要你！」亞瑟．卡格里說。

專文推薦

藏在日常細節中的冒險

楊照（作家）

一開始，就都在那裡了。

一九二〇年，阿嘉莎．克莉絲蒂出版了《史岱爾莊謀殺案》，神探白羅就已經退休了。而且在這個案子裡，藉由敘述者海斯汀的轉述，就鋪陳出克莉絲蒂小說最基本的偵探原則：

「那些看來或許無關緊要的小細節……它們才是重要的關鍵，它們才是偉大的線索！」

「豐富的想像力就像洪水一樣，既能載舟亦能覆舟，而且，最簡單直接的解釋，往往就是最可能的答案。」

「沒有任何謀殺行為是沒有動機的。」

還有，一個不討人喜歡的死者，一群各有理由不喜歡死者、因而也就都有殺人動機的人，這些人彼此之間構成複雜的關係，有的互相仇視，有的互相愛戀，麻煩的是，有些愛人其實貌合神離，有些仇人其實私下愛慕；更麻煩的是，不論是愛或是仇，都有可能是扮演出來的。

一個外來的偵探必須周旋在這些嫌疑者之間，從他們口中獲取對於案情的了解，換句話說，他必須在很短的時間內，搞清楚誰是誰、誰跟誰吵架、誰跟誰偷情，然後判斷誰說的哪一句是實話、哪一句是謊言。常常謊言比實話對於破案更有幫助。

再偷偷透露一下，如果要和小說裡的凶手及小說背後的作者鬥智，就像克莉絲蒂對英國社會的了解，祕訣就在於要去追究小說裡的人物背景，尤其是他們的階級地位。基本上，階級地位愈高、權力愈大、愈有錢者，說的話就愈不要相信。例如在《史岱爾莊謀殺案》中，僕人、園丁說的話遠比有頭有臉的人說的要可信多了。就算要說謊，他們的謊言也比較天真，而且往往出於善良動機。當你歸納線索時，就會知道他們並非故意說謊，那是因為他們的認知受到蒙蔽或誤導，而你慢慢就從這蒙蔽或誤導中被引導到真相。

《史岱爾莊謀殺案》出版那年，克莉絲蒂三十歲，但書稿其實早在五年前就寫好了，畢竟要找到有人願意出版一個看來再平凡不過的家庭主婦寫的小說，並不是那麼容易。

所有和克莉絲蒂接觸過的人，都對於她的「正常」留下深刻印象。她看起來就和她那個年紀的典型英國家庭主婦一樣，害羞、靦腆，只能在社交場合勉強跟人聊些瑣事話題，完全無法演講，甚至連只是站起來對眾賓客說幾句客套話，請大家一起舉杯，她都做不到。她不演講，也很少答應接受採訪，就算採訪到她也很難從她口中得到有趣的內容。她會講的，幾乎都是記者本來就知道、或者自己就可以想得出來的。

例如說白羅這個神探的來歷。克莉絲蒂回答：他應該是個外國人，這樣就能在英國日常生活中看出英國人自己看不出的線索。她自己碰過的外國人，只有第一次大戰剛爆發時到英國避難的比利時人。比利時警察怎麼能跑到英國來？那一定是因為他已經退休了。他有潔癖，所以對於現場會有特殊的直覺，馬上感受到不對勁的地方。一個有潔癖的人，好像應該長得矮小些才相稱，一個矮小有潔癖的人最適當的名字，就是希臘神話裡的大力士「赫丘勒斯（Hercules）」，製造出荒唐的對比趣味。那白羅這個姓是怎麼來的呢？克莉絲蒂很誠實地說：「我不記得了。」

一切都如此順理成章，一切都如此合邏輯，不是嗎？有記者問她怎麼看自己的舞台劇〈捕鼠器〉，創下了英國劇場、甚至全世界劇場連演最多場紀錄的名劇？克莉絲蒂的回答也還是中規中矩，合理合節：那是一齣小戲，在一個小劇院演出，成本很低，任何人想到了都可以帶家人或朋友去看，老少咸宜，並不恐怖，也不特別荒謬打鬧，可是又什麼都有一點，包括恐怖和荒謬打鬧的成分。

她的身上找不出一點傳奇、怪誕色彩，那她為什麼能在五十年間持續寫偵探小說，創造了那麼多謀殺，還創造了那麼多詭計？

首先因為她是女性，以及她的身世，包括她的階級身分，使得她在描寫故事場景時比一般男性作者來得敏感。因為在她之前的偵探推理小說男性作家的階級身分都是高高在上，基本上他們會從較高的角度看社會，比較看不到底層的感受。而她的婚變以及婚變中遭逢的痛苦，都使她更能體會與觀察，將英國社會的複雜細節融入小說的核心情節，讓探案與線索分析結合在一起。

克莉絲蒂一生結過兩次婚，第一次在一九一四年，婚後不久，丈夫就參加了歐戰，是英國皇家空軍最早一批飛行員。一九二六年，這個丈夫有了外遇，直率地向克莉絲蒂要求離婚，在那之前，克莉絲蒂的媽媽才剛過世，雙重打擊之下，又遇到車子無法發動，克莉絲蒂崩潰了，她棄車而走，忘記了自己究竟是誰，躲進一家鄉間旅館，登記時寫了她心裡唯一有印象的名字——她丈夫情婦的名字。

離婚後，一次在晚宴中，有人提起近東烏爾考古的最新收穫，克莉絲蒂就取消了原定要去西印度群島的計畫，改訂了跨越歐洲到君士坦丁堡的「東方快車」，是的，就是這趟旅程給了她寫《東方快車謀殺案》的靈感。不過更重要的是，在烏爾，她認識了一位年輕的考古學家，比她小十四歲，這個人後來成了她的第二任丈夫。

這位考古學家陪她去參觀在沙漠中的烏克海迪爾城，卻在沙漠中迷路困陷了。幾小時中克莉絲蒂卻沒有一點驚慌不安，當下考古學家就決定要向她求婚。

原來，克莉絲蒂的內心是有這種冒險成分的。要不然她不會兩次選到的，都是喜愛冒險的丈夫，而她本身大概也不會吸引一個在各種危險情境下挖掘古代寶藏的人，讓他願意向一個大他十四歲的女人求婚。

這樣說吧，維多利亞時代後期的英國環境，壓抑限制了克莉絲蒂冒險、追求傳奇的內在衝動，她只好將這樣的衝動寄託在丈夫和寫作上。她一邊陪著第二任丈夫在近東漫走，一邊在小說中寫各式各樣的謀殺與探案。謀殺和探案都是冒險，還有，偵探偵查中做的事——蒐集線索，還原命案過程——其實和考古學家的考掘，如此相似！

克莉絲蒂寫得最好的，正是「藏在日常中的冒險」。她個性中的雙面成分，造就了特殊的偵探魅力。既嚮往非常傳奇，卻又有根深柢固的日常邏輯信念，兩者都在克莉絲蒂的小說中扮演了重要角色。她的謀殺案幾乎都和日常習慣緊密編織在一起，日常環境成了凶手最重要的掩護。有些日常規律明顯地被破壞了，讓我們很自然以為那會是謀殺的線索，沿著這些線索形成了閱讀中的推理猜測，然而白羅早就提醒了，真正重要的反而是那些「細節」，也就是看來像是依隨日常邏輯進行的事，或說藏在日常邏輯中因而不被看重的事，那裡要嘛藏著凶手的核心詭計、煙幕，要嘛藏著凶手致命的破綻。

凶案的構想，就是如何讓異常蓋上日常、正常的面貌，又如何故意將日常、正常予以扭曲，製造假象；那麼偵探要做的，就是如何準確地在日常中分辨出真正的異常，將假的、明顯的異常撥開來，找出細節堆疊起來的異常真相。

此外，克莉絲蒂的小說裡隱藏著極其曖昧的情感價值觀，最典型、最有名的就是《東方快車謀殺案》。透過追查過程，讓讀者知道為什麼凶手要訴諸於這種手段，其動機具有可同情之處，再加上克莉絲蒂對身分階級的觀察，她比較相信或讓讀者相信那些沒有權力、地位的人，隨著偵查節奏去認識可能或必須懷疑的人。克莉絲蒂最擅長營造「多重嫌疑犯」的小說特質，因為讀者在閱讀時必須被迫去認識很多不一樣的人。在她最受歡迎的作品，大概都具備這樣的特質。

當然，她的作品中還有兩個最突出的神探，即白羅和瑪波。白羅是比利時人，但為什麼必須是外國人？這是因為英國人具有高度階級意識，這種觀念一路滲透到所有互動細節，包括人與人之間如何說話。而白羅因為不是英國人，他會發現一般英國人不太看得出來的東西，以及兩個人互動的方法哪裡不正常。至於瑪波為什麼得是老太太？她一如那個年代的老人家，總是靜靜坐著打毛線，因為不起眼，自然讓人放鬆防備，所以瑪波探案的線索都是來自於這樣的互動模式。

然而，白羅有很明顯的優勢，瑪波的身分使她基本上只能進行「靜態」的辦案，案子的空間受到侷限，白羅卻可以跨越各種空間，恣意揮灑。而且白羅擁有警官身分，可以合理出現在各種犯罪現場，瑪波能出現的地方，相形之下就勉強、不自然多了。白羅是明白的outsider，在英國，只要他出現，就會覺得有外人在而感到緊張，於是很容易露出平常不會表現的行為；瑪波則看起來是insider，但實質上是outsider，因為總是沒人發現她、當她空氣人。這兩人的探案，是兩個極端。雖然讀者最愛白羅，但克莉絲蒂自己偏愛瑪波勝於白羅。

不管後來的偵探、推理小說發展了多少巧妙詭計，克莉絲蒂卻不會過時，因為她的推理如此密切地和日常纏繞在一起；活在日常中，我們就無可避免被克莉絲蒂的「日常細節推理」吸引，隨時讀來都充滿驚奇趣味。

名家盛讚克莉絲蒂（依推薦時間排序）

金庸（作家）

克莉絲蒂的寫作功力一流，內容寫實，邏輯性順暢，也很會運用語言的趣味。閱讀她的小說，在謎底沒有揭露之前，我會與作者鬥智，這種過程非常令人享受。其作品的高明之處在於：布局的巧妙完全意想不到，而謎底揭穿時又十分合理，讓人不得不信服。

詹宏志（作家、PChome網路家庭董事長）

推理小說在從先輩柯南．道爾等人的發明中出現力量時，誕生了一位《天方夜譚》故事中每天說故事說個不停的王妃薛斐拉．柴德，也就是「謀殺天后」克莉絲蒂，整個世界對聽這些故事才有如此的熱情。他們捨不得睡覺，每天問後來還有嗎、還有嗎，永遠不肯離去，這就是克莉絲蒂對推理小說的最大貢獻。

可樂王（藝術家）

所謂「克莉絲蒂式」的推理小說，就是一場和一個天才的寫作者或高明的恐怖份子在紙上捕掠捉殺的戰事。即便是一列火車、一處飯店或一間酒吧，在克莉絲蒂寫來皆充滿神祕和猜謎。在人生適合的下午裡，我總是一面嚼著口香糖，一面跟著矮子偵探白羅穿梭謀殺現場，克莉絲蒂的推理作品無疑是推理世界中最充滿「魔術性」的小說。

吳若權（作家、節目主持人）

我從小就對推理小說情有獨鍾，克莉絲蒂一系列的作品尤其令我愛不釋手。多年來，閱讀推理小說的經驗讓我覺悟：讀者在文字情節中推展開來的驚嘆，不只是因緣於故事的本身，而是自我性格的投射。從這個觀點來看克莉絲蒂一系列的作品，她簡直就是洞徹人性的算命師。而讀者，在她的文字中，發現了自己無可奉告的命運。

藍祖蔚（國家電影及視聽文化中心董事長）

做過藥劑師，難免懂得毒藥；嫁給考古學家，難免也就嫻熟文明的神祕；再加上曾經失蹤九天，一切不復記憶的離奇經驗，的確提供了寫作靈感，但若少了想像力，那些片羽靈光縱使辛辣如辣椒，卻不足以成菜。

推理小說重布局、重人物描寫，克莉絲蒂最厲害的卻是犀利的人性觀察，她一手創造的白羅探長，潔癖個性完全和她相反，更將她所憎厭的人格特質集於一身，殊不知，唯有不對著鏡子寫作，才能夠跳出框架與制式反應，開闢無限寬廣的新世界，建構多面向的詭異迷宮。

看完她的小說，你只會更加訝異，到底是什麼樣的心靈才能成就這般視野？

李家同（作家、前暨南大學校長）

克莉絲蒂的整體布局十分細膩，最後案情也都講解得非常詳細，回頭去看，在書中都找得到線索。故事的情節與內容也很好看，不是像一個流氓在街上被殺掉那麼單調。……看小說應該要花腦筋、要思考，從小就要養成思辨的能力，看她的小說，就是對邏輯思考能力極佳的訓練。

袁瓊瓊（作家）

雖然被公認是冷靜理性的謀殺天后，但是在理性之下，克莉絲蒂的底色依舊是感情。克莉絲蒂很明白，所有的慾望之後，都無非是某種愛情。在以性命相搏的犯罪世界裡，凶手以終結他人的性命來遂私欲，不過是為了成全自己的愛，或者是成全自己的恨。

鄧惠文（精神科醫師）

以推理小說作家而言，克莉絲蒂的風格相當獨樹一格。她的偵探在辦案時，靠的不光是科學證據的搜集，而是大量運用犯罪心理學，及對人性的深刻了解。例如在《五隻小豬之歌》中，白羅便是藉由聽取嫌疑犯訴說案情時所不自覺顯露的主觀意識及中心思想，而看出其中破綻，找出真凶。白羅是靠腦袋辦案，以心理層面去剖析案情，即使人們敘述的是同一件事，他可以聽出不同角色因出發點及看待角度不同所透露的情緒觀感，從而抽絲剝繭，還原事實真相。

克莉絲蒂所塑造的人物也生動且各具特色，不同個性所出現的情緒反應描寫，皆細膩而準確，讓讀者產生豐富的想像空間，一展卷便欲罷而不能。

吳曉樂（作家）

克莉絲蒂使用的語言平易近人，主要是以角色與情節的對應來斧鑿出故事的深度，堆疊出讓讀者回味的迂迴空間。而她筆下的角色往往性別、階級、性格、族群各異，塑造出多元又豐富的人物群像。

文學作品不問類型，若要流傳於世，最終仍得上溯至「人性」的理解與反思。而阿嘉莎．克莉絲蒂的作品中，我們可以看到人類屢屢得和自己的人生討價還價，或千方百計讓主觀意識與客觀條件達成某種程度的整合，讀者在重建人物的心理軌跡時，也見識到自身的是非成敗，我認為，這也是克莉絲蒂的作品能夠璀璨經年、暢銷不衰的主因。

許皓宜（心理學作家）

克莉絲蒂筆下的故事看似在談人性的醜惡，實則像一位披著小說家靈魂的心靈引導者，用她的文字訴說著人們得不到「愛」時的痛苦。於是在故事終了的剎那，你不得不對人生多了幾分「看透感」：原來，我們心裡的那些痛苦、報復與自我折磨的慾望，不是因為「憤恨」，而是起於對「愛的失落」。這或許是我們在情感世界中最珍貴且深刻的一種覺察了。

推理小說荒謬驚悚嗎？不，它其實很寫實。它幫我們說出心裡的苦、怨、醜陋的慾望，於是，我們可以重新學習愛了。

一頁華爾滋 Kristin（影評人）

從有記憶以來，閱讀克莉絲蒂最迷人之處往往不在真正的凶手是誰，而是在於「Why」（為什麼）與「How」（如何進行），在於人性與心理描摹的故事肌理。依循其書寫脈絡，會發覺不只是邏輯清晰、布局縝密、著重細節，她總能完美掌握敘事節奏，書中人物彷彿真實存在般鮮明躍然紙上，讀者情緒會隨精準文字保持流轉、跳動、收放，掩卷時並無太多真相水落石出的暢快，反倒淡淡的惆悵化為餘韻襲上心頭，原來還是種種意料之外，卻屬情理之中的人性盲目使然。私以為，那成就了克莉絲蒂的推理故事之所以無比迷人的主因之一。

冬陽（推理評論人）

雖然阿嘉莎．克莉絲蒂的作品並非我的推理閱讀啟蒙，卻是養成閱讀不輟的重要推手。首先，她無庸置疑是個說故事能手，打開我名為好奇的開關；其次是設計犯罪事件的巧妙多元，既日常又異常，凶手更是叫人意想不到。沒錯，我相信每個當讀者的都忍不住想破案，想早偵探一步識破詭計，或者像考試結束鈴響前一秒，瞎猜都要指著某個角色大喊「你就是犯人」！然後會忍不住作弊——不是翻到最後幾頁窺探真凶身分，而是往前翻查讓人起疑的段落、偵探顯然掌握重要線索的時刻，直到忍不住豎白旗投降，看神探（我知道啦，真正把我耍得團團轉的聰明人是作者）頭頭是道地分析我遺漏錯置的片片拼圖，終於看清真相全貌。這，就是偵探推理，我因此熟悉遊戲規則、沉醉在每一場迷人故事裡，成為這個類型書寫的俘虜，享受至今不疲的美好滋味。

石芳瑜（作家、永樂座書店店主）

布局細膩、處處留下線索，破案解說詳細，說明了這位安靜、害羞的推理小說女王心思縝密，且充滿想像力。密室殺人，完美犯罪，《東方快車謀殺案》不愧為古典推理小說的經典。再加上神祕的東方色彩，隨著火車抵達的迫切時間感，連非推理小說迷都會神經拉緊，讀完大呼過癮。

家庭主婦缺少人生經驗？處女座的阿嘉莎．克莉絲蒂充分展現她過人的寫作天分，靠得是從小開始的閱讀，以及對偵探小說的著迷。三十歲寫下第一本偵探小說《史岱爾莊謀殺案》的克莉絲蒂，在那個時代並不能說是「早慧」，但寫作生涯五十五年中，共創作了八十部偵探小說，卻令人難以企及。這位害羞靦腆的小說女神，大概是相信只要有足夠的理由，每個人都有殺人的可能！

余小芳（暨南大學推理研究社指導老師、台灣推理作家協會常務理事）

學生時代加入推理社團，社課指定讀物便是經典作品《一個都不留》，成為我對克莉絲蒂的初步印象，自此沉浸於推理小說的世界。隔年寒假陪同學參與轉學考，在斜風細雨的走廊中，滿足讀完《東方快車謀殺案》。隨著歲月遠走，已昇華成趣味回憶。

踏入推理文學領域需要認識的作家，阿嘉莎．克莉絲蒂絕對名列其中，她的作品常有英國小鎮風光、莊園式的謀殺、設備豪華的交通工具等，還有特色鮮明的偵探活躍其中。書中少有血腥、暴力的橋段，布局巧妙且結構嚴密，手法純粹、知性，故事內容與人物性格融為一體，以高超的想像力結合說好故事的能耐，為推理小說開創新局面。克莉絲蒂推理全集重編改版，值得新舊讀者一起探索。

林怡辰（國小教師、教育部閱讀推手）

多年後，還是難忘第一次閱讀阿嘉莎．克莉絲蒂作品的感動和激動。這套將近一世紀的作品，文筆流暢，邏輯縝密，過程中不斷與作者較量、猜出凶手，直到最後解答不禁佩服，蛛絲馬跡處處展現作者的精妙手法，於是又拿起另一部作品，再次沉溺在謀殺天后所編織的日常世界中的奇幻，無可自拔。犯罪動機和手法穿越時空限制，如今讀來合理且依舊令人感動，閱讀中趣味橫生，難怪成為後來諸多偵探小說的原型。

克莉絲蒂創作生涯中產出的八十部推理作品，至今多部躍上大銀幕，無怪乎被稱之為「經典」，喜愛推理偵探作品的人不可不讀，你會驚異於她在文字中施展的魔法！

張東君（推理評論家、科普作家）

我愛克莉絲蒂！這位在台灣有時會被稱為克奶奶的超級暢銷推理小說家，即使是自認沒讀過她的書的人，也都會在各種書籍或影視作品中看到對她致敬的片段。由於她喜歡旅行和冒險，那些經驗與體驗都成為書中的場景，因此閱讀她的作品時，不只是雀躍地跟著偵探推理，也有了虛擬的旅行體驗。或者當成旅遊導覽書，在出發去尼羅河、去英國鄉間、去搭船搭火車時，就塞一本克奶奶的作品到隨身背包中。

我還是大學新生時，就聽學姐說她哥哥經常看克奶奶的小說，而且邊看邊狂笑。於是我跟著效仿，在某次搭飛機之前買了第一本小說當旅伴，不只看得超開心，看完後還到處找尋書中出現的那種有兜帽的斗篷，當成出門時的必備用品。克奶奶的作品是跨越文字、國界的。只要看過一本，就會不停地追下去。還好，真的是還好只有八十本。何況這次是全新校訂的紀念珍藏版，當然不能錯過！

發光小魚（呂湘瑜）（文史作家、助理教授）

一部好的偵探小說，除了情節設計巧妙之外，還需要洞悉人性，如此方能合理地交代人物的言行舉止與動機。阿嘉莎．克莉絲蒂便是其中翹楚，她的作品不管是偵探、愛情小說或戲劇，必要元素都是謎題與人性。在寧靜無波的場景下暗潮洶湧，永遠都有意料之外，讀者的情緒也會隨著劇情的進行起伏糾結。克莉絲蒂觀察到時代的變化，將犯罪心理融入作品中，於是，看她的小說不只能得到解謎的快樂，同時對人性也能夠有所省思。

此外，克莉絲蒂豐富的人生歷練及旅行經歷，例如一九二二年的環球之旅、居住過也旅行過的巴黎和埃及，甚至是追隨考古學家丈夫前往的中東，都讓她的小說讀來更加充滿異國情調。如果你也愛旅行，不如就讓我們一同搭上那一班南法的藍色列車，或由伊斯坦堡出發的東方快車，跟著白羅鑽進一樁奇案，一嘗旅程中破解謎題的快感吧。

盧郁佳（作家）

國小時，家裡買了一套阿嘉莎．克莉絲蒂全集，從此成了我的毒品，在白癡課本將我的腦袋啃嚙成海綿般空洞時，撫慰受創的心靈，那時我仍對人心險惡一無所知。

數學課教你列算式，樂趣遠不如克莉絲蒂教你住宅平面圖、偷換時序的密室魔術，你從庭園長窗進房間，我從房門直通鄰房，他從走廊進房……從而學會故事是建構邏輯。她文風多變，時而《四大天王》中讓神探白羅向助手海斯汀大賣關子，眉頭緊皺，山雨欲來，預示天翻地覆，只能靠他拯救世界；時而用維吉尼亞．吳爾芙《自己的房間》中俏皮的語言，讓貧苦村姑安妮在《褐衣男子》中回憶南非出生入死的冒險，竟源於她耽讀村裡圖書館爛舊的冒險愛情小說，還有戲院每週末放映〈帕米拉歷險記〉，帕米拉每集從飛機跳落高空、搭潛艇、爬上摩天大樓，每次被黑幫老大抓到總不一刀斃命，卻老要用瓦斯毒死她，暗示續集又會逃出生天。

長大才發現，克莉絲蒂小說就是我的〈帕米拉歷險記〉：它以歌劇般輝煌龐大的天真陰謀、精細的人際觀察（一句話重音放在哪個字、從膝蓋鑑定女人的年齡等），召喚年輕讀者抱持浪漫精神投入未知的壯遊，瘋魔、衝撞、冒犯，傷痕累累毫無懼色。正如瓦斯在冒險片中太多、現實中卻太少；陰謀在現實中沒有克莉絲蒂寫得那麼複雜，但她刻畫的心理卻是現實中解謎的試金石。

賴以威（臺灣師範大學電機系副教授）

或許可以為經典下幾個定義：該領域的愛好者更都讀過；不是這個領域的愛好者，許多人也都聽過；影響後續的作品，在很多著作中都可以看到它的影子；值得反覆再三閱讀，每隔一陣子再讀都可以獲得閱讀的樂趣，有更多的體悟。我永遠記得第一次讀《東方快車謀殺案》時，被那宛如嚴謹設計數學謎題的鋪陳、推進給深深吸引、震撼。從這幾個角度來說，克莉絲蒂的推理小說被稱之為「經典」，可說是當之無愧。

謝哲青（作家、旅行家、知名節目主持人）

克莉絲蒂小說的魅力在於透過每個角色的對白，藉由不斷的說話來表現人物的個性，以彰顯其人格特質中一些無法被忽略的事實。我們從他們的言語、講話的過程和字裡行間，竟然就能知道誰是凶手。

我從克莉絲蒂的小說學到很多，除了推理小說有趣的事實之外，最重要的是，我在工作的職場跟人應對的時候，如何從語言和對話裡去捕捉某些隱而不顯的事實。許多人們欲蓋彌彰的東西，無論心事也好、祕密也好，克莉絲蒂都會用文學的手法，讓你理解語言的奧妙和魅力。

克莉絲蒂的書寫會讓你覺得彷彿自己也在現場，你可以從聽到的對話當中，學會如何理解人心的一些小技巧，這是小說家最出色、最偉大的地方。我們必須學習傾聽別人說話——這些人講話是真誠的嗎？他想要跟你分享什麼資訊？這些資訊可靠嗎？——這是我在閱讀推理小說時，最大的收穫和理解。

阿嘉莎・克莉絲蒂大事記

1890		• 九月十五日出生於英格蘭德文郡托基鎮。
1894	4 歲	• 開始在家自學，父母親、姐姐教導閱讀、寫作、算術和彈鋼琴。
1895	5 歲	• 家中經濟走下坡，舉家搬至法國，學會流利的法語。
1905	15 歲	• 在巴黎寄宿學校學鋼琴和聲樂，但生性極度害羞，未成為職業鋼琴家，最終回到英國。
1907	17 歲	• 陪同母親前往埃及調養身體，對社交活動充滿興趣，但尚未對日後感興趣的埃及古物點燃熱情。 • 回英國後繼續寫作、參與業餘戲劇表演。
1908	18 歲	• 寫出第一篇短篇小說〈麗人之屋〉，同時也寫出第一部愛情小說《白雪黃漠》，以筆名向出版社投稿，但屢遭退稿。
1912	22 歲	• 與英國皇家軍官亞契・克莉絲蒂（Archibald Christie）熱戀。 • 八月爆發第一次世界大戰，亞契奉派到法國作戰。
1914	24 歲	• 耶誕夜結婚，亞契隨即返回戰場。克莉絲蒂參與紅十字會工作，在醫院擔任護士和藥劑師，因此對藥理和毒物非常熟悉，造就後來多部推理小說情節都以毒藥殺人。
1916	26 歲	• 開始嘗試寫推理小說，寫出第一部小說《史岱爾莊謀殺案》，主角偵探赫丘勒・白羅的靈感，來自於大戰期間英國鄉間的比利時難民營。本書歷經數家出版社退稿後，終獲柏德雷・海德（The Bodley Head）圖書公司的出版機會，之後並簽下另五本小說的合約。
1919	29 歲	• 前一年亞契返回英國，八月生下女兒露莎琳。

1920	30 歲	• 出版《史岱爾莊謀殺案》。
1922	32 歲	• 出版第二部小說《隱身魔鬼》，主角是夫妻檔偵探湯米和陶品絲。 • 與亞契至南非、澳洲、紐西蘭、夏威夷和加拿大等國旅行十個月，在南非得到《褐衣男子》的靈感。
1923	33 歲	• 三月出版第三部小說《高爾夫球場命案》，白羅再度登場。
1926	36 歲	• 四月母親過世，克莉絲蒂陷入憂鬱。 • 六月在「威廉・柯林斯父子出版社」出版《羅傑艾克洛命案》。 • 八月亞契因外遇提出離婚，十二月初一次爭吵後，克莉絲蒂離家棄車失蹤，消息登上全國新聞。
1927	37 歲	• 一月在悲痛心情中寫出《藍色列車之謎》，第一次創造出聖瑪莉米德村，即後來瑪波小姐居住的村子。 • 分居期間在雜誌刊登以白羅為主角的短篇小說，後來集結出版《四大天王》。 • 十二月在雜誌刊登短篇小說〈週二夜間俱樂部〉，瑪波小姐初登場，後來收錄在一九三二年出版的短篇小說集《十三個難題》。
1928	38 歲	• 十月正式離婚，仍保留「克莉絲蒂」姓氏。 • 秋天搭乘「東方快車」前往土耳其的伊斯坦堡，再轉往伊拉克首都巴格達，參觀考古現場烏爾，認識考古學家伍利夫婦（Leonard and Katharine Woolley）。
1930	40 歲	• 二月應伍利夫婦之邀再訪烏爾，認識考古學家麥克斯・馬龍（Max Mallowan），九月於英國愛丁堡結婚。這段婚姻開啟克莉絲蒂旺盛的創作生涯，兩人到中東考古現場的旅行為許多作品帶來靈感。

- 婚後克莉絲蒂開始維持固定的寫作行程。十月出版《牧師公館謀殺案》，是第一部以瑪波小姐為主角的小說。
- 出版第一部以「瑪麗・魏斯麥珂特」（Mary Westmacott）為筆名的《撒旦的情歌》，並陸續發表了五部非犯罪小說。

1932　42歲　• 出版《危機四伏》。

1934　44歲　• 出版《東方快車謀殺案》，是白羅海外辦案三部曲之一，故事靈感來自中東的旅行經歷。一九七四年第一次改編成電影大獲好評。

1936　46歲　• 出版《美索不達米亞驚魂》，白羅海外辦案三部曲之二。

1937　47歲　• 出版《尼羅河謀殺案》，白羅海外辦案三部曲之三，故事背景是年輕時與母親同遊的埃及。一九七八年第一次改編成電影大受歡迎。

1939　49歲　• 二次大戰期間，克莉絲蒂在大學學院醫院擔任義務藥師，學習到最新的毒藥知識，對於推理小說寫作大有助益。
• 出版《一個都不留》，是克莉絲蒂最著名作品之一。

1941　51歲　• 出版《密碼》，呈現出克莉絲蒂對戰爭的看法。
• 出版《豔陽下的謀殺案》。

1942　52歲　• 出版《藏書室的陌生人》、《五隻小豬之歌》等名作。

1944　54歲　• 以「瑪麗・魏斯麥珂特」為筆名出版第三部作品《幸福假面》，被美國書評人發現是克莉絲蒂的作品，讓她從此失去匿名創作的自在樂趣。

1950	60 歲	• 獲選為皇家文學學會的會員。
1953	63 歲	• 出版《葬禮變奏曲》。
1956	66 歲	• 一月獲頒大英帝國爵級大十字勳章（GBE）。 • 十一月以「瑪麗．魏斯麥珂特」為筆名出版《愛的重量》，是這個筆名的最後一部作品。
1958	68 歲	• 成為「偵探作家俱樂部」主席。
1960	70 歲	• 馬龍獲頒大英帝國爵級大十字勳章。
1961	71 歲	• 獲得艾克塞特大學頒發榮譽文學博士學位。
1968	78 歲	• 馬龍獲封為爵士，克莉絲蒂亦被稱為馬龍爵士夫人。
1971	81 歲	• 獲頒大英帝國爵級司令勳章（DBE），獲封為女爵士。
1973	83 歲	• 出版最後一部創作《死亡暗道》，亦為湯米和陶品絲最後一次辦案。
1974	84 歲	• 最後一次公開露面，出席電影《東方快車謀殺案》首映會。
1975	85 歲	• 八月六日，白羅成為有史以來第一次在《紐約時報》頭版刊出訃聞的小說主角，宣傳九月即將出版的《謝幕》，這也是白羅最後一次辦案。
1976	86 歲	• 一月十二日去世。 • 十月出版《死亡不長眠》，瑪波小姐的最後一次辦案。

克莉絲蒂推理原著出版年表

1920　史岱爾莊謀殺案 The Mysterious Affair at Styles（神探白羅系列）
1922　隱身魔鬼 The Secret Adversary（神探湯米＆陶品絲系列）
1923　高爾夫球場命案 The Murder on the Links（神探白羅系列）
1924　白羅出擊 Poirot Investigates（神探白羅系列）
1924　褐衣男子 The Man in the Brown Suit（神探雷斯上校系列）
1925　煙囪的祕密 The Secret of Chimneys（神探巴鬥主任系列）
1926　羅傑艾克洛命案 The Murder of Roger Ackroyd（神探白羅系列）
1927　四大天王 The Big Four（神探白羅系列）
1928　藍色列車之謎 The Mystery of the Blue Train（神探白羅系列）
1929　七鐘面 The Seven Dials Mystery（神探巴鬥主任系列）
1929　鴛鴦神探 Partners in Crime（神探湯米＆陶品絲系列）
1930　牧師公館謀殺案 The Murder at the Vicarage（神探瑪波系列）
1930　謎樣的鬼豔先生 The Mysterious Mr. Quin（神探鬼豔先生系列）
1931　西塔佛祕案 The Sittaford Mystery
1932　十三個難題 The Thirteen Problems（神探瑪波系列）
1932　危機四伏 Peril at End House（神探白羅系列）
1933　十三人的晚宴 Lord Edgware Dies（神探白羅系列）
1933　死亡之犬 The Hound of Death
1934　三幕悲劇 Three Act Tragedy（神探白羅系列）
1934　李斯特岱奇案 The Listerdale Mystery
1934　帕克潘調查簿 Parker Pyne Investigates（神探帕克潘系列）
1934　東方快車謀殺案 Murder on the Orient Express（神探白羅系列）
1934　為什麼不找伊文斯？ Why Didn't They Ask Evans?
1935　謀殺在雲端 Death in the Clouds（神探白羅系列）
1936　ABC 謀殺案 The A.B.C. Murders（神探白羅系列）
1936　底牌 Cards on the Table（神探白羅系列）
1936　美索不達米亞驚魂 Murder in Mesopotamia（神探白羅系列）

1937 巴石立花園街謀殺案 Murder in the Mews（神探白羅系列）
1937 尼羅河謀殺案 Death on the Nile（神探白羅系列）
1937 死無對證 Dumb Witness（神探白羅系列）
1938 白羅的聖誕假期 Hercule Poirot's Christmas（神探白羅系列）
1938 死亡約會 Appointment with Death（神探白羅系列）
1939 一個都不留 And Then There Were None
1939 殺人不難 Murder Is Easy/Easy to Kill（神探巴鬥主任系列）
1940 一，二，縫好鞋釦 One, Two, Buckle My Shoe（神探白羅系列）
1940 絲柏的哀歌 Sad Cypress（神探白羅系列）
1941 密碼 N Or M?（神探湯米＆陶品絲系列）
1941 豔陽下的謀殺案 Evil Under the Sun（神探白羅系列）
1942 五隻小豬之歌 Five Little Pigs（神探白羅系列）
1942 藏書室的陌生人 The Body in the Library（神探瑪波系列）
1942 幕後黑手 The Moving Finger（神探瑪波系列）
1944 本末倒置 Towards Zero（神探巴鬥主任系列）
1945 死亡終有時 Death Comes as the End
1945 魂縈舊恨 Sparkling Cyanide（神探雷斯上校系列）
1946 池邊的幻影 The Hollow（神探白羅系列）
1947 赫丘勒的十二道任務 The Labours of Hercules（神探白羅系列）
1948 順水推舟 Taken at the Flood（神探白羅系列）
1949 畸屋 Crooked House
1950 謀殺啟事 A Murder Is Announced（神探瑪波系列）
1951 巴格達風雲 They Came to Baghdad
1952 殺手魔術 They Do It with Mirrors（神探瑪波系列）
1952 麥金堤太太之死 Mrs. McGinty's Dead（神探白羅系列）
1953 黑麥滿口袋 A Pocket Full of Rye（神探瑪波系列）
1953 葬禮變奏曲 After the Funeral（神探白羅系列）

1954　未知的旅途 Destination Unknown
1955　國際學舍謀殺案 Hickory, Dickory, Dock（神探白羅系列）
1956　弄假成真 Dead Man's Folly（神探白羅系列）
1957　殺人一瞬間 4:50 from Paddington（神探瑪波系列）
1958　無辜者的試煉 Ordeal by Innocence
1959　鴿群裡的貓 Cat Among the Pigeons（神探白羅系列）
1960　哪個聖誕布丁？ The Adventure of the Christmas Pudding（神探白羅系列）
1961　白馬酒館 The Pale Horse
1962　破鏡謀殺案 The Mirror Crack'd from Side to Side（神探瑪波系列）
1963　怪鐘 The Clocks（神探白羅系列）
1964　加勒比海疑雲 A Caribbean Mystery（神探瑪波系列）
1965　柏翠門旅館 At Bertram's Hotel（神探瑪波系列）
1966　第三個單身女郎 Third Girl（神探白羅系列）
1967　無盡的夜 Endless Night
1968　顫刺的預兆 By the Pricking of My Thumbs（神探湯米＆陶品絲系列）
1969　萬聖節派對 Hallowe'en Party（神探白羅系列）
1970　法蘭克福機場怪客 Passengers to Frankfurt
1971　復仇女神 Nemesis（神探瑪波系列）
1972　問大象去吧 Elephants Can Remember（神探白羅系列）
1973　死亡暗道 Postern of Fate（神探湯米＆陶品絲系列）
1974　白羅的初期探案 Poirot's Early Cases（神探白羅系列）
1975　謝幕 Curtain: Hercule Poirot's Last Case（神探白羅系列）
1976　死亡不長眠 Sleeping Murder（神探瑪波系列）
1979　瑪波小姐的完結篇 Miss Marple's Final Cases（神探瑪波系列）
1991　情牽波倫沙 Problem at Pollensa Bay
1997　殘光夜影 While the Light Lasts

國家圖書館出版品預行編目（CIP）資料

無辜者的試煉 / 阿嘉莎・克莉絲蒂（Agatha Christie）
著；張國禎譯. -- 二版.-- 臺北市：遠流出版事業
股份有限公司, 2024.04
面； 公分. -- (克莉絲蒂繁體中文版20週年紀念
珍藏 ; 54)
譯自 : Ordeal by Innocence
ISBN 978-626-361-541-0(平裝)

873.57 113002004

克莉絲蒂繁體中文版 20 週年紀念珍藏 54
無辜者的試煉

作者 / 阿嘉莎・克莉絲蒂
譯者 / 張國禎

主編 / 陳懿文、余式恕　校對 / 呂佳真
封面、內頁設計 / 謝佳穎　排版 / 連紫吟、曹任華
行銷企劃 / 舒意雯　出版一部總編輯暨總監 / 王明雪

發行人 / 王榮文
出版發行 / 遠流出版事業股份有限公司
地址 / 104005臺北市中山北路一段11號13樓
電話 / (02)2571-0297　傳眞 / (02)2571-0197　郵撥 / 0189456-1
著作權顧問 / 蕭雄淋律師

2003年8月1日 初版一刷
2024年4月1日 二版一刷
定價 / 新臺幣380元 (缺頁或破損的書，請寄回更換)

ISBN 978-626-361-541-0

遠流博識網 http://www.ylib.com E-mail: ylib@ylib.com
遠流粉絲團 https://www.facebook.com/ylibfans

www.agathachristie.com